LA PROPHÉTIE
DU CINQUIÈME RÈGNE

YANN LA FLÈCHE

LA PROPHÉTIE DU CINQUIÈME RÈGNE

roman initiatique

Alphée

ISBN 2 7538 0051 0

À la gloire de l'Un.

PROLOGUE

Ce livre n'est écrit que pour *après*.

C'est le récit d'une étrange rencontre, par certains côtés tellement invraisemblable, et aux conséquences tellement incalculables, que j'ai beaucoup hésité et tardé à en rendre compte. Je me suis longtemps demandé pour quelles raisons c'était à moi qu'il revenait de transmettre de pareilles informations et, pour être franc, je ne me trouvais pas les qualités nécessaires pour réaliser cette mission. Mais pouvais-je garder *cela* pour moi ?

L'importance de l'enjeu pour le monde et pour l'humanité m'a décidé à franchir le pas et à réaliser la tâche qui m'a été confiée. J'ai donc pris le risque de passer pour fou ou illuminé, j'ai accepté par avance les inévitables invectives des critiques de tous bords. J'ai choisi ces petites misères plutôt que l'insupportable remord qui me persécutera si les événements se produisent et que j'ai tu ce qu'il m'a été donné de savoir.

Ce livre, ce n'est pas pour moi que je l'ai écrit mais pour vous, afin que vous ne tombiez pas dans la désespérance après que l'invraisemblable se sera produit. Ce livre vous aidera à vous souvenir que ce qui est survenu avait un sens et une raison précise. Il ne sera pas possible d'esquiver une fois de plus en pensant que c'est arrivé par hasard. Et si vous faites partie de ceux qui vont survivre, vous saurez exactement le poids et la nature de votre responsabilité dans le futur que vous écrirez : si nous retombons dans les mêmes erreurs, les mêmes causes produiront les mêmes effets, et là il sera trop tard.

J'ai donc fidèlement reporté des informations que j'ai reçues, en indiquant dans quel contexte et comment elles m'avaient été données, pour l'essentiel dans cette Bretagne que j'aime. Il appartient ensuite à chacun de prendre ce qu'il ressent pour vrai.

Au-delà du bouleversement majeur, inévitable, irréversible qui est maintenant si proche, le contenu de tout ce qui va suivre doit être perçu comme un message d'espoir. J'ai la conviction que l'âge sombre se termine et que la fin du malheur est bientôt venue. Cette humanité qui semble n'avoir plus ni repères ni perspectives va retrouver un horizon et un dessein. Elle aura l'opportunité de se redresser et de rebâtir, si elle le décide, un nouveau monde reposant sur les lois éternelles de justice, d'amour et d'intelligence. Ces lois du Bien, du Beau et du Vrai que nous avons oubliées.

I
RENCONTRE

Il se dressait depuis des milliers d'années. C'était une masse grise, arrondie, couverte de mousses et de lichens, posée depuis l'éternité. En m'approchant, je distinguais la pierre plate et allongée du dolmen, comme une pointe de lance géante posée sur quelques rochers arrondis. En équilibre sur un tertre au milieu des chênes, l'énorme minéral semblait garder le lieu. Derrière les bruissements de la vie végétale et animale s'imposait un silence minéral, un absolu de silence d'où émanent tous les sons, toutes les mélodies de la vie.

Je me tenais debout, à quelques mètres de l'édifice, dans la fraîcheur matinale de ce début de printemps. L'humidité, la brume environnante, le disque du soleil émergeant difficilement de la grisaille de l'aube, tout cela me donnaient le sentiment de me tenir sur la butte primordiale, au premier matin du monde.

Je ne savais quelle force inconnue m'avais poussé en ce lieu isolé au centre de la Bretagne. Je traversais une période difficile où s'accumulaient des signes que je ne savais pas encore lire et que j'appelais des échecs : travail, santé, vie familiale, idéal, tout semblait s'échapper. Plus je tentais de retenir ce que je croyais m'appartenir, et plus s'effondraient des pans entiers de l'édifice que j'avais tenté de construire pour réussir dans la vie. Comme au casino, rien n'allait plus, la vie semblait s'amuser à rebattre les cartes de ma destinée. J'ignorais encore ce que j'obtiendrais de la nouvelle distribution. De sombres énergies de peur et d'angoisse s'étaient installées dans mon ventre et mon plexus solaire.

C'est alors que j'avais fui, écoutant ce que je prenais à tort pour mon instinct et qui était la voix de mon être. J'avais tourné le dos à ce monde dont je ne voulais plus en prenant quelques jours de repos dans mon havre breton, encore imprégné de souvenirs conjugaux. Les liens que j'avais noué se détachaient d'autant plus douloureusement que j'avais fait de gros efforts pour m'intégrer dans une société à laquelle mon être n'avait jamais adhéré. Et je souffrais parce que je me croyais rejeté, ignorant encore que c'était moi qui partais. Après une mauvaise nuit, et pour ne pas me laisser le loisir de m'apitoyer sur mon sort, j'avais de très bon matin pris ma voiture. J'étais parti, guidé par l'inspiration et un petit fascicule sur les sites mégalithiques en poche.

Il était possible de pénétrer sous le dolmen, par une faille entre deux blocs qui supportaient la pierre principale. On pouvait tenir à trois ou quatre, et même s'allonger sur le tapis de feuilles. L'été, des couples venaient y passer la nuit car le dolmen, point de rencontre entre le Ciel et la Terre, passait pour favoriser la fécondité. Tout naturellement, j'étais donc entré et je m'étais assis sur une sorte de banquette naturelle logée dans un arrondi de la roche. Entre les espaces séparant les blocs, je distinguais un peu de la forêt environnante. Pour la première fois depuis longtemps, je me sentais apaisé et serein. La peur de perdre je ne sais quoi, l'angoisse d'être abandonné m'avaient provisoirement quitté. Mon cerveau ne pensait plus, et les mots ne brouillaient pas les informations que me donnaient mes sens en éveil. Tout était simple et tranquille, car, sans le savoir, sans le vouloir, il m'était donné ce cadeau de ne faire qu'un avec la vie. Je reposais dans les bras de la Mère.

J'étais naturellement entré dans une profonde méditation. Au-delà des mots je reprenais contact avec moi-même. Depuis combien d'années n'avais-je plus eu ce contact avec mon être profond ? Depuis l'enfance, peut-être ? Je ne voulais plus rien, je ne dirigeais plus rien, j'étais en totale vacuité et en cela mon être intérieur pouvait tenter de me contacter.

Inconfortablement assis sur la pierre froide, j'étais sur le point de m'endormir, et c'est alors que je sentis monter les délicats effluves d'un parfum. C'était une odeur subtile, d'une rare finesse, qui s'élevait en intensité et en force comme l'aurait fait un son. Ce fut d'abord comme une légère senteur de chèvrefeuille qui envahit l'intérieur du dolmen. Instantanément je sentis se répandre un air purifié qui rendait le lieu plus léger et effaçait de lourdes empreintes énergétiques laissées là par de précédents visiteurs. Les pensées nocives, les intentions douteuses, les actes violents commis ici, toutes ces traces, venant d'un passé parfois lointain, que l'homme avait analysées et acceptées comme étant une sorte d'humidité pesante et collante parfaitement normales en ce lieu, tout ce qui avait souillé cette infime parcelle des robes de la Mère se trouvait instantanément balayé.

Alors l'odeur s'intensifia encore comme si elle s'enflait pour prendre sa véritable dimension, indéfinissable mais puissante, comme une senteur étrange de rose sucrée et subtile venue d'un autre monde, un parfum qui, tout naturellement, élevait l'âme et l'emmenait sur un sentier céleste. De quelle présence pouvait émaner une telle merveille ?

Je vis alors une silhouette élégante s'encadrer un peu en retrait de l'entrée de l'antique édifice. L'inconnu était grand et se tenait très droit, la tête légèrement levée. À contre-jour, je ne distinguais pas bien son visage en partie masqué par l'ombre d'un chapeau de cuir beige. Il portait un manteau en peau de mouton à grosses poches apparentes, sur un gilet de laine rouge. Un foulard à rayures multicolores, fermant le large col d'une chemise blanche, était noué autour de son cou et maintenu par un anneau de cuivre gravé, et il tenait par le milieu une canne dont le pommeau d'argent avait la forme d'un dragon. Enfin, ses chaussures de forme italienne, d'une rare finesse et impeccablement cirées, dénotaient dans ce contexte rustique mais contribuaient à renforcer l'allure et la noblesse du personnage. Le mélange des cuirs, le mariage des couleurs et des tissus lui faisaient une tenue à la fois harmonieuse et insolite, et donnait l'impression d'un personnage d'un autre temps, et même d'un autre monde. En fait, la première idée qui me traversa l'esprit fut qu'il s'agissait d'un prince, d'un seigneur, et presque malgré lui je me levais.

– Bonjour, dit l'inconnu. Pardonnez-moi si j'ai troublé votre méditation. J'attendais que vous sortiez.

Sa voix était mélodieuse et joviale, et bien que voyant mal ses traits, je sentis la chaleur d'un sourire s'élever jusqu'à moi. Je sortis du dolmen et à ce moment la couche de nuages se déchira, illuminant l'amas de granit et toute la clairière environnante. Le visiteur était un jeune homme qui n'avait sans doute pas trente ans. Il avait un très beau visage ovale, un nez allongé, des traits fins et réguliers. De ses yeux d'un bleu gris clair et scintillant se dégageait un mélange de volonté, d'amour et d'intelligence. Ses cheveux étaient châtain foncé, presque noirs, et il portait un fin collier de barbe. En dépit de sa jeunesse, il se dégageait de sa personne à la fois un charme et une force sereine qui attiraient et incitaient spontanément à l'échange.

– Vous ne m'avez pas dérangé. Je crois bien que j'étais sur le point de m'endormir.

– C'est un lieu de paix, dit le jeune homme.

Son regard clair se fixa dans mes yeux. Après un silence il ajouta en souriant :

– Il calme l'agitation du mental.

Le choix du terme « mental » éveilla immédiatement mon attention. Ce vocabulaire m'était familier car il me rappelait la démarche vaguement bouddhique de mon épouse Anne. Il réveillait aussi en moi d'anciens souvenirs maçonniques. Aussi, en dépit de sa jeunesse, et bien que j'ignorais tout de lui, je me sentis proche de cet inconnu, peut-être même complice par l'esprit, et j'éprouvais le besoin de me confier.

– Oui, lui dis-je, on a parfois tellement de problèmes qu'on aimerait bien que ce fichu mental nous laisse un peu tranquille.

Alors, sur un ton grave mais très légèrement ironique à mon égard, il eut cette phrase :

– Est-il encore temps de penser à soi quand l'humanité se meure ?

Son propos m'interpella. Sans doute le monde n'allait pas très bien, mais cela ne datait pas d'hier, et que pouvais-je y faire ? Pourtant, au fond de moi, je savais bien que mes soucis étaient de peu d'importance au regard de la grande souffrance humaine. Toute ma démarche depuis ma jeunesse avait été dans ce sens : comment servir, comment être utile, quel sens donner à mon existence, à quel idéal consacrer mes efforts, mon besoin de donner ? Cet idéal que je portais en moi depuis toujours, je n'avais jamais réussi à le formuler, et encore moins à le concrétiser.

Et voilà que cet étrange jeune homme, dans ce lieu insolite, mettait le doigt sur cette blessure jamais vraiment guérie. Bien sûr, j'avais tenté d'oublier ma quête, de vivre comme tout le monde : gagner de l'argent, avoir son confort, son petit luxe, et de grandes vacances. Mais j'étais en vacance d'être. J'avais essayé de jouer le jeu, mais la vie me montrait que c'était fini, que tout ce que j'avais construit sans vraiment y croire m'était retiré pour que je commence à m'occuper vraiment des choses qui comptent. À commencer peut-être par moi-même ?

Adossé au granit, mon regard se perdit dans la forêt de chênes et de châtaigniers qui ondulait sur les collines en contrebas, à perte de vue. Qu'avais-je fais de ma vie pendant que l'humanité se mourrait ?

– C'est un lieu très fort, très pur, dis-je après un long silence. Il apporte beaucoup d'apaisement.

– Très fort, sans doute, comme la plupart des lieux de rencontre entre les courants cosmiques et telluriques. Mais sur la pureté du lieu, je serais moins affirmatif que vous. Pour tout dire, ce lieu est encore fortement négatif et je ne suis pas sûr qu'il puisse être nettoyé. Le bon lieu est en contrebas, dans le vallon, près d'une petite cascade. Je pourrais vous montrer si vous voulez.

Je n'avais rien ressenti de mauvais dans ce lieu. Je ne comprenais pas ce qui pouvait amener ce jeune inconnu à un diagnostic aussi tranché, et le lui dis. Il me sourit et, en me répondant, son regard bleu scintillait :

– Vous ne sentez pas que le Père s'est retiré de ce lieu ?

– Le père ? Quel père ?

– La Mère a été souillée, alors le Père s'est retiré.

Et il m'expliqua que cet endroit avait abrité des pratiques pour le moins douteuses, des rituels de magie noire, et que le sang avait été répandu à de nombreuses reprises. Le lieu était chargé, imprégné de forces mauvaises, et pour tout dire irrécupérable.

– Vous comprenez, poursuivit-il, la vie c'est de l'énergie. Tout ce qui nous entoure est énergie. Notre pensée, nos actes sont de l'énergie. L'énergie qui est manipulée dans un but de pouvoir, on appelle cela des forces. Il ne faut pas confondre les forces et les énergies. L'énergie nous vient d'en haut, c'est la nature de la vie, et elle est universelle. Le sage use des énergies du beau, du bien, du vrai, et en cela il rayonne. Mais l'homme ordinaire ne fait que manipuler des forces. Ici les hommes ont joué avec l'énergie de notre Mère la Terre, ils ont usé de forces mauvaises, avec des intentions de pouvoir, de possession, de vengeance. Ces forces sont encore là, et elles vous tirent vers le bas. Chaque fois que vos pensées véhiculent de la haine, ou même une quelconque intention de nuire, directement ou indirectement, vous utilisez, vous attirez et vous attisez des forces qui sont des feux de destruction. Il en va de même bien sûr de vos actes, qui suivent vos pensées, et qui ne sont que la conséquence du type d'énergie que vous avez sélectionnée dans votre tête.

Et avec un sourire entendu, il ajouta :

– En résumé, n'attendez rien de bon de ce lieu. Si vous venez chercher des solutions à vos problèmes, il ne fera au mieux que vous maintenir dans un état morbide, et plus probablement attisera ce que vous tentez de maîtriser.

Plus que son discours lui-même, ce fut son assurance qui m'irrita. N'y avait-il pas beaucoup de suffisance dans cette façon de délivrer son message, d'asséner des vérités comme s'il ne pouvait se tromper. D'où tenait-il tout cela ? Comme tout le monde, je n'aimais pas recevoir de leçons, *a fortiori* d'un jeune, et je n'appréciais pas qu'on me dise que tel endroit était bon ou mauvais pour moi. N'étais-je pas assez grand pour en juger moi-même ?

Le merveilleux parfum qui m'avais envoûté tout à l'heure avait complètement disparu, faisant place à l'odeur de la forêt, aux senteurs de feuilles et d'humus en décomposition. Ma fascination initiale, l'étrange magie qui avait entouré la rencontre s'était soudainement dissipé. Je n'avais plus en face de moi qu'un donneur de leçons présomptueux, habillé pour se faire remarquer, et je n'avais aucune envie de prolonger ce dialogue surréaliste. Je pensais bien avoir cerné mon personnage : un adepte de quelque secte *niouage*, un petit sorcier de province vivant de la vente de pentacles et autres potions plus ou moins magiques, si ce n'était pas pire.

Je m'étonnais pourtant de cette montée de colère et de violence en moi. Je savais que ma réaction était fausse : après tout, étais-je bien sûr qu'il me donnait une leçon ? Il me disait simplement de prendre garde à un lieu. Quelque chose qui me dérangeait profondément était en train de se réveiller en moi. Cet homme me renvoyait une image qui me mettait mal à l'aise et j'ignorais si c'était à cause de lui ou à cause de moi. J'étais attiré et repoussé à la fois, et malgré moi j'entendis : *l'eau et le feu.*

Peut-être perçut-il mon trouble car il ajouta avec beaucoup de gentillesse :

– Vous savez, je ne vous impose rien, et je ne cherche pas à vous convaincre. Je comprends bien que mes propos peuvent paraître surprenants. Pour autant, je ne vais pas dire le contraire de ce que je crois pour me conformer à la pensée unique.

Le soleil était maintenant haut sur l'horizon et approchait de son zénith. L'humidité du matin s'était dissipée, et quelques nuages bien blancs rehaussaient l'azur du ciel. Avec ce léger vent de nord-ouest, le beau temps s'installait pour quelques heures.

– Alors, voulez-vous vraiment rencontrer la Mère ? Je veux dire, un lieu magique qui vous enchantera ?

– Refuse-t-on pareille proposition ? dis-je en riant.

II
LA MISSION

Je suivis donc son élégante silhouette rehaussée de couleurs vives. Son chapeau effleurait parfois les branches basses le long d'un sentier qui descendait depuis le dolmen, à flanc de coteau, jusqu'au fond du vallon. La végétation était épaisse et touffue en ce début de printemps. Nous devions parfois écarter les fougères qui déposaient de la rosée sur nos vêtements, et les ronces s'accrochaient à mon pantalon. Puis le terrain devint plat, le sentier s'élargit entre les châtaigniers et nous pûmes marcher côte à côte sur un tapis d'herbes basses. Comme je prenais garde où je mettais les pieds, le jeune homme me dit :

– Vous devriez porter votre regard vers le haut. Ce n'est pas par en bas que vous trouverez ce que vous cherchez.

Une fois de plus je me sentis forcé dans mon intimité, mais ce conseil avait été donné avec tant de simplicité, et surtout il était tellement vrai, qu'il s'imposa sans que je trouvasse rien à y répondre. Comme je levais mon regard, j'aperçus au loin ce qui me sembla être une clairière, un espace de lumière rayonnant entre les branches du sous-bois. En même temps, j'entendis clairement le bruit d'un ruisseau qui coulait pas très loin sur la droite. Et, comme le sentier obliquait, nous pénétrâmes presque soudainement dans un lieu insoupçonné. C'était une lumineuse clairière adossée à la colline où quelques rochers couverts de lichens ocre émergeaient dans l'herbe fleurie. On aurait dit des carapaces de tortues attendant une hypothétique marée haute. Un filet d'eau se frayait un chemin entre les blocs de granit arrondis par le temps, et se terminait par une petite cascade qui alimentait un bassin taillé dans le roc, probablement de main d'homme. Puis l'eau un instant prisonnière reprenait sa liberté et serpentait dans la mousse et les buissons avant de s'enfoncer dans l'épaisseur des bois.

– Voici Mère Nature dans sa pure splendeur, me dit-il.

Un tapis de violettes, de marguerites et de boutons d'or s'étendait devant mes yeux. Mon compagnon avait enlevé sa peau de mouton et s'était assis sur le coin d'un rocher. Son gros gilet de laine rouge en faisait le centre rayonnant de ce lieu. Il m'invita à lui faire face, en prenant garde de ne pas piétiner un lit de violettes odorantes :

– La violette est l'un des aboutissements du règne végétal, me dit-il. Elle dégage autant d'énergie qu'un grand chêne.

L'endroit était complètement féerique, hors du temps, miraculeusement préservé, ignoré des cartes et des dépliants touristiques. Je remerciai mon guide de m'avoir conduit jusqu'ici.

– Je vous souhaite de découvrir d'autres lieux encore plus somptueux. Ils guérissent toutes les blessures et font apparaître d'autres horizons. Vous sentez-vous bien ?

Incontestablement il y avait ici une légèreté, une lumière, une douceur en regard desquelles le dolmen me laissait un souvenir de grisaille et de lourdeur. Mais en même temps, toute l'agitation mentale et les préoccupations que j'avais réussi à éloigner revinrent brusquement. Devant le sourire franc de mon jeune guide, je me sentis alors encore une fois l'envie de me confier, de m'abandonner.

– Oui, je me sens bien et en même temps la pesanteur des soucis est toujours présente. J'ai des scrupules à l'évoquer dans un lieu d'une telle sérénité.

– Il n'y a pas de honte à dire les choses, l'essentiel est d'être vrai. Est-ce indiscret de vous demander ce qui vous préoccupe ?

Avec une fausse pudeur, je tournai en dérision la gravité de mes problèmes :

– Peu de chose à vrai dire. Ma femme m'a quitté il y a quelques mois et, comme ce genre de choses n'arrive jamais seul, j'ai été viré de mon travail, mais sinon tout va bien.

Avec beaucoup de délicatesse il me demanda :

– Que faisiez-vous ?

– J'étais dans la banque.

Il eut alors une réaction complètement déconcertante. Il éclata d'un grand rire et se pencha pour me prendre amicalement l'avant-bras :

– Réjouissez-vous au contraire. Il vous est peut-être donné une opportunité de faire quelque chose qui vous correspond mieux. Ne me dites pas que vous étiez passionné par ce que vous faisiez !

Je ne voulus pas m'étendre davantage sur ce que je considérais être une profonde injustice à mon égard. Comme s'il avait lu dans ma pensée, il me dit avec gravité :

– Il n'y a pas d'injustice. Et il n'y a pas non plus de hasard. Tout est conforme aux lois de la vie, tout arrive à son heure. Non seulement personne ne vous en veut, mais la vie cherche à vous aider, et vous offre sans cesse des opportunités pour grandir et devenir plus libre.

Il garda le silence quelques instants puis ce large sourire qui lui donnait tant de charme illumina de nouveau son visage.

– Vous savez, quand la vie vous envoie des difficultés, il faut revenir à des choses simples. Qu'est-ce que la vie ? Est-on venu au monde par hasard ou bien est-on là pour une raison bien précise, avec une fonction à remplir, une tâche à effectuer ? Regardez cette merveilleuse nature qui vous entoure, cette harmonie parfaite : est-ce la combinaison aléatoire de molécules qui se cherchent, qui se sont tournées autour depuis des milliards d'années et qui se sont enfin trouvées par hasard ? Même les scientifiques admettent que la vie est d'une telle complexité que la probabilité qu'elle soit le résultat du hasard est pratiquement nulle.

Je lui dis que je savais cela et que je ne croyais pas au hasard. Sans être inféodé à une religion quelconque, j'étais persuadé que la vie avait un sens, qu'il y avait sans doute une raison derrière les événements même incompréhensibles, et une architecture derrière les formes. Le problème était que je n'avais toujours pas trouvé ce sens, et pour tout dire je commençais même à me lasser.

– Il ne faut pas s'acharner à vouloir trouver, mais plutôt s'ouvrir à ce qui semble dépasser notre raison, et alors on peut recevoir des clés de compréhension. La vie, votre existence, tout ce qui vous arrive, n'a que deux origines possibles : le hasard ou quelque chose dont on ne peut rien dire et que j'appellerais, faute de mieux, l'Absolu. Vous noterez que je ne vous parle pas de dieu ou de créateur, car les dieux et les créateurs sont légion dans l'univers. Je vous parle de la Cause des causes. La Vie qui est de toute éternité, la Vie d'avant la vie.

Je n'étais pas sûr d'avoir très envie de philosopher, et il dut le sentir car il me dit :

– Ce que je vous dis est très important car cela commande tout le reste, et le regard que nous portons sur l'existence. Si la vie est née du hasard, alors nous sommes dans un monde absurde qui n'a aucun sens. Un monde de pure matière où l'esprit et l'aspiration au dépassement, qui est la seule source de joie véritable pour l'homme, n'ont pas leur place. Dans un monde où la vie est apparue par hasard, pour ne pas dire par accident, la philosophie comme la religion sont parfaitement inutiles et ne servent à rien, ce qui est d'ailleurs assez répandu dans un certain nombre de têtes du quatrième règne. Cette vision d'un monde sans créateur, d'une architecture sans architecte, a largement prédominé depuis les cent dernières années. Elle nous a menés dans un monde de désespérance, sans foi ni loi, régi par l'appât du gain et la volonté de domination. C'est un monde sans repères, un monde-spectacle où la violence et la souffrance sont livrées en pâture comme au temps des jeux du cirque, un monde dominé par quelques puissants qui jettent de misérables miettes à l'humanité asservie pour qu'elle continue à filer doux.

Ce discours un peu révolutionnaire me surprenait dans la bouche de ce jeune sage :

– Asservie, vous y allez un peu fort…

– Asservie par les désirs de possession ou de jouissance, asservie par la peur de perdre ou de manquer. Sur quoi croyez vous que fonctionne la publicité ? Qui peut se dire libre aujourd'hui ? Je parle de la véritable liberté, celle de l'âme, celle qu'on ne peut pas vous enlever, même en prison. Comment croyez-vous qu'aient pu tenir un Nelson Mandela ou cette Birmane assignée à résidence depuis douze ans…

– Aung San Sun Ky ?

– Oui. D'où croyez-vous qu'ils puisent leur énergie ? La liberté est dans chaque être avant de s'affirmer au dehors. Cette liberté qui affranchit de toutes les peurs, qui balaye tous les chantages…

Il marqua une pose et repris :

– Mais si la vie n'est pas née du hasard, c'est qu'il y a un but, un ordonnancement, une raison à toute chose, y compris à votre propre vie. Vous constatez par vous-même la merveilleuse harmonie qui régit le monde des formes, et les lois très précises qui le sous-tendent. Des lois de cause à effet, des énergies positives ou négatives régissent aussi les mondes autres que physiques, les espaces plus subtils de nos émotions et de nos pensées. Et tout ce qui nous arrive est la conséquence de nos pensées et de nos actes.

Il parlait avec conviction, mais posément et sans passion. Son débit était assez lent et permettait aux mots de faire leur chemin dans mon être. Il me regarda avec intensité, et ses yeux gris me parurent insondables, comme deux fenêtres ouvertes sur un autre monde, un monde de lumière, de paix et d'amour. Je lui dis comme en écho :

– Je sais tout cela. Je sais bien que le monde n'est pas le fruit du hasard, je sais bien, depuis ma plus petite enfance, que ma vie, que la vie a un sens.

– Vous le savez, mais qu'en faites-vous ? À quoi cela vous sert-il, en quoi cela vous aide-t-il ? Est-ce que la quête du sens gouverne votre vie ? Est-ce que cela vous donne un autre regard sur les choses de la vie ? Vous savez que vous n'êtes pas venu sur Terre par hasard, mais vous rangez cette information dans un coin de votre conscience et vous l'oubliez. Vous savez qu'il y a des causes à tout ce qui vit, des lois qui régissent le mouvement et l'être, mais vous vous comportez comme un homme du quatrième règne qui n'a aucun recul, aucune perspective autre que matérielle. Vous continuez à penser que les épreuves que vous envoie la vie ne sont là que pour vous embêter, parce que je ne sais qui ou je ne sais quoi vous en veut, parce que vous n'êtes pas aimé.

Le terme de quatrième règne raisonna curieusement en moi. Pourquoi employait-il ce mot alambiqué pour désigner l'humanité ? Je n'eus pas le loisir de lui poser la question car il reprit son propos.

– Peu importe le nom que vous donnez à l'origine de la Vie. Appelez-la la Vie elle-même si vous voulez. Sachez simplement que derrière tout ce qui vous entoure et tout ce qui vous arrive il y a une volonté, un dessein, et que tout cela est juste et parfait comme l'est la course des planètes et des galaxies dans l'univers. Pour ma part, j'appelle cette source de vie l'Absolu, mais un grand écrivain chinois m'a dit un jour que c'était un terme mal choisi, parce que cela évoquait l'absolutisme, l'intolérance. Évidemment il avait consacré sa vie à se dégager de ce carcan, je comprends que le terme lui chatouille encore les oreilles. Mais l'Absolu me plaît bien : ce n'est pas le dieu d'une religion, ce n'est pas un être, c'est l'Êtreté. L'Absolu est au-delà de toute manifestation, il n'a aucun contact avec les mondes créés, il est au-delà, au-dessus, avant, comme vous voudrez. Il est pure potentialité. Toute vie provient de l'Absolu et aspire à y retourner. C'est le sens de tout ce qui se manifeste de se frayer un chemin vers sa source. Comme une fleur qui a un tropisme à la lumière, la vie a un tropisme à l'absolu. Elle qui ne cesse de se manifester, elle n'aspire qu'à redevenir ce qu'elle est de toute éternité, au-delà du point et du cercle originels, au-delà du premier son, du premier rayon de lumière. L'Absolu se pulvérise en permanence et émet continuellement des vagues de vie, des unités de vie qui deviennent à jamais d'éternels pèlerins sur le chemin du retour…

Cette discussion métaphysique en pleine forêt, avec un homme que je ne connaissais pas il y a seulement une heure, avait quelque chose de surréaliste. Pourtant, en regardant mon compagnon deviser sur l'origine de la vie, je sus que cet être était précieux, comme précieux étaient cette rencontre et ce moment. Ce qu'il me disait me captivait car c'était la nourriture que j'attendais depuis si longtemps, et dont j'avais précisément besoin à ce moment, dans les difficultés au milieu desquelles je me débattais. Le ton de sa voix douce et posée me fascinait, m'hypnotisait presque et je m'aperçus que je commençais à décrocher un peu. Je ne pus m'empêcher de lui renvoyer son argumentation :

– Si le hasard n'existe pas, alors cette rencontre a un sens. Quel peut-il être ?

Il ôta son chapeau pour se passer la main dans les cheveux, et ce geste anodin, emprunt d'une rare élégance, était comme une caresse qu'il s'accordait à lui-même. La belle gravité de son visage laissa place à son chaleureux sourire :

– Bien sûr que notre rencontre a un sens, et même une raison bien précise. Vous êtes un être du cinquième règne, vous avez dû le pressentir. Pour ma part, je suis venu ici en sachant que quelque chose d'important allait s'y produire. Vous ne mesurez pas encore l'étendue des conséquences de notre rencontre.

J'étais interloqué, et de nouveau, comme au dolmen, je sentis monter ma rébellion. Qu'est-ce qui lui permettait d'avancer de pareilles affirmations ? Pour qui se prenait-il avec son air de tout savoir ? Comme une vague qui se retire, la colère s'éloigna. La sérénité de son visage suffit à me persuader qu'il m'avait tenu des propos parfaitement normaux pour lui, dépourvus de toute arrière-pensée. J'avais en face de moi un être vrai, et c'était devenu tellement rare que je mesurais la déchéance du monde dans lequel j'évoluais.

– Vos propos sont bien sibyllins. Soyez plus précis ! Vous devez m'en dire davantage !

– Je peux vous dire que je connais la nature de votre tâche, de votre mission dans cette vie.

– Rien que cela, ironisais-je ! Je suis bien curieux de la connaître, et pendant que vous y êtes, vous pourriez me dire ce que vous entendez au juste en me disant que je suis un être du cinquième règne ?

– Croyez-vous que l'évolution se soit arrêtée au quatrième règne ?

Et comme j'insistais pour obtenir une réponse, il regarda sa montre et me dit :

– Les réponses viendront en leur temps. Les questions que vous soulevez méritent qu'on ne les traite pas à la légère, vous êtes d'accord ? Je n'avais pas prévu de faire un tour au dolmen. C'est… disons que c'est l'intuition qui m'y a guidé. Mais j'ai un rendez-vous dans une heure, et je n'y serais jamais si je commence à rentrer dans des sujets aussi fondamentaux.

– Et ma mission ?

J'étais plus accroché que je voulais bien me l'avouer.

– Tout cela va ensemble. J'aurais grand plaisir à vous revoir si vous le souhaitez. Voici mes coordonnées.

Il enfila sa peau de mouton, fouilla dans une poche et en retira une petite carte qu'il me tendit. Puis il me prit les mains et s'éloigna d'une démarche assurée. J'aperçus encore son chapeau beige entre les feuillages, et je me retrouvai seul. J'examinai la carte de visite que je tenais dans ma main. Elle indiquait une adresse et un téléphone avec la mention :

LIONEL DELMONT
GÉOBIOLOGUE

III
LE CIEL EST VIVANT

De retour à Paris, je restais marqué par l'étrangeté de cette rencontre. J'avais un peu l'impression d'avoir rêvé. Parfois je me laissais même aller à l'idée que j'avais eu à faire à quelqu'un d'un peu dérangé me tenant des propos hallucinants. Et pourtant, il me restait la vision de ce sourire franc et plein d'amour, la mélodie sereine de sa voix. Et surtout, j'avais encore le souvenir de ce fabuleux parfum que je ne m'expliquais pas et avec lequel il m'arrivait de me réveiller la nuit.

Ma morne existence de demandeur d'emploi reprenait ses droits. Achat des journaux le matin, lecture des petites annonces, recherche de cabinets de placement, coups de fil à de vieilles relations exhumées de vieux carnets d'adresse… Je nettoyais l'appartement à l'occasion, ignorant combien de temps je pourrais encore payer le loyer, repassant dans ma tête le nombre de mois d'indemnisation.

Ce qui m'inquiétait, c'était l'état d'esprit avec lequel je me rendais aux quelques rendez-vous laborieusement décrochés. J'étais à la fois crispé dans la volonté farouche d'obtenir un emploi, et en même temps j'avais l'impression de ne plus rien avoir à faire dans cet univers de la banque. Au fonds, j'espérais bien ne pas convenir, et je ne me voyais absolument pas reprendre mes fonctions antérieures, animer des équipes, tenir des discours de motivation. Tout cela me semblait profondément dérisoire en face d'autres aspirations que j'avais encore du mal à cerner, mais qui étaient bien présentes et que ce jeune homme avait sans doute réveillées.

Mon idéal de jeunesse, au service d'une humanité qui se lève et qu'il fallait nourrir de justice et d'amour, n'était plus aussi loin. Je l'avais laissé sur le bord de la route, en me disant qu'il n'était pas réaliste, que je n'étais pas fait pour évoluer parmi les crocodiles du monde de la politique, que je n'avais aucun don artistique ou littéraire pour délivrer des messages d'espoir et de vérité, ni tracer des chemins d'espérance pour le futur. Le bon sens avait fini par l'emporter, je m'étais résigné à réussir dans la vie, ce pour quoi je n'étais pas non plus très doué ni très motivé. La franc-maçonnerie m'avait aidé à me résigner, comme une bouée qui me maintenait la tête hors de l'eau : une ou deux fois par mois, on me donnait l'occasion de m'interroger sur moi-même et sur le pourquoi des choses. Mais là aussi je restais sur ma faim : cette Maîtrise qui me fut reconnue si vite, je la savais illusoire, comme je sentais aussi que les combats essentiels étaient devant moi. Jusqu'à présent, j'avais surtout cultivé l'art de l'esquive.

Le départ d'Anne fut le premier coup qui ébranla mon univers factice. Comme ce n'était sans doute pas suffisant, le rachat de ma banque et mon départ quasi obligé qui avait suivi ont achevé de détruire ce que j'avais péniblement construit pour m'intégrer à ce monde auquel je me sentais si souvent étranger. Je me retrouvais donc face à moi-même, expérience nouvelle et angoissante pour moi, mais que j'acceptais comme nécessaire : je ne voulais pas passer le reste de ma vie à me fuir et à fuir l'essentiel. Je ne pouvais donner de l'amour aux autres si l'amour n'était pas en moi. Or il me semblait que je ne m'aimais pas beaucoup, et j'avais à découvrir pourquoi si je voulais me sortir de l'ornière où je m'étais mis.

Un soir, en rangeant des papiers sur mon bureau, la carte de Lionel Delmont reparut entre mes mains. À l'occasion des ponts du mois de mai, j'avais l'intention de repartir en Bretagne pour me changer les idées. En fait, j'éprouvais un besoin impérieux de me nettoyer de toute cette grisaille qui m'entourais depuis plusieurs semaines. Je m'aperçus que je me réjouissais à l'idée de revoir cet élégant jeune homme énigmatique qui m'avait invité à reprendre contact. Je lui téléphonais et une voix féminine assez forte me répondit derrière un joyeux brouhaha de cris d'enfants :

– Je vous le passe.

Je lui dis que je m'appelais Erwan et que je l'avais rencontré devant un dolmen. Il se souvenait bien de moi et se dit ravi de m'entendre. Nous convînmes que je viendrais dîner le samedi suivant. Il me précisa comment me rendre dans le petit bourg où il demeurait près de Saint-Brieuc. Cet environnement familial excitait ma curiosité : c'était donc un homme normal, avec une femme, et des enfants qui braillent et qui dérangent.

Le soir venu, j'arrivais devant une propriété en pierres du pays. Le portail n'était pas fermé et j'entrais ma voiture dans la cour. C'était une belle nuit de mai : il faisait frais, le ciel était clair et constellé d'étoiles. J'avais devant moi une longère de plain-pied d'une quinzaine de mètres de long. Au-dessus de la porte, trois singes surmontaient une devise écrite en lettres blanches : « Mal sur autrui ne cause, n'entend, ne voit. »

La porte s'ouvrit et Lionel s'encadra dans l'ouverture, souriant, toujours aussi élégant dans une simple chemise polo jaune d'or rentrée dans un pantalon marron. La boucle de son large ceinturon était une grosse tête de bélier aux cornes spiralées. Il m'invita d'un signe et j'escaladais les trois marches du perron.

Aussitôt entré, j'avais déjà perdu tout mes repères. Mon regard ne parvenait plus à se fixer. J'eus l'impression de pénétrer dans un grenier de brocanteur et je me perdis dans l'invraisemblable bric-à-brac qui s'étalait devant moi. C'était une vaste pièce à vivre qui servait de cuisine et de salle à manger. La suspension accrochée au plafond, au-dessus d'une grande table ovale en chêne cérusé où l'on devait facilement tenir à douze, était composée d'une couronne végétale d'où pendaient d'abondantes grappes de raisin. Le buffet double corps à colonnes, de style Renaissance espagnole, était encombré d'objets divers : un ours blanc, un buste d'indien emplumé, un visage de femme en pâte de verre se dégageant de la matière, un curieux ensemble en bronze composé d'un sanglier faisant face à un lièvre s'élançant lui-même vers un aigle, une femme au buste incliné comme pour faire un plongeon, mais ses bras tendus en arrière étaient des ailes de papillon, et bien d'autres pièces que je ne parvenais pas à retenir.

Dans une vitrine en verre se dressait un superbe naja de cristal bleu, ainsi qu'une épée au pommeau richement ciselé, des chevaliers de plomb, et ce qui me semblait être une collection de médailles. Face au buffet, de l'autre côté de la table, se dressait près de la fenêtre un imposant chandelier à sept branches qui s'élevait à hauteur d'homme, et supportait de larges bougies de la taille d'une bonne bûche. Chaque bougie était ornée d'une fleur et entourée d'un ruban de couleur sur lequel était accroché un animal symbolique en laiton, et je notais rapidement un petit dauphin, un éléphant, un serpent et un scarabée. Les murs étaient couverts de tableaux et de tentures représentant des scènes médiévales. Tout au fond, dans ce qui devait servir de coin salon, j'entrevoyais devant un canapé une table basse en verre supporté par un magnifique aigle de bronze déployant ses ailes et servant de trépied. Au pied de la cheminée se tenaient deux cerfs en bronze allongés, et plus loin je devinais une statue de la Liberté.

Plusieurs enfants s'agitaient autour de la table mais ne semblaient pas s'être rendu compte de ma présence. Devant moi se tenait une jeune femme blonde au visage grec, avec un nez mince et des yeux bleus assez foncés, que Lionel me présenta comme son épouse, Claire. Elle avait entre vingt-cinq et trente ans. Elle portait une robe bleue assez ample sur un corps qu'on sentait déjà un peu déformé par les maternités, à moins qu'elle ne soit enceinte. J'étais très désorienté, car je n'imaginais pas mon élégant jeune sage dans ce contexte familial, au milieu de ce débordement de vitalité, de ce joyeux désordre.

Il m'invita à prendre place à table, où le couvert n'était pas encore mis, et nous commençâmes à bavarder. Claire s'était assise à côté de Lionel mais elle ne cessait de se lever et d'intervenir auprès des enfants, une fille et trois garçons dont le plus jeune avait trois ans. Nous parlions de choses banales, avec légèreté. Je ne m'ennuyais pas, bien que je m'attendis à autre chose. Puis Lionel enfila un tablier et passa derrière les fourneaux, me confiant qu'il adorait faire la cuisine. Claire intervint en riant :

– Il n'ose pas vous dire qu'il ne me trouve pas à la hauteur !

– Allons, allons, ce n'est qu'une juste répartition des tâches, dit-il en lui envoyant un baiser de loin.

Et nous continuâmes à deviser gaiement, dans le brouhaha incessant des enfants. Claire dressa la table, les enfants s'installèrent au bout, sauf le plus jeune qu'elle prit à ses côtés. Comme on servait les coquilles Saint-Jacques, je ne pus m'empêcher d'évoquer l'impressionnante quantité d'objets qui nous entouraient.

– J'ai glané tout cela au fil de brocantes et de vide-greniers, à des prix souvent dérisoires, me dit Lionel. C'étaient des cadeaux de là-haut. Chacun de ces objets est profondément symbolique, bien entendu. Il correspond à une phase de mon travail, de mes recherches… Nous pourrions passer plusieurs soirées à les commenter.

– Ne trouvez-vous pas cette abondance un peu, comment vous dire…

Je ne voulais pas le froisser.

– Vous voulez dire un peu chargée ? C'est vrai qu'avec un peu plus de place, ils seraient mieux mis en valeur. Et encore, vous n'avez pas vu mon bureau. Pour tout dire, je ne cherche pas d'effet décoratif, bien que la beauté accompagne toujours la vérité d'un symbole. Chaque symbole est l'illustration de l'unité de la vie, à la fois esprit et matière, signe et signification, concret et abstrait. C'est nous qui choisissons de réduire, de séparer, d'analyser, de ne voir qu'un aspect des choses, mais la vie est toujours une, comme le symbole. Il nous invite à réunir ce qui a été séparé, et en cela c'est une énergie très puissante, une présence qui peut faciliter ou protéger. Un symbole est toujours un lien entre le visible et l'invisible, une porte entr'ouverte vers d'autres mondes, d'autres réalités plus subtiles qui nécessitent d'affiner un peu ces instruments de perception que nous appelons nos cinq sens. Le symbole ne nous montre que ce que nous sommes capables d'y voir, mais si nous savons le pénétrer, il nous révèle toujours une voie, une lumière. Il nous invite à nous mettre sur le chemin qui va de l'irréel au réel, de l'individuel à l'universel, de la dépendance à la liberté, de la mort à l'immortalité…

Je le sentais intarissable sur le sujet, en dépit des enfants qui lui grimpaient sur les genoux et lui tiraient les oreilles.

– Mais pourquoi cette accumulation ?

Claire intervint. Elle parlait assez fort, sans doute parce qu'elle avait l'habitude d'élever la voix avec les enfants pour se faire entendre :

– Je vous garantis qu'il ne fait pas commerce d'antiquités ! D'ailleurs, il y a ici peu d'objets vraiment anciens ou qui aient une grande valeur. C'est sans importance. Ce qui compte, c'est le symbole. Bien sûr, on ne sait plus où les mettre, mais refuse-t-on les cadeaux de là-haut ?

Lionel a dû vous le dire, le hasard n'existe pas. Alors, c'est qu'il doit accueillir ces symboles ici. Ces objets sont véritablement venus à lui, il savait le matin même qu'il devait aller à tel ou tel vide-greniers. Parfois il s'arrête sans raison chez un brocanteur de campagne. C'est comme cela qu'il a trouvé ce superbe Ganesh.

– Je n'accumule pas au sens matériel du terme, poursuivit Lionel, mais je concentre des énergies qui doivent se manifester sur la Terre. Bien sûr, il faut connaître la science des symboles et ne pas mettre ensemble n'importe quoi. Et puis, il y a des symboles totalement négatifs.

– Quoi par exemple, demandais-je ?

– L'étoile à cinq branches inversée, avec la pointe en bas, est particulièrement nocive ! Mais nous reparlerons de la science des symboles une autre fois, si cela vous intéresse, me dit-il avec un sourire d'excuse, en posant par terre le gamin qui s'accrochait à sa chemise.

J'admirais sa patience avec les enfants.

– Et ce gros chandelier à sept branches, qu'est-ce que c'est ?

– Il symbolise les sept robes de la Mère, c'est-à-dire les sept lignes d'énergie qui enveloppent et constituent le monde manifesté. Chacun a sa couleur propre. Vous avez les trois couleurs primaires qui, en se combinant entre elles forment quatre couleurs secondaires. Chaque ligne d'énergie a son représentant symbolique dans chaque règne, c'est pourquoi vous allez trouver une pierre, une fleur, un animal, une planète. Bien sûr, dans le règne humain ils ont leur correspondance sous forme de caractères psychologiques comme la volonté, l'amour ou l'intelligence.

Le repas étant presque achevé, et compte tenu du vacarme causé par les enfants, je me levais pour m'approcher du chandelier.

– Par exemple, sur la première bougie, je vois un ruban rouge.

– Oui, le rouge symbolise l'énergie de volonté. C'est l'énergie qui alimente le premier feu, celui de la création. Mais cette volonté est aussi teintée d'amour, elle est une volonté de bien de l'ensemble de la création. La pierre qui lui est associée est le rubis dans le règne minéral. Dans le règne végétal c'est la fleur de l'oranger, et dans le règne animal c'est le coq. Pluton est sur cette vibration.

Comme j'allais lui parler de la deuxième bougie et de son ruban bleu indigo, Lionel s'interposa et dit :

– Vous savez, il y a encore six lignes d'énergie qui habillent Mère Nature. Je n'aurais pas assez de la soirée pour les aborder sérieusement, et je ne suis pas sûr de ne pas vous perdre dans les explications. Mais nous y reviendrons si vous le souhaitez, je vous le promets.

– Vous m'avez promis aussi de me parler du cinquième règne et de ma mission…

Lionel resta silencieux, mais je compris qu'il voulait me dire : « Ne soyez pas impatient. » Il me répondit néanmoins :

– Vous devez comprendre que des informations de cette importance nécessitent un minimum de travail de préparation. Sinon vous allez me prendre pour un fou… Si ce n'est pas déjà fait, ajouta-t-il avec un sourire complice.

Il se leva et enfila un gros gilet de laine beige.

– La nuit est superbe. Prenons un peu le frais pendant que Claire couche les enfants et nous prépare une infusion.

Je me levais à mon tour et sortit. Effectivement le ciel était encore plus lumineux que tout à l'heure. La voûte céleste était emplie d'étoiles, de constellations, de galaxies lointaines. À Paris, on ne voit jamais les étoiles. Est-ce parce que l'atmosphère est trop polluée, ou tout simplement parce qu'on ne prend plus le temps de lever le regard vers le ciel ? C'était à peine si l'on prêtait attention au temps qu'il faisait.

– Connaissez-vous les étoiles ?

En dehors de la Grande Ourse qui se levait derrière le toit de la longère, j'avouais mon ignorance. Il m'invita à me retourner :

– Vous voyez, là-bas à l'horizon, au-dessus de la ligne des arbres, cette étoile très brillante s'appelle Sirius. Si vous montez légèrement en diagonale, vous apercevez un amas d'étoiles en forme de triangle, ou même de cerf-volant : c'est Orion. Un peu plus haut, toujours dans le même axe en partant de Sirius, vous trouvez une étoile remarquable qui est Aldébaran, l'œil du Taureau. Et encore plus haut, l'amas que vous distinguez, ce sont les Pléiades.

J'avais un peu le vertige. Je me sentais envahi par un sentiment de paix et d'infini. Tout était à sa place dans cette immense et immuable mécanique.

– Il suffit de lever les yeux au ciel pour se sentir empli d'humilité. Que sommes-nous dans ce vaste ensemble ? Des systèmes solaires comme le nôtre, on en a compté deux cents milliards dans la Voie lactée, notre galaxie. Et on a pu dénombrer dans l'univers visible cent milliards de galaxies, composées chacune de cent milliards d'étoiles. Cela dépasse ce que l'esprit humain peut concevoir.

– Pascal a écrit de superbes pages sur ce thème.

– Oui, mais il s'est arrêté en chemin, il n'a pas été jusqu'au bout de ce qu'il avait perçu. Les temps n'étaient pas encore prêts. Est-ce que tu crois sincèrement que tout cela a été créé pour faire un décor à la Terre ? Cet univers immense qui nous contient est doté de vie. Crois-tu que cette vie soit purement matérielle, animée d'un mouvement mécanique ?

Je notais ce tutoiement soudain, mais je pris cela pour une marque d'amitié et je le laissais poursuivre :

– Penses-tu que toute cette vie dans l'univers se limite à des corps physiques qui tournent on ne sait trop pourquoi les uns autour des autres, régis par la seule loi de gravitation ? Il y a de la vie dans l'univers, je veux dire des naissances et des morts, donc une évolution. Tout dans l'univers évolue comme nous-mêmes nous naissons, nous mourrons et nous tentons de progresser, même inconsciemment, même malgré nous. Comme nous, les étoiles naissent et meurent. Pourquoi leur conscience n'évoluerait-elle pas ?

– Parce que les étoiles n'ont pas de conscience, Lionel.

– Qu'en sais-tu ? Les étoiles ont des destinées, comme les humains. Certaines étoiles s'éteignent de leur belle mort, d'autres disparaissent dans la violence, happées par de gigantesques trous noirs. Je lisais récemment qu'un trou noir avait absorbé l'équivalent de trois cents millions de soleils ! La mort est dans l'univers, mais aussi la naissance avec les big-bang, qui sont en quelque sorte la contrepartie des trous noirs puisqu'ils restituent à l'univers les masses qui ont été captées et fournissent à de grands êtres de nouvelles opportunités d'évolution…

– Où voulez-vous en venir ?

– Tout est vivant dans l'univers, tout est animé. Essayez donc d'imaginer que ces grands corps qui nous englobent sont des êtres vivants, et que ces corps sont dotés de conscience…

– Qu'est-ce que vous me dites-là, Lionel ? Que la Terre et le système solaire sont des êtres pensant comme nous ?

– Comme nous, certainement pas.

Il commença à s'animer un peu, sans se départir de son dépit posé et lent.

– Levez les yeux au ciel et comprenez où vous êtes. Vous êtes un homme sur la Terre, vous avez une conscience, une intelligence, une capacité d'amour. Croyez-vous être la seule espèce à en être dotée ? Vous reconnaissez un peu d'intelligence aux animaux, un peu d'affectivité aussi. Les scientifiques nous disent qu'il y en a aussi dans le règne végétal. L'affectif, l'intelligence, c'est déjà un petit niveau de conscience, à défaut d'une conscience comme la nôtre. Et pourquoi voudriez-vous qu'au-delà, ce ne soit pas en proportion ? Y aurait-il une prétention du quatrième règne à se croire le centre et l'aboutissement de toute chose ? Il y a autant d'écart entre votre niveau de conscience et Celui qui nous donne la possibilité d'exister – je veux parler de l'Être qui donne vie à cette planète – qu'entre nous et le règne minéral ! Imaginez le niveau d'intelligence, d'amour et de puissance auquel est arrivé un être capable de donner la vie à une planète, de s'y incarner ?

– Alors c'est cela le cinquième règne, c'est le règne des planètes ?

– Non bien sûr, les êtres dont le corps de manifestation est une planète sont bien au-delà du cinquième règne. Ils sont même bien au-delà du septième règne.

– Parce qu'il y a sept règnes dans la nature ?

– Oui, mais ne grillez pas les étapes, je vous ai dit que je vous parlerais en son temps du cinquième règne. Mais avant, vous devez connaître quelques données.

– Et au-delà des planètes, à quel règne appartiennent les êtres qui animent des systèmes solaires ou galactiques ?

– Au-delà on ne parle plus de règnes. Ce sont d'autres lignes d'évolution qui nous concernent de très loin pour l'instant.

Il resta un instant silencieux et ajouta avec ironie :

– J'observe que vous commencez à comprendre l'emboîtement des vies dans la vie une.

– Je suis tombé chez les fous !

Il éclata de rire et me prit par le bras.

– Sachez une chose, Erwan, c'est que je ne chercherai jamais à vous imposer quoi que ce soit. Ce que je vous dis, je sais bien que c'est complètement étranger aux concepts du quatrième règne. Considérez que je pose tout cela sur la table, que ce sont des hypothèses de travail, si cela peut vous rassurer. N'acceptez rien qui ne vous convienne entièrement, et surtout entendez par le cœur autant que par le mental. Moi-même, j'ai laissé de côté certains éléments pendant des années parce qu'ils ne me convenaient pas, et puis tout a pris sa place au moment opportun. Restez toujours un être libre, un explorateur de la vie !

Il désigna d'un geste vaste toute la voûte céleste :

– Allons plus loin : tous ces corps célestes n'ont pas seulement une réalité physique, ils ont aussi une réalité énergétique. Ce sont des centres par lesquels l'énergie de grands êtres, c'est-à-dire leur pensée, circule dans l'univers. Je vous propose comme hypothèse de travail que certaines étoiles ont des fonctions énergétiques particulières – c'est d'ailleurs vrai aussi des planètes, mais dans une autre échelle. Tout relaye de l'énergie dans l'univers, y compris nous-mêmes. Notre fonction, c'est de passer le témoin, mais au passage de lire son contenu et d'avancer plus loin grâce à lui.

– Bon, alors à quoi correspondent les étoiles ? Notre système solaire pour commencer ?

– Notre soleil appartient à la constellation du Taureau. Il est en relation avec le cœur d'un très grand Être. C'est pourquoi sur cette planète les hommes ont à développer l'énergie d'amour et à établir entre eux de justes relations humaines. C'est le message que le Christ, un grand guide de l'humanité, nous a donné il y a deux mille ans, et qui n'a guère encore été appliqué, ni même compris.

– Et la Grande Ourse ?

– La Grande Ourse correspond aux sept centres de la tête de ce très grand Être dont notre système solaire est le cœur. Cet Être est le plus grand que l'esprit humain puisse appréhender, puisqu'il s'agit de Celui qui donne vie à tout notre système cosmique.

– Excusez-moi mais je ne suis pas prêt de prendre ce que vous me dites pour argent comptant.

– Je reconnais bien là le banquier…

J'étais sidéré, c'est le cas de le dire, mais je voulais le pousser dans ses derniers retranchements :

– Et les autres constellations, ce sont aussi les corps d'êtres vivants ?

Sans se démonter, il continua à me décrypter sa carte du ciel :

– Les constellations sont des êtres qui ont atteint un degré d'évolution sans commune mesure avec l'être humain. Les constellations du Scorpion, du Verseau, du Lion et du Bélier sont l'expression vitale d'une entité vivante et consciente incomparablement supérieure et plus avancée que ne l'est notre système solaire. L'homme est très loin derrière... Bon, je ne vais pas vous passer en revue toutes les constellations, mais chacune est un centre d'énergie dans un plan plus ou moins subtil. L'âme de l'être qui anime notre système solaire, que j'appellerais pour simplifier le Logos solaire, a comme support physique Sirius... Mais j'en ai déjà beaucoup trop dit.

– À supposer que j'accepte vos hypothèses, tout cela est beaucoup trop riche, beaucoup trop dense. Il faudrait que je prenne des notes ou que je vous enregistre. Et d'où tenez-vous tout cela, qu'est-ce qui vous permet de lancer de pareilles affirmations ?

– Vous posez trop de questions en même temps ! Mais je vous le promets, toutes auront leur réponse. Comprenez-vous pourquoi il ne sert à rien que je vous parle du cinquième règne avant que vous ne sachiez dans quel contexte et vers quoi s'inscrit l'évolution des règnes ?

Je reconnus que cette théorie de l'évolution généralisée avait de quoi faire le pendant à celle de la relativité générale, et je n'étais pas mathématicien !

– Pour le moment, il vous suffit d'entendre, votre être retiendra et vous restituera ce qui est nécessaire. Essayez simplement de retenir ceci : la vie grouille dans votre corps qui abrite des myriades de formes de vies. Là-haut c'est pareil, ça grouille de vie également. Le ciel est vivant ! Simplement ce n'est pas le même niveau de vie. En vous, les vies, les organes qui vous animent sont plus frustres que vous, plus élémentaires, même si leur complexité et leur interdépendance nous rendent admiratifs. Plus haut c'est pareil : nous sommes très frustres par rapport aux grands êtres dont nous formons le corps de manifestation. De même que vous êtes un être conscient, la Terre aussi est peut-être une forme de vie avec une conscience, une conscience supérieure, élargie, une conscience très patiente aussi, vu l'état de la planète. Avez-vous lu le livre de Lovelock, *La Terre est un être vivant* ?

– Oui, je connais l'hypothèse Gaïa. Mais de là à envisager une conscience…

– On n'en est pas très loin, vous savez. Il y a une intelligence très fine de l'ensemble planétaire. De l'intelligence à la conscience, il n'y a pas loin… Mais allez encore au-delà : notre Terre est un élément du corps de manifestation de notre système solaire, et lui-même n'est pas suspendu dans le vide comme cela. Il tourne autour d'un axe galactique dans la Voie lactée. Et elle-même s'inscrit dans un système cosmique, ce qui veut dire qu'il y a – pardon, qu'il y aurait – un être cosmique doté d'un champ de conscience cosmique qui dépasse ce que nous pouvons appréhender.

– Serait-ce dieu ?

– Ce terme n'est pas adapté. Il est trop connoté de religion, entaché de préjugés, de rigidités. On ne peut pas enfermer un être, aussi élevé soit-il, dans un culte ou dans un dogme. D'autant que celui qu'on appelle dieu est lui-même en évolution. Pour nous, il est l'Absolu, mais c'est un absolu relatif. C'est l'absolu d'amour, de pureté, d'intelligence que nous pouvons imaginer de notre point de vue, avec notre conscience limitée. Mais notre dieu, celui qui nous donne la vie, celui qui a créé cette planète comme support de sa propre évolution, avec tout le respect qu'on lui doit, celui-là doit aussi s'élever, progresser en conscience, poursuivre son chemin. Dieu est aussi un pèlerin vers l'Absolu. Son contrat, c'est de nous amener à son niveau. Alors il rejoindra d'autres hiérarchies.

Les paroles de Lionel provoquèrent immédiatement un frisson qui me parcourut la colonne vertébrale. Étrangement, je ressentis comme une boule de chaleur au niveau du cœur, et ma gorge se serra. Cette idée que dieu était lui-même en évolution me semblait totalement évidente. Je la trouvais même géniale. Et révolutionnaire aussi : c'était la fin des guerres au nom de la religion. Sans savoir pourquoi, je me sentis obligé de faire un peu d'humour, ce qui était complètement à côté de la gravité de la prise de conscience que Lionel avait éveillé en moi en me révélant que dieu avait lui aussi son chemin d'évolution, et que nous étions son chemin :

– C'est comme dans le film de Capra *La vie est belle*, dis-je : l'ange de deuxième classe doit aider les humains à s'en sortir pour gagner ses ailes !

– Je n'ai pas vu ce film, me répondit simplement Lionel que je sentais un peu déçu par ma remarque. Je voudrais seulement vous amener à ressentir avec moi comme une évidence cette loi fondamentale de la vie, cette loi qui conditionne notre évolution et notre devenir. Je veux parler de la loi d'inclusivité. Ne voyez-vous pas que nous sommes inclus dans des ensembles cosmiques plus vastes ? Et de la plus petite forme de vie à la plus grande nous sommes tous reliés et tous dépendants les uns des autres. Nous avons besoin de la Terre pour être. On n'a jamais vu un homme ou un arbre se balader comme ça dans l'espace en disant « je suis un électron libre ». Nous sommes venus à l'existence parce que la Terre nous en a fourni l'opportunité. Nous sommes un grain de sable sur la Terre mais nous faisons partie de son corps de manifestation. Et sans le Soleil, la Terre ne pourrait se manifester ni évoluer. Je dis évoluer car notre planète est née, elle a été d'abord à l'état gazeux, puis elle est descendue en corps dense, et un jour elle mourra, elle remontera dans les éthers. Dans le système solaire les planètes naissent et meurent comme nous. Il y a des planètes mortes comme la Lune. D'autres n'existent qu'à l'état gazeux et vont progressivement apparaître en corps dense. On en a découvert aux confins du système solaire, mais il y en aura de plus proches.

En fait, mon esprit était encore sur cette idée d'un dieu en évolution, car je n'avais pas encore assimilé toutes les conséquences de son discours.

– Celui que nous appelons dieu aurait un corps physique, et nous en ferions partie ?

– Vous faites partie de son corps physique et de ses autres corps, mais je ne veux pas compliquer cette présentation qui est difficile à appréhender. Vous vous situez dans le plan le plus bas du corps physique dense de celui que vous nommez dieu, et il y a six autres plans, six autres enveloppes sur des plans plus subtils, non physiques.

– Quels sont les autres plans ?

– Au-dessus du physique dense, qui inclut le corps éthérique, il y a le plan émotionnel, mais le terme est bien mal approprié pour un Être de ce niveau. Je préférerais utiliser l'ancien vocabulaire qui parlait du plan astral. Et au-dessus vous avez le monde des idées, le plan mental, et ainsi de suite vous remontez jusqu'au plan où se situe la racine de vie. C'est la même chose chez l'homme, quand il s'incarne il descend de plan en plan et prend possession de ses corps jusqu'au corps physique. Et quand il meurt il quitte ces enveloppes et remonte de plan en plan, plus ou moins vite selon ses niveaux de conscience et sa dépendance aux lunaires de chaque plan. Mais je vais vous perdre si vous compliquez les choses à tout moment.

– Je vous ferais remarquer que je n'ai rien dit !

– D'accord, dit Lionel en riant, cette fois c'est moi qui entre un peu trop dans les détails. Pour en revenir à votre question, oui, celui que vous appelez dieu a un corps.

Chaque unité de vie, quelle que soit son importance, de l'atome à la galaxie en passant par l'homme, est dépendante d'un monde de manifestation, d'un corps physique qui est un cercle infranchissable à l'intérieur duquel s'effectue l'évolution qui lui est propre. C'est pour cela que nous nous incarnons, que nous avons besoin de la matière. Pas de matière, pas de conscience. Pas de conscience, pas d'évolution. Le pur esprit est encore dans l'Absolu. Mais c'est un autre sujet.

IV
LE CONTRAT DE VIE

Lionel me proposa de rentrer car la brise de nordet était mordante. Claire nous avait préparé une infusion. Elle quitta le coin cuisine pour venir s'asseoir et nous servit le tilleul brûlant. Lionel reprit la parole :

– Ce que nous avons observé dehors dans le macrocosme s'applique rigoureusement à l'identique dans l'étude de la matière dite dense, dont les physiciens vous diront qu'elle est composée de beaucoup de vide ! Il y a en nous des parcelles de vie, des unités de vie microcosmiques, qui nous composent : des ions, des protons, des atomes, des molécules qui, se combinant entre eux, forment des aspects plus complexes de la vie, des organes, des tissus. Nous abritons des mondes microscopiques qui composent notre corps physique. En eux-mêmes ils ne sont rien, mais ils rendent possibles la vie dans notre corps, ils permettent non seulement à notre corps de fonctionner, mais aussi à nos émotions d'entrer dans notre conscience, et à nos pensées de se manifester. L'homme abrite des mondes et est abrité par des mondes encore plus grands. De son point de vue, il peut se considérer comme un point médian entre l'infiniment grand et l'infiniment petit.

Claire écoutait tout cela attentivement et me lança un petit clin d'œil amusé :

– Je vois qu'il commence fort avec vous. Ne vous laissez pas faire, sinon il ne s'arrêtera pas !

Rebondissant sur l'intervention de sa femme, il me déconcerta en quittant complètement son sujet pour me raconter une histoire totalement machiste où un type se fait greffer des oreilles neuves et retourne voir son chirurgien en lui demandant s'il lui a greffé des oreilles de femme. Le chirurgien lui demande pourquoi et il lui répond : « J'entends mais je ne comprends rien ! » Je trouvais l'histoire un peu stupide et je n'hésitais pas à le dire. Ce fut Claire qui me répondit :

– Ne vous formalisez pas, Erwan, mais elle vous est un peu destinée, cette histoire. Lionel veut dire que vous devez passer à une forme d'entendement supérieure, vous faire greffer des oreilles « supérieures » qui vous aideront à mieux comprendre ce dont il vous parle.

J'étais un peu vexé, mais je sentis entre Claire et Lionel beaucoup plus que de la complicité : une parfaite unité. Lionel reprit ses explications :

– Au-dessus de l'homme, en niveau de complexité, vous allez trouver l'entité planète, qui est d'une tout autre envergure, et qui est notre dieu en quelque sorte puisque la Terre nous donne la vie, nous permet d'exister. Cette planète abrite tous les règnes de la nature, ce qui nécessite de délicats équilibres climatiques et géologiques. Je pense surtout à l'atmosphère, au système de protection contre les radiations ionisantes, aux grandes régulations thermiques par les courants marins, car pour que la vie subsiste, la température doit être finement régulée entre des écarts d'une amplitude assez faibles. Et tout cela pour quoi, à votre avis ?

– Pour préserver la vie ?

– Oui, et pour permettre l'évolution des consciences. Le Père, celui qui donne vie à la planète, a le souci, comme tous les pères, d'assurer de bonnes conditions d'évolution à ses enfants, qui ne sont pas seulement les hommes, mais tous les règnes de la nature. Chaque règne est dépositaire d'une partie du secret de la vie. Le but du Père, c'est d'amener tous ses enfants, je dis bien tous, au niveau de conscience où Il se trouve. Par sa décision de s'incarner, d'exister en tant que logos planétaire, une opportunité de progression est offerte à toutes les formes de vie qu'il a appelé en se manifestant, une opportunité de grandir en conscience, et d'accéder à d'autres niveaux d'évolution.

Il me regarda en souriant, m'expliquant qu'il était parfaitement normal que tout ce qu'il me disait me paraisse fumeux, mais que je n'avais pas à m'inquiéter car l'ensemble allait progressivement se clarifier, tout naturellement. Je trouvais néanmoins le détour plutôt long pour arriver au cinquième règne et surtout à ma mission. Il reprit :

– La vie est composée de hiérarchies de vie, depuis le plus petit niveau de la matière jusqu'aux grandes entités macrocosmiques de l'univers. La vie s'organise par attraction autour de ces hiérarchies.

– Cette hiérarchie des vies me gêne.

– Vous avez raison. Le terme de hiérarchie est commode pour l'esprit qui aime classer, mais il peut induire en erreur. Il n'y a pas de hiérarchie au sens humain du terme dans l'univers, il n'y a que différents stade de progression de la vie. Plus un être est avancé, plus il sait qu'il n'y a pas de hiérarchie, pas de ségrégation parce que partout c'est la même vie en évolution. Non seulement cela, mais pour évoluer nous avons à aider les formes de vies moins développées à passer au stade supérieur.

– Et comment cela ?

– En les guidant, en les aimant, en les aidant, en les protégeant, en les nourrissant, en les épanouissant. C'est le contrat.

– Quel contrat ?

– Le contrat de vie ! C'est la conséquence de l'inclusivité des hiérarchies de vie dont je vous parlais tout à l'heure.

Chaque vie a mission de faire évoluer les vies qui la composent. L'inclusivité, principe fondamental de la vie, implique que tu as pris comme chantiers, toi en tant que vie dans la traversée du règne humain, de faire avancer des myriades de vies de la nature. Tu dois soumettre et libérer les seigneurs lunaires qui composent tes corps et qui se manifestent par des désirs. Ces vies mineures te tirent vers le bas, t'éloignent de ton âme et plus encore de ta racine de vie. Se réaliser, c'est amener les vies mineures qui composent tes corps à se décharger de leur aspect négatif. En libérant une vie mineure de sa charge négative, tu lui permets de s'élever, de rejoindre sa source qui est ton âme, et d'entamer un nouveau cycle. Tu abrites des vies mineures dont tu es responsable, comme l'humanité en tant qu'espèce est responsable des règnes dits inférieurs. Cela s'applique pour l'homme, cela s'applique aussi pour la planète dont les hommes composent une petite mais précieuse partie de son corps de manifestation. Précieuse sur le plan énergétique. Il faut s'enlever de la tête que le monde est un objet inerte organisé autour de l'homme, seul être conscient et intelligent de la création. C'est d'une vanité sans bornes !

Il s'interrompit pour s'excuser de m'avoir tutoyé, et je lui déclarais que pour ma part cela ne me gênait en rien, d'autant qu'il avait déjà commencé depuis quelque temps sans s'en apercevoir. Il poursuivit.

– Comme tu veux. Donc, toute vie apparaît à l'occasion de la manifestation d'une vie de niveau supérieur, mais cette vie a besoin de vies mineures, de lunaires, pour composer son corps de manifestation. Nous sommes tous imbriqués, tous dépendants dans l'univers. Les vies mineures nourrissent les vies majeures. Le minéral nourrit le végétal qui nourrit l'animal.

– Et nous, lui demandai-je, nous nourrissons quoi ?

– Nous permettons l'évolution d'autres vies. Nous nourrissons les vies que nous contenons, et nous sommes la nourriture de la grande vie qui nous contient. Quand je dis « nourrir », je devrais dire plutôt « guider ». Il nous guide, nous les guidons, ou nous devrions le faire. En progressant, en guidant nos vies mineures, nous permettons à celui que nous appelons dieu d'évoluer et de remplir son contrat de vie à notre égard. C'est pourquoi il ne nous lâchera pas tant que nous ne serons pas parvenus au seuil de la divinité. Sa patience est infinie, d'autant que le temps n'est pas le même à son niveau. Et, qui plus est, en tant que vies nous avons tous le même but.

– Et quel est ce but ?

– Grandir en conscience pour tenter de rejoindre l'Absolu d'où nous provenons tous. Tout être est prisonnier des vies mineures qui composent ses corps, et sans lesquels il resterait un pur esprit dépourvu de conscience, et donc incapable d'évoluer et de se rapprocher de l'Absolu. Nous avons à nous libérer de ce qui nous enferme et qui nous tire vers le bas, nos appétits, nos désirs, nos pensées conventionnelles. En nous libérant de tout cela nous transmutons ces énergies, nous élevons la matière. Remplir son contrat de vie, c'est cela : transmuter les énergies basses qui constituent nos corps en énergies hautes, de même niveau que notre esprit. Je ne parle pas de notre mental, mais de notre esprit, est-ce que tu saisis la nuance ? Amener l'énergie de notre non-soi au niveau du soi, pour parler comme un philosophe. Mais là encore c'est un autre sujet. On touche à l'éthique du cinquième règne.

J'étais complètement largué et je le lui dis. Il me resservit un peu de tisane en riant et me confia amicalement, comme en confidence :

– C'est normal, personnellement j'ai mis quelques années à comprendre. Disons que le contrat de vie, c'est de se rapprocher de l'Absolu en tirant son équipe avec soi. Tu fais équipe avec un corps physique qui t'aide ou qui te handicape, c'est selon, mais aussi avec un émotionnel plus ou moins fort, plus ou moins vulnérable, plus ou moins dominant, et aussi un mental avec des pensées dont il y aurait beaucoup à dire. Tout cela, c'est notre équipe de vies mineures, qu'il faut gérer à l'équilibre et amener à la sagesse. Voilà notre contrat de vie, après quoi, si nous réussissons, il nous sera proposé un contrat plus important. C'est comme en affaires, ajouta-t-il en vidant sa tasse.

– Tu pourrais me donner un exemple de contrat plus grand ?

– Tu verras cela quand tu sortiras du règne humain.

Il me regarda et ce qu'il dut lire dans mon regard plein de perplexité et de concentration fit naître sur son visage un beau sourire d'estime, celui qui naît entre deux camarades venant d'accomplir un effort ensemble.

– Bon, c'est bien, on va s'arrêter là pour aujourd'hui. Je te promets qu'avec un peu de persévérance tout cela va vous paraître bientôt très clair. Nous progressons dans le puzzle.

Je n'osais lui reparler du cinquième règne, ni de ma fameuse mission. Une mission en rapport avec quoi ? On verrait plus tard. Nous bavardâmes encore plusieurs minutes sur les enfants, puis je me levais pour prendre congé. Je vis Lionel s'éloigner dans le fond de la pièce et décrocher du mur une lourde épée de chevalier qu'il me tendit :

– Tiens, Erwan, c'est pour toi, considère que c'est un cadeau de là-haut.

C'était un très bel objet que j'avais du mal à tenir d'une seule main. J'hésitais à accepter.

– Allez, te dis-je, prends-le, ils m'ont demandé de te le donner. Tu vas avoir de sérieux combats à mener, il faut t'armer ! Mais rappelle-toi, jamais l'épée dirigée vers le bas, toujours pointe en haut quand tu la fixera au mur ! Ce n'est pas une arme pour étriper tes semblables, c'est le symbole de la chevalerie céleste.

V
ESPRIT ET MATIÈRE

La journée était splendide, lumineuse, comme l'avait été la nuit précédente qui nous avait permis de contempler tant d'étoiles. Sur plusieurs kilomètres, la plage des Rosaires s'étendait à mes pieds. C'était la basse mer. La brise de nord-est levait des moutons d'écume blanche sur la mer vert émeraude, et les rouleaux déferlaient en lignes ininterrompues sur le sable jaune. Un groupe de cavaliers avançait au pas, tandis que des chars à voile se faisaient la course à vive allure.

À son invitation, j'étais retourné chez Lionel le dimanche matin. Ce n'était que notre troisième rencontre, mais j'avais l'impression de le connaître depuis très longtemps. C'était une relation qui ne se comparait à aucune autre, hors des convenances et des mondanités. Avec Lionel, nous ne parlions que de l'essentiel, de ce qui m'avait toujours questionné et que j'avais fini par mettre sous le boisseau, faute de trouver des nourritures en rapport avec cet appétit de l'essentiel. Je ne peux pas dire que je comprenais tout ce qu'il me disait, avec ses histoires de grands êtres qui habitaient des corps célestes dont nous faisons partie, mais je pensais déjà cela quand j'étais enfant. Le ton de Lionel pour m'en parler était juste, ces idées étaient déjà en moi et je les tenait pour vraies. Je ne comprenais pas les paroles, mais j'adorais la musique. Et un jour j'espérais pouvoir comprendre et chanter moi aussi.

Nous avions chaussé nos bottes et marchions d'un bon pas à la limite de l'eau, le visage inondé de soleil, mais légèrement mouillé par les embruns. En dépit de son caban et de sa casquette de loup de mer vissée sur la terre, la silhouette élancée de Lionel conservait une rare élégance et sa démarche avait quelque chose d'aérien. Il se fondait dans l'environnement.

– Tu sais, me dis Lionel sans élever la voix en dépit du vent, la vie est très simple, le problème est que les hommes n'ont plus le souvenir de leur origine, ils ont perdu leur mémoire collective. Alors ils errent comment des amnésiques de la vie, ils ne savent pas qui ils sont, ni d'où ils viennent, ni où ils vont. Il faut expliquer, mais les hommes sont méfiants, ils ne croient plus en rien, on les a trop bernés. Ils veulent des preuves, alors qu'ils sont eux-mêmes la preuve et la démonstration.

– La preuve de quoi ?

– La preuve que l'esprit est inséparable de la matière, la preuve aussi que rien n'est dû au hasard.

Il reprit son souffle, et nous nous arrêtâmes quelques instants pour regarder un petit voilier venu tirer son bord bien trop près du rivage. Il ne devait plus avoir beaucoup d'eau sous la quille. Le haut du mat s'inclina brutalement vers l'avant et il s'immobilisa.

– En voilà un qui devra attendre le flot pour repartir, commenta Lionel qui reprit aussitôt le fil de ses pensées. C'est cette mémoire que j'essaye de te redonner, mais il n'y a pas de règle, on ne sait jamais par où commencer. Je te parlais d'esprit et de matière : c'est une des portes par lesquelles on peut retrouver notre mémoire. Je vais te dire de quoi l'homme est fait. Aujourd'hui, la science officielle nous dit que c'est un amas de chair et d'os. Cela est facilement démontrable. Il y a peut-être autre chose, mais c'est le problème des philosophes, des poètes ou des religieux, pas des scientifiques. Pour les gens sérieux, il n'y a que ce qui se voit, c'est-à-dire le monde matériel, et ce qui se passe dans ce monde physique ne peut avoir que des causes physiques. Tout se passe dans le même plan de la manifestation, le plus bas, naturellement. On ne cherche même plus, comme au XIXe siècle, à expliquer certains phénomènes faisant appel à d'autres dimensions du vivant, à d'autres mondes. Toute notre société est construite sur l'affirmation qu'il n'y a de vérité que dans la matière, que la spiritualité est une supercherie pour les demeurés. Ce qui se voit s'explique, se démontre, se compte et donc s'achète ou se vend. Mais sérieusement, crois-tu que la vie s'est arrêté à la matière ? Qu'est-ce que la vie pour toi ?

– Si je le savais, je serais un grand sage…

– Méfie-toi des pirouettes. Qui te dis que tu n'es pas un grand sage sous tes costumes à la mode ? La vie, c'est de l'énergie. Tout est énergie, même ce qui te semble le plus dense, la pierre, le sable, cette plage, ce vent, ce soleil, ta curiosité, tes élans et tes colères, tout cela c'est de l'énergie, c'est la même énergie à des niveaux de vibration plus ou moins élevés. Mais la vie est une, et toi aussi tu es composé d'énergies. Ta pensée va plus vite que la lumière : c'est de l'énergie ! Quand tu aimes, une chaleur délicieuse irradie ton plexus solaire : c'est de l'énergie ! Ton corps est composé d'atomes et d'électrons : c'est de l'énergie ! Ce que tu appelles ton moi, c'est ton corps, mais aussi tes pensées, tes sentiments : donc, des niveaux d'énergie différents qui forment un ensemble cohérent, qui sont contenus dans des enveloppes, dans une forme. Pas de forme, pas de vie : l'énergie court partout dans l'univers, mais pour que la vie se manifeste, elle doit prendre forme. L'énergie de vie se donne des contours, des limites, un champ d'expérimentation, de l'espace et du temps, et donc une naissance et une mort. L'enveloppe de ton corps physique c'est la peau, mais tu as d'autres enveloppes : ton corps énergétique, sur lequel travaillent les acuponcteurs, les homéopathes, les énergéticiens, est l'enveloppe la plus proche de ton corps physique. Ton corps émotionnel sur lequel travaillent les sophrologues et les psychologues est une autre enveloppe, et de même que ton corps mental. Tout cela forme ton aura énergétique, qui se colore au gré de ta volonté et de tes réactions.

Je l'interrompis, heureux comme un gamin d'étaler un peu mon savoir :

– La science a récemment prouvé que toute matière se ramenait finalement à de l'énergie : les différences entre matière, lumière et esprit ne sont que des problèmes de temps et d'espace, de vitesse, de niveaux vibratoires.

Il me lança son regard en coin dont il avait le secret et qui faisait une partie de son charme, un mélange d'ironie et de bonté :

– C'est vrai, depuis un siècle environ, la science commence à découvrir cet aspect subtil du vivant, mais elle y va doucement, avec prudence et avec très peu de moyens car tout l'édifice de la physique newtonienne, la chimie, la pharmacie, la médecine s'écroulerait si on envisageait l'homme sous l'angle de l'énergie et pas seulement sous celui de la matière.

Lionel fit une pause pour saluer trois cavaliers qui nous croisaient en sens inverse, puis il reprit :

– Retiens que la matière, c'est de l'énergie à son niveau vibratoire le plus bas, et ce qu'on appelle l'esprit, c'est la même énergie à son niveau vibratoire le plus haut. Élever la matière au ciel, c'est monter en vibrations, c'est parvenir à s'alléger des lourdes exigences du corps, des sentiments pesants qui nous retiennent, des pensées lourdes qui nous empêchent de nous élever vers l'amour. S'alléger, c'est ne plus dépendre de tout cela. Je ne dis pas qu'il faut ignorer ou mépriser nos corps inférieurs, mais simplement ne plus en dépendre, ne plus faire la volonté de leurs désirs, et un jour peut-être les maîtriser. Cela, c'est rejoindre la vibration de ton esprit, ce qui est à la racine de ta vie. Mais pour enrichir en permanence cette vie, pour grandir en conscience, il faut sans cesse retourner à la matière et élever son énergie.

– Dis-moi, Lionel, tout ce que tu me dis est passionnant, mais franchement ne crois-tu pas que tu m'en dis beaucoup en très peu de temps ? J'ai l'impression de suivre un stage accéléré de rattrapage.

– Tu as raison, mon ami, mais le temps est compté. Bien plus que je ne le pensais.

– Que veux-tu dire ?

– Je t'expliquerai bientôt et tu comprendras l'enjeu. Pour le moment, accorde-moi encore un peu d'attention, et n'hésite pas à m'interrompre quand tu ne saisis pas. Je te parlais de l'esprit et de la matière. Pas de matière sans esprit, et pas d'esprit sans matière : ce sont les deux pôles de la vie, l'opposition qui sous-tend l'énergie. C'est comme le père et la mère. Le Père donne sa semence de création, la Mère la développe, et le Fils la prolonge jusqu'à devenir Père ou Mère à son tour. Le Père n'est pas supérieur à la Mère, ni l'esprit à la matière. Les deux sont nécessaires à la vie et à l'évolution de la conscience ou de l'âme, si tu préfères. Esprit et matière sont un, ils sont la manifestation de la vie. Quand la vie se manifeste, elle le fait sous forme de matière et d'esprit, elle s'équilibre autour de ces deux polarités vibratoires, deux champs de forces opposées qu'on appelle en physique un couple, et qui est notamment régi par la loi d'attraction. Toute matière, aussi fruste soit-elle a obligatoirement sa contrepartie vibratoire élevée sous forme d'esprit. L'esprit, c'est la racine de vie. La matière, c'est le véhicule par lequel la vie va progresser.

Il s'arrêta et de son bras tendu parcourut tout l'horizon de la plage :

– Tout être vivant, minéral, végétal, animal, homme, planète, est composé d'esprit et de matière. Toute énergie se polarise, tu sais cela.

– S'il y a une polarité, dis-je, il existe forcément un troisième terme qui résulte de cette tension.

– Bien sûr, tu le sais parce que tu as déjà étudié la symbolique. Entre l'esprit et la matière il y a bien un intermédiaire, c'est la conscience. Esprit, matière, conscience : trois en un. Le troisième terme, c'est donc la conscience, c'est ce qui naît, c'est le Fils, ce qui résulte de la polarité esprit-matière. Pas de matière, pas de conscience. C'est pour cela qu'il y a la vie, l'incarnation. L'esprit pur est dans l'absolu, et là il n'y a pas de conscience, ou alors c'est l'absolue conscience. Mais quand la vie se manifeste, l'esprit projette son rayon de création dans les robes de la Mère, dans la matière, et alors la conscience apparaît. Cette conscience est formée de perception et de mémoire : la conscience, c'est de l'espace et du temps enfermés dans une mandorle énergétique particulière. La conscience a un autre nom : c'est l'âme. Qu'est-ce que l'âme ? C'est ce qui anime le corps. L'âme, c'est l'être permanent qui pilote notre traversée du règne humain.

– Mais toutes les formes de vie n'ont pas d'âme, pas de conscience. La pierre n'a pas de conscience.

– C'est vrai, répondit Lionel, la pierre n'a pas de conscience, l'individualité de conscience ne commence qu'avec le quatrième règne. Mais si tous les règnes de la nature n'ont pas forcément la soi-conscience telle que nous la constatons chez l'humain, en revanche tous ont un niveau de conscience plus ou moins développé. Il y a par exemple une conscience de groupe chez les animaux. Le minéral, le végétal, l'animal sont des formes vivantes, à un degré ou à un autre, elles sont animées. Elles ont donc ce quelque chose qui deviendra chez l'humain une âme.

Je l'interrompis pour lui faire part d'une idée qui me traversait la tête :

– Est-ce qu'on peut dire que ces différents centres d'énergie correspondent un peu aux chakras des hindous, ces fameux chakras qu'il faut éveiller pour parvenir à la béatitude ?

– Attention, ne mélange pas. Le trois, esprit, matière et conscience, c'est la structure énergétique de l'être. Ce sont trois niveaux vibratoires, trois états de la substance primordiale qui forment la manifestation. C'est le Père, la Mère, le Fils. Le sept, les chakras, cela concerne uniquement la Mère. La nature est construite sur le sept. La Mère est d'abord triple, comme toute manifestation, et ses trois aspects qui se combinent entre eux donnent sept. Les chakras, ce sont des centres de la Mère qui vont s'éveiller au fur et à mesure que le Fils, la conscience, progresse. C'est l'éveil de la Kundalini, la montée de la Mère qui répond à la descente du Père. À la fin les trois ne forment plus qu'un.

– Je comprends pourquoi vous ne vouliez pas m'embrouiller…

– La vie, c'est de l'énergie qui circule entre des centres d'énergie. Souviens-t'en. Tout dans l'univers est énergie, et tout y est vivant et animé. Essaye de différencier l'énergie et les centres d'énergie, c'est important. L'énergie est une force disponible dans l'univers, les centres d'énergie absorbent et redistribuent cette force selon des modalités variables. Pour ceux qui *voient*, ce que je te dis est évident.

– J'arrive quand même à suivre ! répliquai-je un peu vexé. J'avais fait quelques lectures avant de te rencontrer.

– Je n'en doute pas…

– Mais je crois que j'oublie aussi vite que je t'écoute. La prochaine fois, si cela ne t'ennuie pas, je penserais à me munir d'un baladeur pour enregistrer et me repasser tes doctes paroles le soir.

– Ne m'insulte pas, s'il te plaît, dit Lionel en riant. Il n'y a rien de docte là-dedans. Je ne pense pas que tu oublies ce que je te dis, je crois au contraire que ton être retient ce qui lui est essentiel. Mais si tu veux enregistrer, je n'y vois aucun inconvénient. Effectivement, en réécoutant il te viendra sans doute de nouvelles lumières de compréhension.

Nous reprîmes notre marche et le vent dans le dos nous poussait de sorte que nous avancions sur le sable mouillé et ondulant presque sans efforts.

– Je te disais donc de ne pas confondre le couple esprit-matière avec ce qui est la structure énergétique, cette matière, de la manifestation. Le corps d'un être vivant, à quelque niveau qu'il se situe, y compris celui d'un homme céleste, est composé de différentes enveloppes. On compte sept marches, sept niveaux entre le plan vibratoire le plus bas et celui le plus élevé, au sein d'une même unité de vie. Chaque plan vibratoire constitue comme un globe, une mandorle, de sorte que d'un point de vue énergétique chaque unité de vie, un atome, un humain ou une planète, se présente comme une sphère elle-même composée de sept sphères emboîtées à la manière des poupées russes. Ces sphères, ces enveloppes énergétiques dont la vibration est de plus en plus haute sont joliment appelées dans certaines traditions les robes de la Mère. Chez l'être humain, ces sept enveloppes énergétiques, qui constituent sa totalité sont : les trois enveloppes de la matière, à savoir le plan physique dense ; le plan émotionnel ; le plan mental concret. Puis l'enveloppe de la conscience, le plan mental ; et les trois enveloppes de l'esprit dont je te parlerai ultérieurement car elles concernent plus spécifiquement le cinquième règne. Un enfant qui naît vient, descend de plan en plan, jusqu'à se manifester dans le physique dense. Il en est de même d'une planète qui, avant d'être en corps physique, est en corps gazeux, et avant cela elle est en corps éthérique, de sorte qu'on ne voir rien en dehors d'une tache de chaleur si on la cherchait avec des infra-rouges.

– Tu n'as pas parlé d'un plan gazeux…

– Je veux pas compliquer la démonstration. Il y a sept sous-plans dans chaque plan. Dans le plan physique dense, tu as le physique, le liquide, le gazeux, et puis quatre éthers. Après tu passes au plan astral, ou émotionnel, qui a aussi sept sous-plans.

– Là je suis vraiment largué.

– Mais non. Si tu dis cela, tu le seras effectivement. Affirme le contraire ! Résiste à tes lunaires du mental !

Je ne voyais pas bien ce qu'il entendait par là mais je m'abstins de brouiller à nouveau les pistes par une autre question. Lionel s'arrêta pour admirer la splendeur du décor qui nous entourait et me fit un sourire d'encouragement :

– Je vais te le dire autrement. Quand tu es amoureux, tu es dans ton corps émotionnel, tu vibres à son niveau. Quand tu penses, tu fais vibrer l'énergie du plan mental concret. L'homme du quatrième règne ne perçoit que les trois premiers niveaux de vibration de son unité de vie, ce qui veut dire que son champ de conscience n'englobe pas la totalité de lui-même. Il n'est pas en contact avec son âme, ni *a fortiori* avec sa racine de vie.

Nous prolongeâmes un moment notre halte.

– À voir ta perplexité, je crois qu'il faut que je revienne un peu sur l'inclusivité dont je te parlais la nuit dernière. Parce que tout cela est lié, l'esprit et la matière d'une part, les différentes enveloppes qui constituent nos corps d'autre part. Chaque unité de vie, composée de sept enveloppes et donc de sept centres énergétiques, est elle-même un centre énergétique dans une unité de vie supérieure. C'est la loi de l'inclusivité, mais sous son aspect énergétique.

Je n'hésitais plus à l'interrompre et regrettais bien de ne pouvoir enregistrer :

– Tu peux me rappeler encore une fois cette loi ?

– Bien sûr, Erwan : toute vie abrite des formes de vie « inférieures », des atomes, des molécules, des organes. Et toute vie est incluse dans des formes de vies « supérieures », des planètes, un système solaire, une galaxie. Sans ces formes vies supérieures, notre vie ne peut exister. Ce que l'on constate sur le plan physique ou matériel a bien entendu sa lecture sur le plan énergétique ou spirituel. La planète Terre est un des centres d'énergie d'un plus grand être doté d'un esprit et d'une conscience très largement supérieurs, et qui est notre système solaire. L'humanité du quatrième règne est en elle-même l'aspect physique d'un des centres d'énergie de la Terre. Notre planète est l'unité de vie qui nous englobe et qui nous donne la vie, ce que les religions ont appelé « le Père » ou « Dieu ».

Nous avions repris notre marche, poussés par le vent. Lionel s'était interrompu pour regarder un char à voile qui nous dépassait à vive allure et, soulevé par les rafales, donnait l'impression qu'il pouvait chavirer à tout moment. Il reprit :

– Derrière cette complexité apparente, qui n'est qu'un schéma d'imbrication, tu dois retenir deux réalités fondamentales. Première réalité : toute forme de vie est énergie, donc matière et esprit, et dotée d'un niveau de conscience puisque la conscience apparaît avec la rencontre de l'esprit et de la matière. Rien n'est inerte, toute vie a obligatoirement avec sa forme matérielle une autre réalité énergétique appelée esprit, et une conscience qui permet à la matière de progresser vers sa source. L'homme n'a pas l'apanage de l'esprit, mais il a un niveau de conscience de sa réalité spirituelle infiniment supérieur à celui du règne minéral ou végétal. Il faut comprendre que l'écart de niveau de conscience qui sépare l'homme du quatrième règne de la forme de vie supérieure qui l'abrite, la planète Terre, est aussi important que l'écart qui le sépare du règne minéral. Est-ce que tu saisis ?

Je marmonnais une vague approbation, mais j'étais bien sûr qu'il m'en échappait plus que je ne pouvais saisir.

– La seconde réalité est l'inclusivité, à savoir que dans l'univers tout est inclus dans tout. La loi d'inclusivité fait que les vies évoluent au sein d'autres vies. Elles progressent en conscience, en complexité et en puissance à l'intérieur de systèmes plus vastes. Nous sommes dieu pour des formes de vie « inférieures » ou mineures » et nous appelons dieu des formes de vie supérieures dont nous sommes le corps de manifestation. Ceci implique que dieu est un être relatif, et lui-même en évolution. Nous en avons déjà parlé.

Je restais ébahi par l'aisance avec laquelle Lionel maniait ces concepts et se trouvait capable d'en parler sans note pendant des heures. Était-ce vrai ou pas, je n'en savais rien, mais le bonhomme connaissait son sujet !

– Je résume pour que tu y vois bien clair. Dans l'espace infini de l'univers, les formes de vie s'échelonnent selon une complexité croissante qui va du microcosme au macrocosme. Si l'on prend l'être humain comme point médian, on a en dessous de lui, dans l'infiniment petit, les ions, les protons, les atomes, les molécules, puis le règne minéral, le végétal et l'animal. Au-dessus de lui, on trouve des unités de vie sensiblement plus grandes : une planète, un système solaire, un système cosmique composé de plusieurs étoiles, et ainsi à l'infini, au-delà de ce que l'esprit humain peut concevoir. Toute vie sortant de l'Absolu va suivre ce parcours d'évolution qui va du microsome au macrocosme en passant par le règne humain. Tu me suis ?

Sur le moment je me dis que je n'avais guère le choix parce que je ne vois pas ce que j'aurais pu lui opposer. Je me gardais donc de l'interrompre.

– Chaque règne de la nature, reprit-il, est donc un composite de hiérarchies de vies. Chaque unité de vie abrite des unités de vie de niveau inférieur, ou mineur, et l'on peut dire qu'elle est un composite de ce qui est en dessous d'elle. Inversement, elle est toujours incluse dans une unité plus vaste. Ce qu'on appelle par simplicité le haut et le bas, le ciel et la terre, l'esprit et la matière, ce sont des émissions de vie plus ou moins anciennes. Ces vies apparues il y a plus ou moins longtemps doivent traverser les règnes et les hiérarchies de vie, et à chaque traversée il se produit une expansion de conscience, de la conscience atomique à la conscience cosmique, en passant par la conscience humaine.

– Tu veux dire que l'atome a une conscience ?

– Ne brûlons pas les étapes, si tu veux bien. L'atome a un niveau de conscience correspondant au travail de transmutation qui se passe au niveau de ses électrons. Il y a une sérieuse différence avec la conscience humaine qui effectue la transmutation des seigneurs lunaires. Ce n'est pas le même niveau de vibrations !

– Pourquoi parles-tu de seigneurs lunaires ?

– C'est une image alchimique. Dans le grand-œuvre, il y a une phase où la Lune doit s'unir au Soleil. Retiens simplement que les différents règnes de la nature obéissent à des niveaux de complexité croissante. Ils font appel à des combinaisons de plus en plus riches et multiples de hiérarchies de vies, disons que ce sont des composites de hiérarchies.

– Excuse-moi, Lionel, mais je ne comprends rien.

– C'est normal. Je recommence autrement. Tu as différentes hiérarchies de vie dans l'échelle des grandeurs, les ions, les protons, les électrons, les atomes sont des hiérarchies microcosmiques. Les vies de niveau hiérarchique différent se combinent entre elles pour donner une manifestation. Tu as des formes de vie qui gèrent des manifestations moléculaires, des organes, des plantes. Mais tu as aussi des formes de vie au niveau du macrocosme. Ainsi, la vie la plus évoluée que nous puissions percevoir en tant qu'humain, je l'appelle « Celui de qui rien ne peut être dit », car au-delà notre mental ne suit plus. L'être qui appartient à cette première hiérarchie donne manifestation à un système cosmique entier et son « corps » sera composé de vies appartenant à des hiérarchies différentes : systèmes solaires, planètes et règnes de la nature. Un être humain est composé de toutes les hiérarchies qui sont en dessous de lui, ions, protons, électrons : c'est son aspect matière. Mais il est aussi relié à des hiérarchies supérieures qu'on appelle d'un terme générique « esprit ». Retiens bien qu'à travers ces hiérarchies, c'est toujours la même vie qui s'écoule, à un stade plus ou moins avancé, plus ou moins développé.

Je dus lui demander de reprendre ses explications car j'avais décidément beaucoup de mal à le suivre. Il s'exécuta de bonne grâce :

– Je vais prendre un exemple simple. On dit que l'homme est animal par son corps physique, humain par son intellect et divin par sa racine de vie. Qu'est-ce que cela signifie ? Que l'homme est composé de trois hiérarchies créatrices : la quatrième hiérarchie, celle des monades, la cinquième hiérarchie, celle des anges solaires ou des âmes si tu préfères, et la sixième, celle des seigneurs lunaires. Ces trois niveaux se combinant donnent un être humain : une forme, un esprit, et une conscience entre les deux.

– C'est ça que tu appelles un exemple simple !

– Entre le microcosme et le macrocosme, poursuivit Lionel sans tenir compte de mon interruption, on pourrait dénombrer douze niveaux de vie, douze hiérarchies. Sept sont manifestées, cinq sont au-delà du monde physique. En commençant par le haut, la quatrième hiérarchie est celle des monades. Qu'est-ce qu'une monade ? le mot vient du grec et veut dire « l'unique ». La monade, c'est ta racine de vie : tu as des monades humaines, planétaires, solaires, cosmiques. Chaque monade s'exprime par une trinité : le pôle Père émet une radiation de volonté de vie, le pôle Mère émet une radiation d'intelligence dans la forme, et la résultante des deux, le Fils, émet une radiation de conscience et d'amour. Chaque vie, quel qu'en soit le niveau, a donc une racine de vie, ou esprit, un champ de conscience et un cercle de manifestation de formes. Dans l'homme, tu as donc la monade, ou esprit, la conscience ou, âme, qui appartient à la hiérarchie des anges solaires, et la hiérarchie des seigneurs lunaires qui commandent le monde de la forme.

Il me dit de ne pas m'inquiéter si je ne comprenais pas pour l'instant, car tout cela se décanterait naturellement avec le temps. Mais surtout, il me demandait de n'oublier jamais son propos initial : chaque forme matérielle n'était que la face perceptible, pour notre degré d'éveil des sens, d'un ensemble qui comportait aussi une partie « esprit », une contrepartie « cachée » ou plus exactement non matérielle.

– Cette partie « esprit » de la vie, c'est ce que j'appelle la « racine de vie » ou la « monade », le point de départ de chaque vie dans la manifestation. C'est en fait le niveau vibratoire initial de toute vie, qui est très élevé. Toute existence se manifeste par un pôle esprit et un pôle matière : l'esprit, qui est la vibration de vie initiale se manifestant dans une hiérarchie de vie donnée, appelle en résonance des unités de vie dites « mineures » qui vont ralentir son niveau vibratoire et former son corps de manifestation matériel, indispensable à l'évolution de sa conscience. J'y reviendrai encore parce que ce concept est également fondamental.

Nous étions parvenus à l'extrémité de la plage et entreprîmes de faire demi-tour. Nous aurions dû avoir le vent de face et je redoutais une progression beaucoup plus difficile sur le chemin du retour. Mais, sans que nous nous en soyons rendu compte, le vent avait beaucoup molli, et il était presque tombé, ce qui était exceptionnel pour des vents de ce secteur. Notre marche restait donc très agréable. Infatigable et surtout intarissable, Lionel reprit son exposé :

– Les formes de vie dans l'univers n'ont pas la même intensité vibratoire. Le niveau énergétique n'est pas le même selon la hiérarchie de vie à laquelle elles appartiennent. Ainsi les formes de vie du plan atomique ou subatomique, comme d'ailleurs celles du minéral, ont une polarité « matière » prédominante par rapport à la polarité

« esprit », et une conscience largement dominée par l'espace au détriment du temps. C'est la raison pour laquelle leur évolution est incomparablement plus lente que celle de l'homme. On ne peut pas dire que ces unités de vie ont une conscience comparable à celle des humains, mais elles ont néanmoins un niveau de conscience, extrêmement ténu. Ce niveau est un peu moins ténu dans le règne végétal, et sensiblement plus apparent dans le monde animal, même si la philosophie moderne prétend le contraire. Elle prétend que le propre de l'homme est la conscience, et que les animaux n'en sont donc pas dotés, ni *a fortiori* les autres règnes de la nature.

Je me disais qu'une fois de plus Lionel avait vu juste, et que cette absence de conscience supposée dans le règne animal justifiait tous les comportements puisque là où il n'y a pas de conscience, il n'y a pas d'éthique à appliquer. Les animaux étaient traités comme des objets. Les cochons ou le poulets étaient élevés dans la souffrance et dans l'indifférence générale. Pareil pour les légumes, les fruits…

– Donc, disait Lionel qui reprenait mes pensées comme s'il les avait lues, les animaux et les plantes sont des êtres vivants, mais on ne les respecte pas, on les traite comme des objets parce qu'on ne leur accorde pas de conscience. Qu'en sait-on ? Les Anciens remerciaient avant de manger un animal qu'ils avaient tué. Le monde n'est pas un objet. Il est révoltant de se comporter avec une bête ou un arbre comme si c'étaient des objets qu'on pouvait exploiter sans conscience et sans conséquences. Tout est lié, tout est vivant, même la pierre qui est la vie du Père au sein du minéral. La pierre est précieuse, même si sa richesse est potentielle. Toute vie est précieuse et respectable.

Lionel s'arrêta pour ramasser un coquillage. Le ciel était très pur, le vent était maintenant tombé, et j'entendais Lionel distinctement. Je me demandais s'il n'avait pas été dans l'enseignement : en bon pédagogue, il revenait sans cesse, sous d'autres formes, sur ce qu'il tentait de m'expliquer quand il sentait que j'avais des difficultés.

– Je voudrais que tu retiennes cette ternarité : esprit, matière, conscience. C'est la base de toute vie, de toute science, de toute explication du vivant. On peut donner d'autres noms à cette réalité. Je t'ai parlé du Père, de la Mère et du Fils, c'est une autre manière de parler de l'esprit, de la matière et de la conscience. Je pourrais te dire que la dimension du Père, c'est le temps, celle de la Mère c'est l'espace, et le Fils c'est le centre de la croix, ici et maintenant. L'âme du monde, c'est la conscience du père de cette planète, de Celui qui nous a donné la vie, le mouvement et l'être. Cette conscience chemine dans sa recherche de l'absolu, mais elle ne peut grandir si nous n'évoluons pas avec elle, si nous n'élevons pas nos vibrations.

– Cela rejoint l'idée d'un dieu en évolution, qui a besoin des hommes.

– Oui, sauf qu'il a besoin des hommes comme toi tu as besoin de ta glande thyroïde. Elle fait partie de ton corps, elle est indispensable à ta vie. Si cette thyroïde n'est pas très développée, si elle fonctionne mal, tu ne seras pas au mieux de ta forme, tu vas te traîner. L'humanité fait partie du corps de la planète Terre, et pour ce corps elle est comme ta thyroïde.

– Je suppose, Lionel, que tu ne prends pas cette comparaison au hasard…

– Non bien sûr. L'humanité, c'est le centre de la gorge de celui qui donne la vie à cette planète. C'est le centre de son expression, et elle doit pouvoir exprimer l'amour. Il y a encore du chemin à faire…

– Et les autres règnes, à quoi correspondent-ils, Lionel ? Le règne minéral par exemple ?

– Le règne minéral est le centre basal du logos planétaire. Bon, mais on s'écarte et je voudrais continuer à te parler de cet aspect triple de la vie en manifestation. Je pourrais encore te formuler cette triplicité dans son aspect ontologique et je parlerais de la racine de vie, de la personnalité et de l'âme. Notre personnalité, c'est notre matière, ce que nous avons à transmuter, ce qui emprisonne notre âme qui veut se libérer pour rejoindre le Père, la racine de vie. La personnalité, c'est le non-soi, c'est tout ce qui est condamné à mourir. Je pourrais te parler aussi de la triplicité sous l'angle de la psychologie qui est un des langages de l'énergie : le pôle esprit, le Père, la racine de vie, c'est l'énergie de volonté. Le pôle matière, la Mère, la personnalité, c'est l'énergie d'intelligence. La matière est intelligente. Notre corps est naturellement intelligent et accomplit des prodiges d'harmonie, d'équilibre, de régulation de façon automatique, sans que nous en soyons conscient. Enfin, la conscience, le Fils, l'âme, c'est l'énergie d'amour. Quand tu raisonnes, quand tu calcules et que tu démontres avec ton cerveau gauche, tu es dans les énergies de la Mère. Quand tu cherches à établir de justes relations avec les autres, quand tu es dans le respect de toi-même et dans l'amour de l'autre, quand tu pratiques l'altruisme, tu es dans les énergies du Fils qui est amour. Et quand tu as le souci du bien de l'ensemble et que tu cherches à comprendre quelle est la volonté de celui qui t'a créé, quelles sont ses lois, tu uses de l'énergie du Père, tu es en chemin pour t'identifier à lui et devenir créateur à ton tour. Alors l'esprit peut se manifester sur la Terre, la Mère est délivrée, purifiée, elle apparaît comme le Saint-Esprit.

– Je ne te suis pas. En quoi le Saint-Esprit est-il en rapport avec la matière ?

– Ce qu'on appelle le Saint-Esprit, c'est la Mère élevée au ciel, la matière transmutée et rédemptée. Je suppose que ce que je te dis là ne t'éclaire pas beaucoup.

– Lionel, tu es vraiment devin…

VI
LE SOLEIL ET LA LUNE

Le ciel était sans nuage, d'un bleu lumineux, et nous étions déjà presque revenus à notre point de départ. C'était heureux car le vent recommençait à forcir. Les chars à voile qui se traînaient reprenaient de la vitesse. Le petit voilier qui s'était échoué avait mouillé une ancre et, à la faveur du flot, se dégageait péniblement au moteur, face au vent et à la vague. Nous regardions de loin la manœuvre. Un homme dans le balcon avant tirait sur la chaîne et la récupérait au fur et à mesure. La grand-voile faseillait et claquait violemment. Puis, profitant du retour du vent, quelqu'un déroula le foc et le borda. Le bateau s'inclina aussitôt sur un bord, se dégagea et s'éloigna vers le large, la proue tapant dans les vagues en soulevant un petit nuage d'embruns. Lionel me proposa de nous rendre au restaurant de la plage où Claire devait nous retrouver, et nous prîmes place sur la terrasse bien abritée et bien ensoleillée. Le spectacle de la plage de sable doré, de la mer verte et des rouleaux d'écume blanche était superbe.

Lionel commanda des boissons, et j'observais qu'il portait à la main gauche une grosse chevalière sur laquelle était gravé un lion couronné, tandis que le petit doigt de la main droite s'ornait d'une pierre d'un vert mat. Si c'était une émeraude, elle devait avoir son prix à en juger par le nombre de carats ! Cette main ornée d'une si grosse pierre, qui n'aurait pas dépareillé un seigneur du Moyen Âge, était assez déplacée sur un homme d'aujourd'hui.

– Vois-tu, je te parle de l'esprit et de la matière et de la ternarité qui naît de leur rencontre parce que si tu ne comprends pas cela, tu ne peux rien comprendre à l'évolution de l'homme, ni à ses souffrances. L'homme chemine comme un enfant. Au début il est dans les jupes de sa mère, prisonnier de la matière et de ses appétits physiques ou affectifs. Il n'y a rien de péjoratif dans ce que je dis, je respecte profondément la Mère qui nous a donné la vie. Mais la Mère nous retient et il faut s'en libérer pour devenir adulte. L'enfant grandit et prend conscience de ce qu'il est, esprit et matière, adolescent hésitant entre enfance et maturité. Il s'interroge et peu à peu, il acquiert les qualités qui feront de lui un Père. Un Père ou une Mère. Il n'y a aucun sexisme dans mes propos. Je dis un Père pour simplifier car en fait il y a les deux lignées d'évolution : celle des humains, des centres d'énergie, du Père, et celle des dévas, des lignes d'énergie, de la Mère.

Il trempa ses lèvres dans sa tasse de thé brûlant, et, tandis que le soleil illuminait son sourire, il me dit très doucement :

– Retient ceci. Je te parlais de la personnalité, de la racine de vie et de l'âme qui est entre les deux. Tant que tu es dans les jupes de la Mère, c'est ta personnalité qui domine. Ton âme est prisonnière, elle n'a pas voix au chapitre. Tu ne l'entends pas, tu ne sais même pas qu'elle est là. La seule chose que fait ton âme, c'est t'envoyer les épreuves correctrices chaque fois que tu vas à l'encontre des lois du Père, chaque fois que tu uses des énergies du faux, du laid, du mal. Car le Père a créé un monde dont les lois sont le beau, le bien et le vrai, et ce monde est dédié à l'énergie d'amour.

– Alors, pourquoi tant de souffrance sur la planète ?

– Quand tu salis ou que tu casses, il faut nettoyer ou réparer.

– Cela mérite quelques développements.

– C'est bien mon avis, mais pour l'instant j'aimerais qu'on en reste à l'âme et à la personnalité. Quand un être est en personnalité, il est dans le pôle matière et son pôle esprit est inconscient. Rien ne compte davantage que lui-même : il veut se fait plaisir, il cherche à s'éclater comme on dit, il est le centre du monde. Mais ce monde des désirs et des passions, ce monde du pouvoir, de la domination et de la séparation, ce n'est pas son être vrai. Son être vrai, son esprit qui est dans sa racine de vie est au contraire amour, unité, générosité. Donc, un être en personnalité est dans le non-soi. Tant que son âme n'a pas pris les rênes, ce n'est pas lui qui dirige la barque, ce sont les vies mineures qui composent ses corps, ces petits centres d'énergie qui gravitent autour de son unité centrale, l'esprit, qui est pour le moment enfermée dans le non-soi. La conscience, le fils de l'esprit, est d'abord prisonnière de ces vies mineures, de son monde de manifestation qu'elle va devoir faire évoluer. Le joyau est dans le lotus, mais le lotus est encore bien fermé.

Je l'interrompis car je ne comprenais pas ce qu'il entendait par vies mineures.

– Pour simplifier, les vies mineures, c'est la substance, étymologiquement : « ce qui se tient en dessous ». C'est tout ce qui est en dessous de l'âme, ou si tu préfères tout ce qui n'est pas du domaine de la pensée au sens abstrait et conceptuel du terme. Je parle de la pensée, pas du raisonnement. Les vies mineures forment les enveloppes du corps physique dense, de l'émotionnel et du mental concret.

– C'est quoi, le mental concret ?

– C'est le mental lunaire, le mental raisonneur, le mental inférieur par opposition au mental supérieur qui communique avec les plans plus élevés. Le mental concret, c'est le mental composite de tes vies mineures qui te persuadent qu'il n'existe rien en dehors d'elles et de leur monde de désir. Ce sont les enveloppes des vies mineures qui t'emprisonnent et que tu dois maîtriser pour les emmener avec toi vers le Père. C'est ton contrat d'inclusivité. Tu dois mener la Mère au Père, les réunir. Tu dois fusionner le soleil et la lune comme disent les alchimistes.

– En une seule vie ?

– Bien sûr que non. Mais laisse-moi continuer sur les vies mineures. Toute vie qui s'incarne appelle à elle des formes de vie mineures pour former son corps de manifestation. C'est comme un écho. L'esprit se manifeste, big-bang, et tout un monde répond à cet appel. Par nos corps subtils, nos centres d'énergie, nous sommes en relation avec ces vies mineures, comme avec chaque règne de la nature. Certaines traditions disent que ces vies mineures font partie du monde lunaire et que les vies majeures font partie du monde solaire. Gardons ces analogies simplistes mais commodes pour la compréhension entre monde lunaire d'une part, formé de vies mineures que nous appelons aussi « matière », et monde solaire d'autre part, que nous appelons « esprit ». Le projet de vie d'un être humain, comme je te le disais, est de parvenir à fusionner le Soleil et la Lune pour former un corps d'éternité, ce qu'avaient bien perçu les alchimistes.

– Je trouve que c'est un peu péjoratif, ce qualificatif de « mineur ».

– Non, détrompe-toi, je t'ai dit que la matière est indispensable. Le Père tout seul ne peut créer un monde. Esprit et matière sont les deux pôles de l'énergie qui sort de l'absolu. Le terme de vie mineure est très relatif : ce qui est « mineur » pour nous sera au contraire « majeur » pour les règnes qui nous précèdent. Je te le répète, la matière, les vies mineures, le monde lunaire sont indispensables pour que la conscience existe, pour qu'elle puisse grandir et évoluer vers l'Absolu dans cette démarche d'éternel pèlerin. Il n'y a pas d'être humain sans matière et donc sans vies mineures. Il n'y a pas d'être cosmique sans systèmes solaires, pas de système solaire sans planètes, pas de planète sans règne minéral, végétal, animal et humain. Il n'y a pas d'électrons libres, ou alors ils ne durent pas longtemps. Un arbre n'est pas suspendu dans le vide, il est entre la terre et le ciel, il a besoin d'eau et de soleil. Tout est imbriqué, interdépendant, et cette imbrication est encore plus flagrante, plus étroite sur le plan énergétique.

– Pour moi, l'esprit est une abstraction…

– Non, Erwan, l'esprit est aussi réel que la matière. L'esprit n'est pas une abstraction, c'est une réalité active : l'homme est contenu dans un champ de conscience divin, dans la conscience d'un grand être. Quand tu as des moments de spiritualité, tu communies avec cet être. C'est une réalité. Et pour cet être, tu es une vie mineure qui n'en fait qu'à sa tête, et son contrat est de t'amener jusqu'à lui. Le contrat d'inclusivité du Père, c'est d'amener le règne humain à la porte d'entrée du règne divin. Traverser le règne humain, c'est évoluer de l'homme animal jusqu'au sage.

Je demandais à Lionel de reprendre car je ne faisais pas le lien entre ce qu'il venait de me dire, qui était lumineux, et sa dialectique entre esprit et matière, qui me semblait confuse :

– Toute vie est une unité centrale qui se positionne à un stade d'évolution donné dans un règne de la nature. Cette unité centrale a enfermé dans un cercle infranchissable de manifestation des vies mineures. Celles-ci vont essayer de sortir par l'extérieur, de faire éclater la vie, mais c'est impossible. La seule voie de sortie pour ces vies mineures, c'est de passer par le centre, et donc de changer de polarité, d'aller du négatif au positif, du centripète au centrifuge, du bas vers le haut. C'est la transmutation. Pour sortir des globes denses planétaires, l'homme doit passer par le centre, c'est en cela qu'il doit devenir le Père, s'identifier à lui en usant de ses énergies : le bien, le beau et le vrai.

– L'homme me paraît bien loin, dans ton histoire d'unité centrale…

– L'unité centrale des véhicules humains, ce sont les anges solaires, les âmes si tu préfères, et ces âmes ont pour contrat de faire avancer les lunaires inclus dans leurs corps, les règnes inférieurs. C'est toujours le Soleil qui doit dominer la Lune et l'éclairer, pas l'inverse.

– Excuse-moi, Lionel, mais au risque de paraître bouché, pourrais-tu me l'expliquer encore autrement ?

Lionel rit et me dit qu'il allait me faire une démonstration géométrique :

– Chaque forme de vie est dépendante d'un monde de manifestation, d'un corps, d'un cercle infranchissable. Le point génère le cercle en se manifestant, et le carré de la matière s'inscrit dans le cercle. Le point est prisonnier du carré, et pour se libérer, la conscience coupe le carré dans sa diagonale. Il se forme alors deux triangles, le soi et le non-soi, l'un pointe en haut, l'autre pointe en bas. Regarde.

Au fur et à mesure qu'il parlait, il griffonnait des formes géométriques sur la nappe en papier. Puis il traça sans les commenter plusieurs figures : un triangle auquel il manquait un côté, une ligne, un point posé au-dessus d'un croissant de lune.

– Qu'est-ce que c'est, lui demandais-je alors qu'il dessinait pour finir ce qui me semblait être une canne ?

– C'est le symbole du Sauveur, celui qui reprend son bâton de pèlerin et qui retourne au désert pour aider les autres à se libérer. Garde le bout de nappe, il faudra plus tard que je te commente la traversée du règne humain et l'âge d'évolution de l'âme. Bon, je te disais tout à l'heure que l'être humain est comparable à un système solaire, c'est un monde ayant une vie centrale totalement spirituelle, ou subtile si tu préfères, qui donne vie à une myriade de vies qui constituent ses corps : corps physique, mais aussi corps émotionnel et corps mental. L'ensemble de nos émotions forment bien une enveloppe vibratoire, de même que l'ensemble de nos pensées, et tout cela est un centre d'énergies. En tant que vie, nous absorbons de l'énergie du Père et nous en restituons dans le corps de la Mère. Par nos pensées et nos sentiments, nous envoyons en permanence de l'énergie courir le monde et le plus souvent, malheureusement, pour le polluer.

– En résumé, dis-je, nous sommes constitués d'atomes, au même titre que nous sommes un atome dans le corps de la planète.

– Oui, ajouta Lionel. Et toute cette énergie communique, sans qu'il n'y ait jamais rien de gratuit, ni rien de perdu.

J'aperçus Claire qui sortait de sa voiture sur le parking et se dirigeait vers nous. Au même moment, Lionel posa doucement sa main sur mon avant-bras :

– Maintenant, mon ami, je peux commencer à te parler du sens de la vie. Dans cette inclusivité générale qui est la marque de l'univers, et qui fait que la vie est une dans toutes ses manifestations, chaque forme de vie est donc dotée d'un niveau de conscience. Cette conscience a en elle un tropisme vers sa racine de vie, vers le pôle « esprit » qui est la vibration la plus haute que cette vie-là, emprisonnée dans une matière donnée, puisse appréhender. De sorte que l'univers entier est animé d'un processus général d'évolution de chacune de ses formes de vie depuis leur pôle « matière » jusqu'à leur pôle « esprit ».

VII
SCIENCE ET CONSCIENCE

Je me levais pour saluer Claire, rayonnante dans son jean et son blouson orange, qu'elle ôta en découvrant un pull vert à grosses côtes.

– Merci de venir à mon secours. Un peu plus et je crois que mon cerveau entrait en ébullition !

– La jeune fille qui garde les enfants était en retard. De quoi parliez-vous ?

– Du monde des énergies, de l'esprit et de la matière, du Soleil et de la Lune… De ces mondes subtils dont la science nous dit bien peu de choses. Mais pourquoi les hommes de science donnent-ils parfois l'impression de s'être arrêtés à Newton ?

– La science, répondit Claire, je peux vous en parler un peu, en historienne, puisque c'est mon métier. D'abord tous les scientifiques ne sont pas éloignés des préoccupations spirituelles. Einstein avait toujours sur sa table, dit-on, un exemplaire de *La Doctrine secrète*.

– C'est de qui ?

– Vous ne connaissez pas Madame Blavatsky ? Je suis fort étonné que mon mari ne vous en ai pas déjà parlé.

– Quoi qu'il en soit, repris-je pour garder l'initiative de la conversation devant Lionel, la science a sérieusement pris ses distances avec le sacré.

Je prenais Claire pour une jeune femme qui se glissait discrètement dans le sillage de son étonnant mari. Je constatais vite mon erreur. Après avoir refermé la carte du restaurant, elle cala son regard dans le mien et reprit la parole :

– Vous savez, la science a bon dos, mais elle a dû pour progresser prendre ses distances avec la religion, qui, soit dit en passant, avait aussi pris ses distances avec le sacré, à sa façon à elle. On pouvait se demander ce qu'était devenu le sacré dans la religion de la fin du Moyen Âge : simonie et turpitudes, dogmatisme, fanatisme et violence, l'Église avait bien mérité la Réforme. Mais elle eut pire encore. C'est peut-être à cause de la religion que le sacré aujourd'hui est orphelin de la science. L'essor du matérialisme et de ce que j'appellerais la domination du faux, remonte au Moyen Âge où les connaissances étaient figées au niveau de ce qu'en avait dit Aristote. L'essor du capitalisme marchand qui poussait aux grandes découvertes et à de nouvelles techniques a amené les penseurs et les philosophes à se démarquer du dogme religieux qui, pour eux, avait fait la démonstration de ses erreurs sur bien des points. Avec beaucoup de prudence, parce que l'Inquisition brûlait vite ceux qui étaient taxés d'hérésie, ce qui allait devenir la science s'est habilement séparé de la religion. Mais en se séparant de la religion, la science a également nié le sacré, elle a évacué l'esprit en le séparant et en l'opposant à la matière.

Le serveur apporta les huîtres et Claire commença à se faire une tartine beurrée tout en parlant. Lionel regardait la mer, comme s'il n'entendait pas, mais je sentais qu'il ne perdait pas une miette du discours de sa femme.

– Ce qui s'est passé à cette époque est déterminant pour comprendre comment le faux a triomphé, d'où la toute-puissance de l'idéologie matérialiste aujourd'hui. L'évolution s'est faite très progressivement, du XVIIe au XVIIIe siècle, puis au XIXe siècle, et elle a commencé par Descartes. Ce n'est pas tellement le doute méthodique qui a ébranlé les fondements de la vision spirituelle du monde. Après tout, je ne vois pas pourquoi l'esprit critique ne pourrait pas se concilier avec une démarche spirituelle. On peut avoir la foi sans pour autant être naïf. Ce qui a surtout été très lourd de conséquence, c'est la substitution par Descartes d'une vision binaire de l'homme à la vision ternaire traditionnelle.

– Ne me reparlez pas de la ternarité matière, esprit et conscience ! Je viens de donner !

Elle sourit :

– C'est vrai ? Juste une petite piqûre de rappel, alors... Selon la conception traditionnelle, enseignée par les sciences sacrées, que ce soit en Inde, en Égypte, en Grèce antique, dans le judaïsme et aussi chez les Pères de l'Église, l'être humain est composé de trois parties. L'analyse est plus complexe dans les approches bouddhiques ou taoïstes, mais *in fine* on en revient toujours à trois parties. L'homme est d'abord composé d'une forme, ou corps, *soma* en grec. Il a également une âme, ou psyché, siège des émotions et du mental. Enfin l'homme a un esprit, *noûs* en grec, assimilé au souffle, *pneuma*, et qui est de nature divine, qui relève de l'absolu et à ce titre est immortel. Or, Descartes fait voler en éclats cette conception : pour lui, l'homme est composé d'un corps et d'une âme, un point, c'est tout. L'esprit est confondu avec l'âme et rejeté dans ce qui n'est ni matériel ni tangible, donc hors du champ de la connaissance expérimentale.

Claire faisait des poses entre ses phrases pour déguster ses huîtres. Bien à l'abri du vent, et le muscadet aidant, j'essayais de suivre les grandes envolées de Claire :

– Descartes, et derrière lui tous les modernes, pose le principe bien lunaire de séparation entre esprit et matière, entre sujet et objet, là où la tradition posait le principe de l'unicité de la vie. Le corps, et par extension la matière, tout ce qui est concret, est le seul objet de la science qui va en tirer des lois vérifiées par la preuve expérimentale. Ce qui est du domaine de l'âme, confondu avec l'esprit, est laissé aux prêtres, aux artistes et plus tard aux psychiatres et aux psychanalystes, puisque le psychisme et le spirituel sont confondus. Et là encore, on va s'attacher à extirper de la psyché sa racine spirituelle et sacrée : ce sera le grand débat qui opposera Jung à Freud.

J'étais interloqué par l'assurance de Claire, l'étendue de ses connaissances. Lionel, qui avait déjà tout compris, me lança un regard amusé et me dit :

– J'ai bien vu que tu prenais ma femme pour une idiote…

Je protestais avec véhémence.

– Comme je vous le disais, me dit-elle avec un petit regard en coin, j'ai étudié un peu l'Histoire avant de faire des enfants. Pour terminer ce que je vous disais, sachez que cette révolution conceptuelle du cartésianisme, qui aboutira au bannissement de l'Esprit, n'est pas venue du néant. Les historiens en ont observé les prémisses dès le Moyen Âge avec la séparation de la théologie et de la mystique, le passage du roman au gothique, l'échec de Frédéric Barberousse et de l'idée gibeline, la fin de l'aventure templière et le début de la séparation des pouvoirs, les mutations dans l'iconographie religieuse. Le Christ en croix, le Christ de souffrance se substitue au Christ d'Amour, au Christ en gloire dans sa mandorle, tandis que la mort est représentée dans les églises dans sa forme primaire, hideuse et terrifiante avec les danses macabres. Mais cette évolution s'est trouvée consacrée, si l'on peut dire, dans toute sa dimension intellectuelle et dans sa portée historique avec Descartes qui, en dépit de ses dénégations, éradique du réel son aspect spirituel, et condamne le sacré à l'irréel. Le monde et bientôt l'homme seront considérés comme une mécanique, comme une horloge, fait de pièces interchangeables. La vérité est ce qui peut être vérifié expérimentalement et reproduit mécaniquement selon les lois scientifiques.

Descartes élabore une méthode où il importe peu de savoir où l'on va, mais de savoir d'où l'on part et de raisonner juste : c'est la méthode expérimentale, avec toute la rigueur de ses protocoles. La faille du système, c'est qu'on se focalise sur le « comment » et qu'on ne répond jamais au « pourquoi ».

Elle tenait ce discours abstrait en dégustant ses huîtres avec appétit. J'étais à nouveau en plein surréalisme. Et Lionel ne disait toujours rien.

– Voyez-vous, Erwan, peu à peu la preuve scientifique va s'imposer comme la seule source de connaissance et de vérités, tandis que la spiritualité devient le produit de l'invérifiable et de l'irréel. Sur le problème de l'existence de Dieu, la science, un peu hypocritement, n'a pas d'avis, elle est neutre : si Dieu existe, elle nous dit qu'il suffit simplement de le démontrer, et ce n'est pas demain la veille. L'homme se trouve maintenant coupé, amputé du sacré par une vision séparative, la dualité corps et âme, où l'esprit n'a plus sa place. L'esprit va devenir synonyme de drôlerie : faire de l'esprit, avoir de l'esprit, telle est la place où se trouve reléguée la spiritualité. Ce modèle fondé sur l'analyse, le découpage du réel, ce que Lionel appelle le saucissonnage, ce modèle qui sépare le vivant selon des catégories et des distinctions rigoureuses va bouleverser l'équilibre du monde et rejeter la spiritualité au rayon des accessoires. En tant que modèle de pensée fondateur d'une société, le rationalisme matérialiste est sans équivalent dans l'Histoire. Il n'est d'ailleurs pas sans conséquences sur le psychisme humain, en ce qu'il est profondément mutilateur. Il instaure une distanciation permanente avec le vivant, il coupe l'homme d'une partie de lui-même en oubliant toute une partie de la vie, celle qui ne s'appréhende pas par la raison et par le cerveau gauche. Ce qui est devenu sacré, ce sont les distinctions catégoriques entre le sujet et l'objet, le passé et le présent. Ces dualismes fermés sont devenus des schémas mentaux tellement puissants que celui qui les transgresse devient la risée des gens « normaux », quand il n'est pas considéré tout simplement comme un malade mental.

Je mangeais silencieusement pour profiter de cette magistrale leçon d'histoire des idées, comme je n'en avais jamais entendu de semblable. Lionel me resservit opportunément du muscadet.

– Je ne vous ennuie pas trop ? Bon, ce que je vous raconte n'est pas l'essentiel, en comparaison de ce qu'a pu vous dire Lionel. Mais cela explique comment on en est arrivé là, à ce monde où tout est à l'envers, où tout est construit sur le faux.

Il y avait beaucoup de véhémence et de conviction chez cette femme, de la révolte aussi, en bref un feu qui ne lassait pas de me surprendre. Je l'encourageais à poursuivre :

– Cette démarche de pensée qui fait de la matière la seule réalité et qui fonde la vérité dans le pouvoir sur la matière a mis trois siècles pour s'imposer. La méthode s'est affirmée dans les sciences dès la fin du XVIIe siècle avec Newton. Elle s'est ensuite imposée sur le terrain politique avec la philosophie dite des Lumières, et ses maîtres mots fondateurs de la modernité : Raison, Progrès, Bonheur, Nation. Les lumières philosophiques s'opposent aux ténèbres du dogme religieux. Voltaire s'insurge, à juste titre, de ce que l'on puisse encore condamner à mort un homme pour n'avoir pas ôté son chapeau devant les sacrements, et avoir proféré quelques paroles sacrilèges. Mais en jetant l'eau nauséabonde de l'intolérance et du dogme religieux, les philosophes jettent aussi le bébé de l'Esprit qui n'avait pourtant rien à faire dans ce bain douteux. Au XIXe siècle, les masques tombent et la grande bataille de la science contre la religion s'engage sur le terrain des faits, et sur ce terrain-là, sur le plan matériel, la science est imbattable. À la fin du siècle, tout était dit : les évolutionnistes, les matérialistes, les socialistes scientifiques s'étaient imposés sur les créationnistes et les spiritualistes assimilés au clan réactionnaire. Le rationalisme et l'objectivité sont devenus les bases de la pensée moderne. On est en plein quatrième règne !

J'en profitais pour pousser un peu mon enquête :

– Et le cinquième règne, ce serait quoi selon vous ?

– Lionel ne vous en a pas parlé ? Le quatrième règne, c'est la raison ; le cinquième règne, c'est l'intuition, l'accès à la vérité, à la connaissance sans passer par le mental !

Lionel, qui avait fini ses huîtres bien avant nous, se décida à entrer dans la conversation :

– Tu vas trop vite, chérie. On n'en est pas encore là. Notre ami Erwan a déjà bien du mal, me semble-t-il, à assimiler le début de ce puzzle.

Je protestais à nouveau. En fait, j'étais beaucoup plus à l'aise avec ce que me disait Claire. Ces grands débats d'idées, ces synthèses historiques, c'était ma formation, ma facilité. Beaucoup plus simple à comprendre pour moi que l'inclusivité des mondes selon Lionel, les grands êtres emboîtés les uns dans les autres comme des poupées russes, et tout le reste.

– Continuez, Claire, ce que vous dites est absolument passionnant. Vous êtes très douée pour la synthèse.

– Croyez-vous ? Je voulais juste vous donner un peu d'oxygène, car malgré la balade au grand air, vous aviez l'air au bord de l'apoplexie…

– Ne vous moquez pas de moi, lui dis-je, c'est trop facile.

– Je ne me moque pas, me répondit Claire avec douceur. Lionel m'a parlé de vous, et je sais que vous avez une quête, vous êtes en chemin. Je le respecte profondément.

J'étais très ému, je ne savais plus quoi dire. Lionel me resservit encore du muscadet et remplit ensuite son verre.

– Allez, tu as fait le plus dur. Le reste est plus facile.

– Je peux terminer ? demanda Claire qui restait obstinément à l'eau. Nous parlions de la pensée rationaliste, qui met la raison au-dessus de tout, et qui considère la science comme le nouveau messie. Le messianisme scientiste promet aux hommes monts et merveilles : la science fera des miracles plus grands que ceux de la religion, car ils seront reproductibles à volonté, sous réserve bien sûr de pouvoir les payer. Et la science commence effectivement à prouver que, bien mieux que la religion, elle peut apporter le bonheur à l'humanité, guérir ses maux, et lui donner la prospérité en la libérant des contraintes de la nature. La science, et surtout les techniques qui en découlent, ont modifié considérablement les modes de vie de chaque individu. Dès le début du siècle dernier, les transports sont révolutionnés par le chemin de fer et bientôt par l'automobile. Surtout, la Fée électricité pénètre dans tous les foyers et démontre la réalité et la vérité de cette nouvelle religion. Car la science est devenue la nouvelle religion avec son dieu unique, la raison, ses martyrs comme Galilée, ses saints comme Pasteur, ses dogmes comme l'objectivité, la séparativité et l'intangibilité du monde, ses docteurs et ses mandarins universitaires, son catéchisme de l'évolutionnisme et de la vaccination, sa morale et ses moines qui entrent en science comme on entre en religion, en laissant leur partie profane, c'est-à-dire leurs émotions, leurs sentiments, leurs préférences, et toute perturbation non rationnelle, à la porte du laboratoire.

– Vous auriez dû être avocate, lui dis-je.

– J'aurais pu faire plein de choses, mais ce que je fais avec Lionel est ce qui me paraît le plus utile pour l'humanité.

Et sur cette phrase sibylline, elle repoussa sa chaise et déclara qu'elle avait parfaitement bien mangé. Pour ma part j'étais loin d'être rassasié et j'accueillis avec plaisir la marmite du pêcheur qui suivit. Mais curieusement, nous n'abordâmes plus de sujet important, en dépit de quelques relances de ma part.

– Il y a un temps pour tout, me dit Lionel, et quand l'estomac est plein, ce n'est pas la peine de le bourrer. Le cerveau, vois-tu, c'est la même chose.

Pourtant, quand nous nous quittâmes à la fin du repas parce que je devais retourner à Paris, nous eûmes encore un bref échange, sur le parking :

– Lionel, est-ce qu'on peut communiquer avec les grands Êtres, ceux dont nous ne sommes qu'un atome dans le corps de manifestation ?

– Décidément, tu veux toujours griller les étapes ! Oui bien sûr, il y a une communication possible. C'est même une science que de savoir invoquer et évoquer d'autres formes de vie. Je t'ai déjà dit qu'entre toutes les vies du monde créé, de la plus microscopique jusqu'aux systèmes stellaires les plus vastes, c'est la même énergie qui circule. La vie est une dans ses myriades de manifestations. Toutes ces manifestations de la vie, de l'infiniment petite à l'infiniment grande, sont reliées entre elles car leurs centres d'énergie correspondent, ils sont sur les mêmes longueurs d'ondes. Tous ces centres sont régis par le septénaire et par l'harmonique des nombres, de sorte que la résonance est théoriquement parfaite entre tous les centres de vie de l'univers. C'est simplement un problème de perception et d'éveil des sens au sein de chaque vie. Tout élargissement du champ de conscience, donc du champ de perception, entraîne *ipso facto* la perception de formes de vie supérieures et inconnues jusque-là. Tout communique, mais pas directement. Le haut de l'échelle dans les hiérarchies de vie communique automatiquement avec le bas, puisque le pôle esprit englobe une quantité de matière et d'unités de vies incommensurable. Mais l'inverse n'est pas vrai, et dans les hiérarchies de vie inférieures le pôle esprit est peu développé, peu conscient. C'est pour cela que l'homme doit élever son niveau vibratoire, pour progresser en conscience spirituelle. Sans cela il se coupe de ses racines, et surtout il n'est pas à son rendez-vous.

– Cette communication, cela s'appelle la prière ?

– Non, c'est une méditation.

VIII
LES ROBES DE LA MÈRE

La rencontre avec Lionel avait été la meilleure chose qui me soit arrivée depuis longtemps. Mais je restais profondément tiraillé entre fascination et scepticisme. Mes études bien cartésiennes d'économie et de sciences politiques m'avaient appris le primat de la réflexion et du raisonnement mental, et j'étais bien ancré dans l'idée que tout phénomène physique ne pouvait avoir que des causes physiques. Même ma formation maçonnique, qui pourtant m'avait initié au monde des symboles et à certains mystères, restait profondément rationnelle. J'avais d'ailleurs quitté cette voie en raison de la pauvreté du travail symbolique au grade de maître, qui pourtant aurait dû ouvrir un immense champ de réflexion sur les mystères de la vie et de la mort.

Lionel, je ne pouvais pas lui reprocher de ne pas centrer le peu de temps que nous passions ensemble sur ce que je considérais comme l'essentiel. Mais dès que je l'avais quitté, une sorte de brouillard m'enveloppa l'esprit et il ne me restait que quelques bribes que j'aurais été incapable d'expliquer à une personne sensée. Je me demandais où j'étais tombé. Pour être franc, c'étaient plutôt les paroles énigmatiques de Lionel au sujet de l'humanité qui se mourrait et de ma mission qui aiguillonnaient mon attention et mon intérêt.

Mais au fil du temps, les jours et les semaines passant loin de la Bretagne, loin de Lionel et de sa maison baroque, de sa brillante épouse qui dissimulait derrière ses casseroles et son tablier son étonnant et magistral regard sur notre époque, loin d'eux j'étais comme en manque de quelque chose de vital. Même leur marmaille bruyante et tourbillonnante me manquait. Ma vie me semblait bien banale, bien petite, sans perspective, sans but, sans idéal. Je n'avais de goût à rien, et il me restait de nos rencontres avec Lionel, de cette amitié naissante, que la musique douce et mélodieuse de sa voix, les couleurs du ciel, les éclairs de compréhension et d'évidence, comme s'il me disait ce que je savais déjà. Il activait une mémoire latente, inconsciente, toute une base de données que j'avais en vain tenté d'activer depuis que je me posais des questions sur le sens et le but de ma vie. Oui, tout cela, tout ce qu'il me disait et auquel je ne comprenais strictement rien, je le savais déjà, je l'avais déjà appris et je l'acceptais comme évident.

Bien entendu, mon mental rationnel n'allait pas baisser pavillon sans combattre. Je reprenais donc contact avec Lionel qui me proposa de passer le dimanche à la maison. J'aurais préféré le samedi, mais il ne pouvait pas.

– Je reçois du monde ce jour-là…

Compte tenu du caractère bien particulier de sa maison-musée, et de son absence d'intérêt total pour toute vie mondaine, je me suis demandé, avec une petite pointe de jalousie, qui pouvait ainsi le capter pour la journée. Je passais donc la journée du samedi à Bréhat, et je regagnais ma petite maison avec un visage rougi par les coups de soleil. Avant de m'endormir, j'observais la magnifique pleine lune qui répandait une clarté presque diurne sur les arbres environnants.

Le lendemain, Lionel me proposa d'aller pique-niquer en forêt, Claire devant s'occuper du petit dernier qui était malade. Nous prîmes sa voiture, une Espace qui donnait l'impression d'avoir vécu et qui, bien entendu, ne ressemblait pas à l'intérieur d'une voiture ordinaire. Lionel avait aménagé différents accessoires pour poser ses timbales en argent et ses deux thermos en Inox, l'une pour le thé, l'autre pour le café.

– Avec mon métier, je roule beaucoup, et je préfère ne pas m'arrêter dans les bistrots.

Différentes médailles représentant des chevaliers étaient collées sur le tableau de bord et sur la plage avant. Il avait également enchâssé un vase uniflore en cristal dans un support métallique.

– Quand je me promène dans la nature, me dit Lionel, le règne végétal me fait parfois l'offrande d'une fleur symbolique qui m'accompagne dans mon voyage.

Lionel conduisait avec douceur, plutôt lentement, négociant de telle manière les nombreux virages de cette départementale qui nous conduisait au bois Meur qu'il les faisait presque oublier. Il me demanda si j'avais des questions à lui poser au sujet de nos précédents entretiens. Je lui dis que je n'avais pas beaucoup retenu ce qu'il m'avait dit, et c'était d'ailleurs la raison pour laquelle je souhaitais avoir un support pour réentendre ses enseignements. Il m'arrêta :

– Enseignement, c'est un grand mot. Disons que je t'instruis un peu sur des matières qu'on ne trouve pas exposées dans les manuels…

– Justement, ne pourrais-tu m'indiquer quelques livres qui reprendraient ce que tu dis ?

– Je ne préfère pas pour l'instant. Je préfère que tu les découvres par toi-même. Et puis, il n'y a que trois livres que je pourrais te recommander : le Livre de la Connaissance, le Livre de la Sagesse et le Livre de la Vie. Le Livre de la Connaissance, j'ai commencé à l'entrouvrir avec toi. J'aborderai plus tard les aspects du Livre de la Sagesse qui te seront utiles. Quant au Livre de la Vie, tu l'ouvriras toi-même lorsque tu seras devenu créateur. Inutile de te dire que ces livres ne sont pas dans le commerce…

– Il n'y a rien de bon dans les livres sur les traditions ou les sciences occultes ?

– Il y a de bonnes choses ici ou là, noyées dans beaucoup d'erreurs, et surtout les adeptes ont perdu la vision globale, ils ne prêchent que pour une chapelle, une discipline en particulier.

– Pourtant, persistais-je, je ne peux pas croire qu'il n'y ait aucun livre auquel je puisse me référer.

– Puisque tu insistes, concéda-t-il comme à regret, il y a bien quelques ouvrages, mais je ne veux pas t'en parler pour l'instant. Ils sont…

Il hésita.

– Comment dire ? Ils sont magnétiquement verrouillés, tu t'endormirais dessus. Ce ne sont pas des livres pour le grand public. Plus tard, certains te seront utiles.

– Je ne vois pas comment un livre peut être verrouillé magnétiquement.

– C'est pourtant simple, Erwan. Quand je te parle, il y a des moments où tu décroches. C'est que ton être ferme le canal, il ne t'estime pas prêt à recevoir certains éléments. L'enseignement de l'essentiel obéit à des règles assez précises. Tu auras beau avoir la vérité sous le nez, si tu n'es pas prêt tu ne verras rien. Les livres que tu me demandes auraient pour effet, actuellement, de t'endormir en dix minutes.

Je commençais à m'agiter :

– C'est un peu facile…

– Plus tard, je pense qu'il t'appartiendra de révéler une partie du Livre de la Connaissance et du Livre de la Sagesse.

– Tu es sérieux ? C'est cela ce que tu appelles ma mission ?

– Non, ta mission, c'est autre chose, mais elle est liée à l'écriture.

Je commençais à trouver qu'il m'en disait trop ou pas assez, et je lui fit part de mon irritation. Il détourna un instant son regard de la route pour me sourire amicalement :

– Je comprends bien ton impatience. Mais tu dois savoir que la patience est la base de la volonté. Si tu veux aller sur un chemin difficile, il te faudra beaucoup de volonté, et donc une infinie patience. Je ne peux pas aller plus vite que ta propre compréhension. Tu es dans ce qu'on appelle la phase des ténèbres lumineuses. Tu as l'impression d'être dans le noir total, avec une vague lueur qui ne te permet pas de distinguer le paysage que je te décris. Mais sache que peu à peu cette lumière de compréhension va s'intensifier, non pas progressivement mais d'un seul coup. Des pans entiers vont te paraître évidents. Et tu sais pourquoi ?

– Non.

– Parce que tu le sais déjà. Je ne fais que réveiller de vieilles mémoires.

Je restais sans voix. Ce type était-il télépathe ? C'était exactement la réflexion que je me faisais avant de venir le voir. Qu'est-ce qu'il voulait dire avec ces vieilles mémoires ? Je voulais lui demander s'il croyait à la réincarnation, mais il venait de quitter la route goudronnée pour emprunter un chemin de terre qui demandait toute son attention. Nous étions en pleine forêt, et bientôt il gara sa voiture sur un terrain caillouteux.

Une légère brise nous apportait des senteurs de bruyère et d'humus. Il faisait bon, et j'étais parfaitement heureux d'être là, en compagnie de cet être qui était devenu mon ami. Il arborait ce jour-là un chapeau de toile, et une veste de photographe beige clair, sans manches, sur une chemise polo jaune. Il me proposa de marcher un peu avant de revenir déjeuner près de la voiture.

– Alors, as-tu des questions ?

– J'ai du mal avec ce que tu appelles l'inclusivité. Je comprends que je suis composé de formes de vie plus petites, des bactéries, des microbes, des cellules. Mais je ne vois pas très bien le lien qui m'unit à elles, et je vois encore moins en quoi je fais partie d'un corps plus vaste, par exemple la planète ou le système solaire.

– Ta difficulté de compréhension, me répondit Lionel, vient de ce que tu n'imagines pas de vie autrement que sur le plan physique. L'humanité est malade de cet enseignement fallacieux qui ramène tout au corps dense, au monde physique. Avec la conception matérialiste de la vie, l'humanité a ouvert les portes de la demeure du Mal et fait venir sur la Terre une entité qui la plombe.

– Le matérialisme, objectai-je, est une conception récente.

– Détrompe-toi, me répondit-il, les prémisses remontent à l'Empire romain, et c'est pour cela que le Christ a choisi d'intervenir à cette époque, dans ce contexte. Mais revenons à ta question. Tu n'imagines pas que la vie puisse avoir une manifestation autre que physique. Or le plan physique n'est que le septième de la manifestation. Au-delà du plan physique, il y a encore six niveaux vibratoires, six réalités plus subtiles, et ce sont ces plans qui relient les formes de vie les unes aux autres. Dans le plan physique nous semblons séparés mais dans les autres plans nous sommes réunis et solidaires.

– Est-ce que tu pourrais donner un exemple ?

– J'allais le faire, répondit Lionel. Je t'ai dit la dernière fois que tout être, toute vie, a trois aspects : l'aspect forme, l'aspect esprit, l'aspect conscience. Dans toute vie, il y a le Père, la Mère et le Fils. Au commencement d'une vie, la conscience, le Fils, est dans la Mère, et puis cette conscience s'affirme et s'émancipe de la Mère, et un jour elle s'identifie avec le Père et devient à son tour créateur d'un monde. Cette évolution s'accomplit dans chacun des différents plans de la vie. La Mère se situe sur le plan physique, émotionnel et la partie inférieure du plan mental. C'est ce que j'ai appelé la personnalité. L'âme, ou conscience, se situe au cœur du plan mental, entre le mental concret et le mental. Tu as ensuite le plan de l'Amour, puis celui des énergies de création. La racine de vie, ou esprit, se situe sur le plan le plus élevé. Mais au-delà, au-delà de la racine de vie d'un être humain, la manifestation ne s'arrête pas.

J'avais vraiment du mal à le suivre, et surtout je ne comprenais pas cette imbrication entre les mondes. Je lui demandai de reprendre à nouveau son explication :

– Prends le monde végétal : son âme-groupe se situe dans le corps émotionnel de l'homme. L'animal a également son âme-groupe dans notre corps émotionnel, mais à un autre niveau. Et nous, notre racine de vie se situe dans le plan physique d'un grand être cosmique. Te rends-tu compte ? Notre esprit, ce que nous avons de plus désincarné, de plus inaccessible, ce que nous mettons des milliers de vies à atteindre, notre racine de vie n'est que dans la partie supérieure du corps dense d'un homme cosmique. Quant à notre corps physique, il est vraiment dans le bas du bas de cette échelle ! Est-ce que tu comprends ?

J'acquiesçai poliment. Nous marchions au milieu des fougères, dans l'ombre des chênes et des châtaigniers. Des canons de lumière perçaient les feuillages des grands arbres. J'étais hors du temps. Lionel reprit tout en marchant :

– Ce qu'on appelle notre esprit, c'est l'espace de jonction avec le mental d'êtres supérieurs. Toute vie a un tropisme vers le haut, toute vie est attirée par les plans supérieurs, par la dimension de la transcendance. Car toute vie, même la plus infime, sait qu'elle n'est qu'une partie d'un tout, qu'elle est incluse. Mais ces vies infimes qui composent notre corps de manifestation, ces vies que nous avons attirées en naissant, en faisant big-bang, nous en sommes responsables. Ce sont les robes de la Mère, elles nous emprisonnent mais nous leur devons la vie et nous ne nous élèverons pas sans les élever avec nous.

– Décidément, j'ai du mal à te suivre.

– Je te l'ai dit, tu es dans les ténèbres lumineuses. Le voile va se déchirer, et brusquement tu comprendras. Mais ce n'est pas une démarche mentale. Tu comprendras de l'intérieur, par intuition. Veux-tu faire une pause ?

– Je peux encore marcher, lui dis-je, étonné qu'il soit déjà fatigué.

– Non, me dit-il en riant, veux-tu que j'arrête un moment mes explications ?

Non, je ne voulais pas qu'il arrête. J'avais au moins appris que j'aurais un travail d'écriture à réaliser, et curieusement cela provoquait une résonance en moi. Je n'avais pas la moindre idée de ce que j'allais écrire mais j'étais déjà tout excité et impatient de me mettre à l'ouvrage. Par-dessus tout, je savais que ma vie était en train de changer.

Tout en marchant, Lionel me reparla de l'inclusivité. Il m'expliqua à nouveau que la vie ne se limitait pas au plan physique. Nous, les formes vivantes, et pas seulement les humains, étions constitués d'enveloppes de plus en plus subtiles et immatérielles, et toutes ces enveloppes étaient des champs énergétiques s'interpénètrant, de sorte que tout ce qui vit est interconnecté. Il me dit que les sept enveloppes vibratoires de toute forme manifestée s'échelonnaient depuis le plan matériel ou physique dense jusqu'à la racine de vie, appelée aussi esprit, et qu'au niveau du troisième plan, ou âme, se situait le niveau de la conscience. Il me reparlait aussi des hiérarchies de vies, répétant sans se lasser que ces hiérarchies étaient au nombre de douze et partaient du niveau microcosmique jusqu'à celui des galaxies. Ces hiérarchies étaient interconnectées par leurs enveloppes vibratoires, de sorte que la septième enveloppe d'une hiérarchie microscopique pouvait se trouver, par exemple, au niveau de la troisième enveloppe d'une hiérarchie supérieure.

Il me dit à nouveau, et je le compris mieux cette fois-là, que le règne minéral avait sa racine de vie – son enveloppe la plus subtile – dans le corps physique de l'être humain, et le végétal avait sa racine de vie dans notre corps émotionnel ou astral. Il répéta que ce qu'on appelait les règnes de la nature étaient des composites de hiérarchies de vie. Par exemple l'homme est un composite d'atomes, d'électrons, de molécules, de minéraux et il se nourrit de l'animal, du végétal et dans une moindre mesure du minéral. Le corps de manifestation d'une planète ou d'un logos solaire est composé de hiérarchies de vies plus nombreuses, et notamment de la quatrième hiérarchie qui est celle de l'homme. L'homme occupe une place particulière dans les enveloppes vibratoires de la planète, et en particulier dans un certain centre énergétique vital de la planète. L'humanité est l'expression créatrice de la Terre.

Il s'interrompit dans sa marche, sembla hésiter et nous quittâmes le chemin principal pour emprunter un étroit sentier envahi par les thuyas et les ronces. Nous étions entourés de grands arbres, des hêtres et des chênes qui s'élançaient haut vers le ciel. Je suivais ses traces et nous marchions sans parler. Au bout d'une dizaine de minutes, nous arrivâmes dans une sorte de clairière au centre de laquelle se dressait un chêne imposant, plus que centenaire. L'herbe était plutôt rase et parsemée de mousses. Il reprit alors :

– Tout cela, toutes ces vies s'interpénètrent, et surtout progressent les unes par les autres. Il y a un sens, une animation, une progression, une évolution générale des vies dans la Vie, est-ce que tu saisis ? Comme je te le disais tout à l'heure, dans cette inclusivité et cette solidarité générale qui est la marque de l'univers, et qui fait que la vie est une, chaque unité de vie, quel qu'en soit le niveau, même infime en apparence, est doté d'un niveau de conscience. Pour le minéral ou le végétal, on ne peut pas parler de conscience, bien sûr. L'individualité de conscience n'arrive qu'avec le règne humain. La contrepartie de l'individualité de conscience, c'est la séparativité. C'est ce que l'homme doit dépasser pour entrer dans le cinquième règne.

– Ainsi, toute forme de vie a un niveau de conscience. J'ai un peu de mal à l'accepter.

– Comme la fleur avec le soleil physique, toute conscience a un tropisme vers sa racine de vie, vers ce pôle esprit qui est sa vibration la plus haute. Quand je parle d'esprit, par exemple, pour un minéral, c'est relatif bien sûr. Mais il y a une polarité esprit, un feu dans le minéral, et une évolution du minéral. De même que dans le règne humain on rencontre de grandes âmes, de vieilles âmes dont le rayonnement s'impose à tous, de même tu vas trouver des pierres précieuses qui sont l'aboutissement d'une longue évolution et témoignent de la vie du Père dans le règne minéral.

– Tu veux dire qu'il y a une progression des vies dans les règnes, des individualités minérales ou végétales ?

– Non, je t'ai dit que l'individualité de conscience n'apparaissait qu'avec l'homme. Dans les règnes inférieurs, ce ne sont pas des individus mais des espèces, des âmes-groupes qui progressent.

– Et les vies traversent tous les règnes ? J'ai été une pierre, un végétal ?

– Oui, me dit Lionel sans se démonter, il y a des millions d'années. Et dans chaque règne tu as acquis, comme toute vie, des dimensions de conscience. La progression de la vie dans le règne minéral est d'aller de l'inertie vers la mobilité. C'est le premier travail pour sortir des jupes de la Mère. La Mère, c'est l'inertie ; le Père, c'est le mouvement. La vie, c'est le rythme, un mouvement et un repos. Mais je te parlais du minéral, de ce qui est acquis dans ce règne. Tu sais que les pierres bougent, elles mettent des milliers ou des millions d'années à remonter, mais elles bougent. Donc la vie appréhende l'inertie et s'en libère.

– Et dans le végétal, lui demandai-je sans tenter de dissimuler mon scepticisme ?

– Quand la vie traverse le monde végétal, elle apprend la sensibilité, le ressenti. Une plante ressent les choses, on l'a mesuré, elle est même sensible à la musique.

Il rit et reprit :

– Si tu veux faire mourir une plante un peu sensible comme l'orchidée, tu lui passes du rap ! Certaines fleurs, même coupées, ont la faculté de s'imprégner de la qualité vibratoire qui l'entoure. Quand il m'arrive de faire un travail de méditation avec ma femme ou des amis, nous mettons souvent des iris au centre de la table. Elles reçoivent notre vibration et la conservent encore longtemps après… Bon, dans le règne végétal, évidemment, la vie acquiert l'instinct, et dans le quatrième règne, c'est l'intellect, le raisonnement. Tu vois la progression ?

Je m'assis sur le tronc d'un arbre qui avait été laissé là par des forestiers. Je me sentais comme caressé par l'air ambiant, et je suis sûr que Lionel m'aurait dit que c'étaient des présences invisibles et bienveillantes. Il restait debout et suivait le fil de sa pensée :

– Retiens que toute vie est un éternel pèlerin en quête de sa source, l'Absolu. Au fur et à mesure qu'une vie progresse dans son évolution, elle acquiert un épanouissement dans la forme qu'elle emprunte. C'est comme si elle atteignait l'absolu de sa forme, et alors cette perfection va la faire accéder à un stade d'évolution supérieur. Le niveau de conscience d'un minéral n'est pas celui d'un végétal, celui d'un végétal n'est pas celui d'un animal, et ainsi de suite. Dis-toi qu'entre une vie au stade humain et une vie minérale, il y a un écart de conscience aussi grand qu'entre nous, humains, et celui qui donne vie à la planète. Et entre celui qui donne vie à la planète et « Celui de qui rien ne peut-être dit », c'est-à-dire le grand être cosmique qui est à la limite de ce qu'un mental humain peut appréhender, il y a autant d'écart de conscience, proportionnellement, qu'entre nous et le logos planétaire.

– Est-ce que tu pourrais être un peu plus concret, parce que franchement, j'ai du mal à te suivre.

– Ce que tu dois retenir dans un premier temps, répliqua Lionel sans se démonter, c'est que la vie est sans cesse en évolution. Rien n'est figé, rien n'est acquis. Tu veux une image de l'évolution qui ne soit pas trop abstraite ? Prends par exemple une monade à l'entrée du règne végétal.

– Qu'est-ce que c'est qu'une monade ?

– Je te l'ai déjà expliqué. C'est une racine de vie, une pulsion de vie. Donc, cette monade qui commence son cycle dans le végétal va se manifester sous forme de mousse, de brins d'herbe, mais à la sortie de ce règne elle s'incarnera dans des espèces supérieures, des grands arbres ou des fleurs.

– Une fleur, ce n'est pas supérieur à un grand arbre.

– Ne confonds pas grandeur physique et grandeur énergétique ! Je te rappelle qu'une violette odorante dégage autant d'énergie qu'un chêne. Mais poursuivons. Avec une monade animale, au début de la traversée de ce règne, elle prendra la forme d'un animal de troupeau, très peu individualisé. Et puis, elle va progresser en s'incarnant dans un animal sauvage, chez qui l'on rencontre une première démarche d'individualisation. Et puis, elle terminera sa traversée du règne animal en devenant un animal domestique : chat, chien, cheval ou éléphant. Quand tu as un animal domestique, il apprend ce qu'est un être humain auprès de toi, il acquiert un embryon de mental et il a un comportement qui commence à s'humaniser. La finalité d'une monade animale, c'est de progresser vers le règne humain. En fait, l'être humain qui représente le divin sur la Terre devrait être un guide et un protecteur pour les règnes de la nature, au lieu de les exploiter. Pour un animal, tu es un dieu. La monade animale a sa racine de vie dans le plan mental humain.

J'étais suspendu à ses paroles et le temps n'existait plus. Il poursuivit :

– L'aspect divin du microcosme est dans ton corps éthérique. Je parlais des pierres précieuses, mais tu as l'équivalent dans les hiérarchies microscopiques, tu rencontres des formes plus évoluées que d'autres. C'est ainsi que les vies microcosmiques les plus avancées constituent la matière de l'œil humain. Ces vies entreront plus tard dans le règne minéral.

Comment était-ce possible, lui demandai-je, que l'on puisse traverser un règne ?

– Souviens-toi de la triplicité : Père, Mère, Fils. Tout cycle obéit à ce rythme ternaire. Quand tu commences un cycle dans un règne de la nature, quel qu'il soit, tu es dans les jupes de la Mère. Tu n'es pas autonome, tu es dépendant, et tu es dans l'inertie. C'est la phase lunaire du cycle. Et puis ta conscience s'éveille, tu cherches ton autonomie, tu t'individualises en même temps que tu perfectionnes la forme de ta manifestation. C'est la phase Lune-Soleil, la phase du Fils. Et au final, tu t'identifies avec le Père et tu es créateur à ton tour. C'est l'aspect Père du cycle. La Lune devient minuscule et fusionne avec le Soleil. La matière disparaît, elle n'est plus nécessaire puisque la conscience a atteint son but – son but relatif qui est l'identification avec le Père. Tu vas être capable de donner vie à un monde de manifestation, mais le cycle n'est pas un cercle fermé, c'est une spirale et tu passes à un stade d'évolution supérieur. Est-ce que tu as saisi ?

J'étais tellement bouleversé par ce que je venais d'entendre, qui correspondait si peu à tout ce que j'avais pu apprendre ici ou là, que je demeurai sans voix.

– La traversée du règne humain, reprit Lionel, c'est pareil. Trois phases : chemin de l'aller, prise de conscience, chemin du retour.

– Et au-delà du règne humain, lui demandai-je, bien décidé à en savoir plus sur ce fameux cinquième règne ?

– L'homme occupe une position centrale dans l'évolution des règnes. Dans le cinquième règne la vie développe l'intuition, c'est-à-dire l'accès à la réalité sans passer par le raisonnement mental. Et l'homme passe alors de l'individualité à l'universalité de conscience.

– Comment la vie développe-t-elle l'intuition dans le cinquième règne ?

– Par l'amour véritable, répondit Lionel, l'amour inconditionnel qui nous incite à voir le bien de l'ensemble, alors que le mental nous incite à manipuler les situations à notre profit.

– Le règne humain serait donc double : il recouvrirait les quatrième et cinquième règnes.

– Oui. Et je peux te dire qu'il y a un écart considérable entre les deux. Il n'y a rien de comparable entre un homme gouverné par sa personnalité et un homme gouverné par son âme, en dehors de la forme humaine qui ne connaîtra plus guère de développements.

– Et au-delà ?

– Je pense que cela ne t'apporterait rien. Tu n'en es pas au sixième règne. Mais comme tu le vois, tout est en évolution, la vie ne cesse de développer la conscience et nous accédons au fil du temps à des splendeurs et à des merveilles que nous percevions pas. Celui que nous appelons dieu, le Père de cette planète, est lui-même en évolution et aspire à d'autres champs de conscience, mais il doit élever les vies mineures que nous sommes jusqu'à ce qui est pour nous un absolu de perfection.

– Comment cela ?

– Avec tout le respect que je dois au Père, dit Lionel, qui représente pour moi ma perception de l'Absolu, il a lui-même son propre schéma d'évolution. Il est encore un dieu imparfait.

– Et pourquoi cela, dis-je un peu surpris ?

– Tout simplement parce que sa planète n'est pas encore sacrée, ou sacralisée si tu préfères.

– Et qu'est-ce qui pourrait rendre notre planète sacrée, demandais-je ?

– L'Amour. L'amour vrai, celui dont je te parlais tout à l'heure et qui fait naître l'intuition. Pas l'amour affectif, pas l'amour humain. Le véritable amour, l'amour d'avant la création, et pour l'humanité, cet amour-là se traduit par la pratique de justes relations humaines. C'est ce que nous a dit le Christ quand il s'est incarné au cœur de cette civilisation déjà porteuse des fausses valeurs, déjà si proche de nous, je veux parler de Rome. Le Christ a dit : pratiquez de justes relations humaines, ne faites pas à autrui ce que vous ne voudriez pas qu'on vous fasse. Aimez-vous les uns les autres, et protégez les plus faibles, car vous ne vous sauverez pas tout seul. Mais les justes relations humaines ne se limitent pas aux seuls humains, elles s'étendent aux relations que l'homme établit avec l'ensemble du vivant. L'homme doit respecter la vie. L'amour englobe le respect de tous les règnes de la nature. L'Amour, c'est plus que l'amour : ce n'est pas l'amour passion, bien sûr, c'est l'amour sagesse, c'est-à-dire l'amour plus l'intelligence. Ce que les anciens appelaient l'intelligence du cœur. Voilà cette dimension que le Père tente de nous faire percevoir depuis des millions d'années pour que cette planète devienne sacrée et prenne sa place comme centre d'énergie actif dans l'univers.

Et il continua encore à me parler de l'univers qui était ainsi animé d'un processus général d'évolution de chaque forme de vie depuis son pôle matière jusqu'à son pôle esprit. Il répéta encore et toujours que toute forme vivante était composée de vies mineures, que le corps de chaque unité de vie était composé de formes plus petites, et que chacune de ces vies mineures avait sa racine de vie dans une couche vibratoire plus subtile de la vie qui l'englobait. Il me dit que la racine de vie, c'était l'unité centrale, comparable à un noyau atomique dont les électrons seraient les vies mineures. Ce noyau était prisonnier de son enveloppe. Et l'évolution consistait à ce que les électrons chargés négativement voient leur polarité basculer et fusionner avec le noyau central. C'était la base de l'alchimie du vivant.

– Ce que j'appelle le noyau, c'est une image. Le terme occulte, c'est la monade. Chaque racine de vie, chaque vague de vie qui émerge de l'Absolu est une monade, elle est unique. Chaque forme vivante a sa monade qui projette son rayon dans l'espace indifférencié, dans les robes de la Mère. Et comme lorsqu'un caillou tombe dans l'eau, les sept enveloppes se constituent. Quand une grande monade se manifeste, comme un être humain, une planète, un système solaire, elle attire les plus petites qui saisissent cette opportunité d'évolution qui leur est offerte. La monade et les trois plans qui sont en dessous, disons jusqu'à l'âme incluse, j'appelle cela le soi. Ces plans se nomment dans la tradition le plan monadique, le plan atmique et le plan bouddhique ou christique, celui de l'amour inconditionnel. Les vies mineures, ce qui est en dessous de l'âme, c'est le non-soi, la personnalité avec ses trois plans, physique, émotionnel et mental. Est-ce que tu comprends ?

J'ai dû lui jeter un regard plein de désarroi car il me prit amicalement par l'épaule et me dit que c'était comme le Soleil et la Lune.

– Te souviens-tu de la magnifique pleine lune que nous avons eu hier soir ? Le Soleil donne, la Lune reçoit, le Soleil émet la vraie lumière, la Lune la reflète. La Lune est la partie obscure, matérielle, et, sans que ce soit péjoratif, maternelle. Soleil et Lune, ombre et lumière sont indispensables à la vie. Les vies mineures, ce sont les lunaires, c'est ta partie lunaire que tu dois éclairer, et un jour, Soleil et Lune vont fusionner et ce sera la fin d'un cycle. Les lunaires, c'est ton non-soi, et pendant des vies et des vies, ton âme ne peut s'exprimer, parce que tu es entièrement soumis à tes lunaires, tu fais la volonté de tes désirs. Tu es soumis à ta personnalité, tu développes ton individualité de conscience qui a pour contrepartie une hypertrophie du moi. C'est le propre du quatrième règne.

Je pensais qu'il allait me parler du cinquième règne, mais il continua à me parler de l'inclusivité :

– À chaque fois qu'une vie s'incarne, l'âme, la conscience est totalement prisonnière des vies mineures plus denses qui forment son corps de manifestation. Mais chaque forme vivante, à quelque niveau qu'elle se situe dans les règnes de la nature, a un contrat avec la vie une qui est d'élever chacune des vies mineures qui la composent au niveau de conscience où elle se trouvait lorsqu'elle s'est incarnée. Les électrons doivent fusionner avec le centre, et pour cela ils doivent changer de polarité. C'est ce qu'on appelle élever la matière au ciel, ou rédempter la matière, comme tu voudras. Pour rejoindre notre racine de vie, nous avons à élever le niveau vibratoire des vies mineures qui nous composent.

– Tu as parlé d'un contrat ?

– C'est une image bien sûr. Je te parle abondamment de l'inclusivité depuis que nous nous voyons parce que c'est fondamental et que tu ne peux pas comprendre l'évolution des vies dans la vie une si tu n'as pas assimilé cette notion d'inclusivité.

– Oui, mais ce contrat de vie, répétais-je obstinément…

– J'y arrive. L'inclusivité implique que tu as pris comme chantier en tant que forme de vie qui traverse le règne humain, de faire avancer des myriades de vies de la nature. Par tes corps subtils, je te le disais, tu es en liaison avec chaque règne de la nature. Donc, en t'incarnant à ce niveau du quatrième règne, tu prends en charge des vies mineures. Et ces vies mineures qui ont une racine de vie dans tes enveloppes subtiles, dans ton émotionnel, tes désirs, tes pensées, ces vies mineures se traduisent dans ton relationnel par des comportements que je qualifie de personnalité. C'est-à-dire que ce n'est pas géré à l'équilibre. Les vies mineures veulent t'entraîner dans leur monde, elles veulent te diriger, t'imposer leur manière de voir et de ressentir qui n'est pas celle de ton être vrai, de ton âme. Les vies mineures, je te le disais, c'est ton non-soi. Et il faut en être conscient. Tant que les lunaires sont dominants, tu ne peux pas recevoir une intensification de vie, cela ne sert à rien de t'initier à quoi que ce soit car ce serait mettre le feu dans ta maison. D'ailleurs, l'initiation n'est pas donnée par des hommes. Comment pourraient-ils donner ce qu'ils n'ont pas ?

– Et quand je meurs, lui répliquai-je sans être sûr d'avoir bien compris, mon chantier ne sera pas forcément achevé.

– Non, bien sûr que non, mais la mort est une illusion, c'est un arrêt temporaire du chantier. C'est simplement l'âme qui se libère de la prison de la forme, qui abandonne un véhicule usé ou bloqué, qui ne peut ou ne veut plus avancer. Mais quand ton âme décide de reprendre le voyage avec un autre véhicule, quand tu renais à nouveau, tu repars au stade où tu en étais, tu reprends ton chantier dans l'état où tu l'as laissé, car ta vibration d'incarnation va appeler en résonance les vies mineures correspondantes. Tu retrouves ton club de lutins où tu l'as laissé. La vie est bien faite. Et dans un nouveau véhicule tu poursuis la route, tu progresses ou tu régresses, cela dépend si tu assumes les épreuves libératrices qui te sont proposées.

– Tu crois donc en la réincarnation ? Mais tu vas me dire que ce n'est pas le sujet du jour…

– Exactement, sourit Lionel. Je n'en ai pas terminé avec ce fameux contrat d'évolution impliqué par l'inclusivité. Des vies mineures constituent les corps de manifestation d'êtres plus avancés en évolution de conscience. Nous-mêmes sommes un atome dans le corps de manifestation d'un logos planétaire. Maintenant, suis-moi bien, je voudrais te parler d'un concept sur lequel je vais beaucoup revenir qui est celui du chemin de l'aller et du chemin du retour. Quand une vie, et donc une âme, traverse le règne humain, elle accomplit un grand cycle qui se décompose en trois phases : le chemin de l'aller, la prise de conscience qui est aussi une prise de pouvoir de l'âme, et le chemin du retour. L'inclusivité fait que nous sommes prisonniers de nos vies mineures dans le chemin de l'aller, où nous développons nos corps, notre personnalité, notre individualité de conscience. Ce sont nos lunaires qui dominent. Et puis à un moment donné, le contact s'établit avec l'âme. On dit que la personne est en accord avec son être, et alors cette personne commence à se libérer. Et en se libérant de l'emprise de ses vies mineures, elle en effectue la rédemption en même temps que la résurrection de son unité centrale : alors l'être a rempli son contrat de vie, et il sort du règne humain.

Il s'arrêta et me dit qu'il ne voulait pas aller plus loin aujourd'hui pour ne pas m'embrouiller. Nous bavardions maintenant depuis plus d'un quart d'heure au pied du grand chêne et Lionel déclara que cet arbre abritait un grand déva.

– C'est un adjoint de Silène, me dit-il. Son champ énergétique s'étend sur toutes les forêts du Grand Ouest. Tu te rends compte ?

J'ignorais qui était Silène, mais j'étais impressionné par la majesté de cet arbre qui se dressait à plusieurs dizaines de mètres et semblait vouloir rejoindre le ciel. Comme Lionel restait silencieux, j'éprouvais le besoin d'ajouter :

– Il paraît que les arbres peuvent nous transmettre de l'énergie…

– Bien sûr, répondit Lionel, il suffit de demander. Tu te relies à ton être intérieur et tu demandes respectueusement à l'arbre qu'il nettoie tes pollutions.

– Et ça marche ?

Il me regarda sans sourire et pour la première fois ne me répondit pas. Je repris donc :

– Et comment puis-je me relier à mon être intérieur ?

– Tu fais le vide dans ta tête et tu t'adresses à ton être, à ton âme, ou à ton ange gardien, comme tu veux. Ta pensée, c'est de l'énergie, elle va se traduire par une réalisation, un contact réel. Et si tu es bien aligné tu recevras.

– Je recevrai quoi ?

– Des éléments, me répondit Lionel avec une douce patience, des informations, des réponses à tes questions. Tu entendras, ou tu sauras, tout simplement.

– Et c'est quoi, être aligné ?

– C'est être en accord avec son être, me dit Lionel avec assurance. Méditer, c'est cela, se mettre en accord avec son être, et faire en sorte que le canal soit aussi pur et clair que possible, c'est-à-dire éviter toute perturbation intérieure ou extérieure. Tu devrais le faire chez toi, tu verras bien ce que tu reçois.

Est-ce que c'était vraiment aussi simple que cela ? Moi qui avais passé ma vie dans les bouquins, persuadé que tout ce qui était important était difficile ou compliqué, je commençais à entrevoir qu'il y avait peut-être une autre façon de voir les choses. Une façon plus directe, plus simple, plus élégante aussi, en tout cas moins laborieuse et sans doute moins douloureuse. Mais j'avais du mal à admettre que tout cela m'était apporté par quelqu'un qui avait vingt ans de moins que moi, qui semblait toujours à l'aise, souriant et attentionné, toujours parfaitement calme et maître de lui.

– Comment fais-tu pour parler pendant des heures de sujets aussi élevés avec autant d'aisance, sans hésitation, lui demandai-je ?

– Ce n'est pas moi qui parle, me dit-il en me regardant droit dans les yeux.

– Pardon ? Et qui parle, alors ?

– Je m'aligne avec mon être, comme je te l'ai expliqué, et quelqu'un guide mes paroles. C'est moi et ce n'est pas moi.

Et comme il semblait ne pas vouloir en dire davantage, j'allais insister lorsqu'un petit sifflement d'oiseau sembla m'avertir de ne rien en faire.

– Bon, dis-je un peu dépité, je vois que la séance est terminée. Mais dis-moi, Lionel, dans quel but me délivres-tu cet enseignement, alors que nous nous connaissons à peine ?

– Décidément, tu es têtu, répliqua-t-il après avoir éclaté de rire. Je t'ai dit que je ne délivrais aucun enseignement. Je ne fais partie d'aucun groupe, d'aucune secte, je ne prêche pour aucune paroisse. Je n'ai pas de disciples et je n'en recherche pas. La seule chose que je souhaite, c'est que tu t'épanouisses, que tu sois heureux et on ne peut être heureux que lorsqu'on a pris conscience de la totalité de soi-même. C'est ce que je suis en train de t'exposer.

– Mais il y a bien une raison…

– Oui, et il me sourit avec malice, il y a une raison, et je dirais même qu'il y en a deux. La première, c'est que contrairement à ce que tu penses, nous nous connaissons depuis bien longtemps, et je te devais bien ces petites séances pour rafraîchir ta mémoire. La seconde raison, c'est que j'ai eu l'information que tu avais quelque chose à faire d'important, qui dépasse ta petite personne et qui concerne l'humanité.

– Rien moins ?

– Quand tu sauras de quoi il s'agit, tu auras moins envie de faire de l'humour, répliqua Lionel avec beaucoup de sérieux.

Il se tut un instant, et me prit amicalement par le coude :

– Allez, ce n'est pas grave, ta réaction est bien normale. Ne crois pas que je te fasse marcher, mais il te manque encore quelques pièces du puzzle. La prochaine fois, il faudra que je te parle un peu du principe de renaissance et de juste rétribution des actes. Mais pas aujourd'hui, et d'ailleurs j'ai faim. Rentrons !

Et nous prîmes le chemin du retour à une allure soutenue, ce qui nous empêcha de parler. Je ne me souviens plus de ce que nous avons échangé en dégustant le délicieux panier que Claire nous avait préparé. Nous n'avons plus abordé de grands sujets sur la vie, mais sa compagnie restait toujours un enchantement car Lionel avait des points de vue totalement originaux sur tout. Avec le recul, je sais maintenant que son originalité venait de ce qu'il avait toujours une lecture supérieure et symbolique des événements. Et je me souviens qu'il m'a déconcerté une dernière fois quand nous avons reprit sa voiture :

– La prochaine fois, si tu le veux bien, j'irai chez toi. Il faut que je corrige ton appartement.

IX
LA MORT EST UNE ILLUSION

En revenant de notre balade en forêt je m'étais attardé chez Lionel qui était reparti faire une course. J'avais remercié Claire pour son délicieux panier. Comme je la sentais un peu soucieuse, je pris des nouvelles du petit malade. Elle me rassura en me disant qu'il allait beaucoup mieux, et je lui dit sur un ton léger que je ne retrouvais pas sa gaieté habituelle. Elle me dit alors qu'elle venait d'apprendre le décès d'une tante assez proche.

– Ce n'est pas vraiment une surprise, mais cela fait tout de même un choc, me dit-elle. Et pourtant, je sais que la mort est une illusion, qu'il n'y a pas à en avoir peur. Mais pour ceux qui restent, c'est dur.

– En quoi la mort est-elle une illusion, Claire ?

– Si vous croyez que la vie se limite à la matière, alors effectivement, la mort est un néant. Mais Lionel a dû vous expliquer que la vie, c'est autre chose, de la matière mais aussi de l'esprit et entre les deux il y a la conscience. L'âme ne meurt pas, c'est notre être permanent qui traverse le règne humain.

– Mais la mort est bien une réalité ?

– Une réalité pour la matière dont nous sommes faits, pour nos vies mineures, mais c'est une illusion pour l'âme. Ce qui meurt, c'est seulement la personnalité et les trois corps qui la constituent : le corps énergétique d'abord qui peut rester jusqu'à trois jours près du corps physique. Disparaît ensuite le corps astral, qui peut mettre plus longtemps à se dissiper s'il est alourdi par les désirs, les passions, l'affect. Enfin, le corps mental se dissout, mais là encore un mental hyper développé peut créer une zone de rétention avec les corps subtils. Ces trois corps-là disparaissent complètement, il n'en reste qu'une mémoire conservée par l'être permanent, mais c'est une autre histoire.

– Qu'est-ce qu'on appelle les âmes errantes ? Ce sont des résidus des enveloppes astrales et mentales ?

– Tu as d'abord les frères noirs, qui n'ont jamais le passage vers le haut, mais je préfère laisser à Lionel le soin de t'en parler. Pour le reste, tu as trois cas de figure où il est possible de manquer le passage vers le haut et d'errer dans le plan astral. Tu vas trouver d'abord les êtres qui sont retenus émotionnellement par leurs proches. Tu as aussi les êtres qui périssent subitement de mort violente, les accidentés par exemple : s'ils n'ont pas déjà développé une ouverture spirituelle, ils ne comprendront pas ce qui leur arrive. On peut les aider à monter par la prière. Mais la majorité des âmes dites errantes sont des personnalités dont la moralité est lourde. Ce sont des êtres qui durant leur vie ont donné une réalité intense à des fantasmes ou à des obsessions en tous genres. Ces êtres se sont complètement abandonnés à l'emprise de leurs vies mineures. Il vont donc mettre pas mal de temps à se débarrasser de leur coque astrale qu'ils ont eux-mêmes blindée leur vie durant, et ils ne vont pas remonter très haut, car leur être leur refuse l'accès aux plans supérieurs. Un être clair remonte rapidement dans des plans élevés. Normalement, quand un être quitte son corps physique, dans les trois jours il a le tunnel de lumière, il se libère de son corps éthérique et rejoint le plan astral ou des plans plus élevés, si c'est un être avancé.

Je restais longtemps à réfléchir sur ce que venait de me dire Claire. Puis, me rendant compte du silence qui nous entourait, j'éprouvai le besoin de parler, comme pour dissiper le malaise qui naissait en moi en même temps que montaient d'étranges visions. Je dis à Claire que la mort reflétait bien notre conception de l'existence : à une vie superficielle, sans conscience d'âme et sans esprit, correspondait une mort dénuée de sens qui débouchait sur le tragique sordide du néant. C'est pourquoi il me semblait que la mort était aujourd'hui, probablement plus qu'hier, profondément angoissante et dérangeante. La mort ne faisait plus partie de la vie, et n'avait plus sa place parmi les valeurs fondatrices de notre société.

– Dans un raccourci bien symbolique, me dit Claire, on oppose aujourd'hui la mort à la vie. Mais ne faudrait-il pas plutôt opposer la mort à la naissance ? Nous nous émerveillons de la naissance alors que c'est une mort à la dimension du non-manifesté, d'où nous venons et dont nous ignorons tout. *Ex-sistere*, étymologiquement, c'est « se tenir à l'extérieur ». Et à l'inverse nous avons peur de la mort alors qu'elle est naissance ou renaissance à ce non-manifesté. La mort insulte en permanence les valeurs de la modernité : elle rend illusoire le monde du paraître, de l'avoir, du progrès, de l'individualité égocentrée. C'est pourquoi la mort n'est plus une délivrance, mais un ennemi à combattre. Elle n'est plus un départ mais un aboutissement, un terminus. Depuis la fin du Moyen Âge et les grandes épidémies qui l'ont ravagé, la mort est représentée de façon hideuse et ridicule, comme un squelette armé d'une faux emportant dans une danse infernale toutes les classes de la société. Dans cette symbolique, aucune sérénité, aucune délivrance mais un message de peur.

Claire évoqua une nouvelle fois ce qu'elle m'avait dit il y a peu de temps à la terrasse de ce restaurant à propos de la science. Elle me rappela comment les penseurs et même les théologiens du début de la Renaissance avaient imaginé un homme non plus triple – corps, âme, esprit – mais duel, composé seulement d'un corps et d'une âme-psyché, un homme coupé de sa racine de vie qu'est l'esprit. Cette involution réductrice avait été parachevée par Descartes. Avec la modernité se dessinait ainsi la vision d'un homme fait de matière, un homme amputé de l'esprit et bientôt amputé de l'âme, donc de la conscience.

– Pour certains, me dit-elle, la conscience et ses états ne sont que le sous-produit de l'activité neuronale. L'homme d'aujourd'hui, né du hasard et totalement fait de matière, peut avoir légitimement peur de la mort. Quelle monnaie d'échange donnera-t-il au passeur ? Toute notre société est construite sur la domination de la matière, de la forme, du quantifiable et pour finir du virtuel. Nous pensons qu'il n'y a rien en dehors de ce monde physique que nous croyons connaître. Le problème quand on a tout misé sur la forme, c'est que cette forme est vouée à la mort. La mort ne concerne pas l'esprit et très peu l'âme. L'âme ne disparaît seulement que lorsque la conscience s'est identifiée avec sa racine de vie, l'esprit : ce n'est d'ailleurs pas une mort, c'est une fusion.

J'aimais bien la façon dont Claire s'animait en parlant. Elle n'était pas un tribun, mais on la sentait faite pour l'enseignement. Pourquoi s'était-elle retirée ici, loin des centres intellectuels qui comptent, où se font les carrières ? Pourquoi, avec son esprit si incisif, sa vision du monde si nette, sa culture si étendue, semblait-elle avoir renoncé à peser sur l'évolution des choses ?

– Les problèmes de l'âme, poursuivit-elle, les problèmes de la conscience, ont été abandonnés aux poètes, aux religieux, le cas échéant aux psychiatres. Or la poésie se vend mal, les psychiatres ont peu de choses à dire sur la mort et, curieusement, les religions non plus. Elles ne nous parlent pas de la mort, mais de l'après, pour nous promettre un paradis en forme de récompense. L'homme d'aujourd'hui s'est fait voler sa mort, et dans cet abandon il s'est fait voler sa vie. Il est devenu un nain qui rase la terre alors qu'il est un géant qui pourrait côtoyer le ciel. Il croit qu'il n'a qu'une existence alors que son âme embrasse l'éternité des cycles, et sa conscience l'éternité de l'instant. Il pense que le réel se confond avec le matériel. Pour s'enrichir il préfère le calcul plutôt que la méditation. Et pour comble, la mort qui va lui ravir ses éphémères conquêtes ne l'empêche pas de penser qu'il est supérieur aux autres espèces, et il se croit autorisé à les exploiter, voire à les exterminer impunément.

À ma grande surprise, et sans vouloir montrer à Claire que j'avais bien retenu les leçons de Lionel, les mots sont venus naturellement prolonger les propos de Claire :

– Pour savoir ce qu'est la mort, dis-je il faut savoir ce qu'est la vie. Or la vie, ce n'est pas seulement consommer, être reconnu, paraître, affirmer son individualité. Avant tout cela, la vie est une énergie qui se manifeste selon deux polarités, esprit et matière. Lionel dit que la vie pour se manifester a besoin d'un Père et d'une Mère. Avec la rencontre de l'esprit et de la matière apparaît la conscience. La forme est l'épouse de l'esprit, et de ces noces naît la conscience qui doit réaliser l'union entre le haut et le bas, reconstituer l'unité première qui a été séparée. C'est l'alchimie permanente de la vie. La vie est donc triple dans sa manifestation : elle est esprit, matière et conscience, ou âme. Qu'est-ce que l'âme ? C'est ce qui anime la forme et fait le lien entre l'esprit et la matière. Le but de l'âme, c'est d'élever la matière au ciel. C'est pourquoi l'âme se confond souvent avec l'amour dont on dit qu'il est plus fort que la mort.

Claire me dit en riant que je n'avais sans doute pas perdu mon temps avec Lionel. Pourtant, je restais sur mes interrogations :

– Mais qu'est-ce que la mort, Claire ?

– Rien de plus que la vie qui se libère de la prison de la forme. Il y a mort lorsque l'âme décide de se retirer du véhicule qu'elle a emprunté pour faire ce long voyage en direction de sa source, de sa racine de vie. Elle se retire parce que, pour diverses raisons, ce véhicule n'est plus porteur d'évolution. Elle choisira donc un autre véhicule mieux adapté à la poursuite de son voyage vers l'Absolu. La mort, le plus souvent, sanctionne la fin de notre capacité ou de notre volonté d'apprendre, d'évoluer, de nous transcender. Mais la mort peut être aussi un message que notre âme décide d'adresser par amour à certains qui restent. Du point de vue de l'âme, la mort est une libération, car l'unité centrale, l'esprit, est prisonnier de la forme. La coque doit être brisée pour que le noyau puisse transmettre vie ou nourriture. Voyez comment s'obtient l'huile de l'onction.

Claire m'expliqua que la mort était indispensable à la vie de la matière. La mort permettait de laisser la place au vivant, au nouveau, pour que la vie conduise l'évolution de chaque forme à ce degré de perfection où était reflétée la splendeur de sa réalité intérieure, l'esprit. Mais la forme était vouée à l'usure et à l'obsolescence, elle était crucifiée par l'espace et le temps.

– La mort rythme la respiration de la vie, déclara Claire, mais ne l'a jamais arrêtée. La mort est omniprésente dans l'univers physique : elle affecte toutes les formes vivantes, depuis les plus microscopiques jusqu'aux étoiles et aux galaxies qui s'éteignent de leur belle mort ou dans la violence tourbillonnaire des trous noirs.

– Le problème de la mort, dis-je, c'est tout de même la perte de la continuité et de l'individualité de conscience.

– Oui, me répondit Claire, mais regarde comme le sommeil ressemble à la mort. La différence, c'est effectivement que l'être retrouve au réveil sa conscience qui avait disparu on ne sait où. Mais qui nous dit que la mort, ce n'est pas l'inverse du sommeil, et qu'on meurt comme on se réveille, en retrouvant la mémoire d'une vie dans le non-manifesté, mémoire que nous perdons en naissant ? Quand un enfant naît, il semble qu'il ne se souvienne de rien. Néanmoins, les hommes naissent différents : est-ce l'injustice du hasard, ou la conséquence d'une mémoire ? Quand son individualité meurt, l'homme pense que c'est la fin de la vie, alors que ce n'est peut-être que la fin d'une étape. Dans les dimensions du monde des causes, la vie est toujours présente dans sa racine, et l'âme qui est le fils de cette rencontre entre l'esprit et la matière va poursuivre le long travail de polissage qui l'amènera du carbone à la pureté du diamant. Il est des êtres dont on dira que ce sont de jeunes âmes, qui vivent leur vie comme des aveugles et se cognent contre chaque obstacle. Il y en a d'autres qui savent ce qu'ils ont à faire dans cette vie et le réalisent avec sûreté et diligence. Mais pour chacun la mort est au bout car le pèlerinage est éternel vers cet Absolu qui ouvre les bras au fur et à mesure qu'on s'en approche.

Je dis à Claire que selon moi, la mort devrait amener l'homme à s'interroger sur le sens de son passage sur la Terre : si la vie était le résultat d'une volonté, c'est-à-dire d'une pensée, et non le fruit du hasard, alors ma vie était aussi le fruit d'une pensée et d'une volonté. Claire alors m'interpella avec une vigueur dont je ne la soupçonnais pas :

– Dans ce long apprentissage qui peut-être fera de toi un dieu marchant sur la Terre, Erwan, quel est le sens de cette étape, de ton existence présente ? Qu'es-tu venu y faire, y apprendre, y comprendre ? Qu'est-ce qui est attendu de toi ? À quoi sers-tu, mieux, qui sers-tu ? Es-tu un serviteur de la vie ou au contraire es-tu asservis à tes désirs de vie ? Quel est l'obstacle que tu dois franchir dans l'étape présente de ton ascension vers l'esprit, vers le divin créateur, vers le Père ?

Ces questions pertinentes m'avaient mis mal à l'aise, et Claire le sentit. Elle reprit sur un ton plus doux :

– Pardonne-moi si je t'ai choqué, Erwan, mais j'ai été poussée à te parler un peu vivement. Quand on aime les êtres on doit parfois se montrer exigeant. Toutes ces questions qui te mettent mal à l'aise, il serait préférable de te les poser avant de mourir, faute d'avoir à remettre cet ouvrage-là sur le métier, dans des conditions plus difficiles. Il y a moins d'indulgence pour les redoublants, et encore moins pour ceux qui triplent une existence. Ce n'est pas parce que je te dis que la mort est une illusion que tu dois en nourrir un fatalisme paresseux ou résigné. Tu dois mener cette vie comme si elle était unique, et elle l'est. La mission que ton être t'a assigné a sa place dans les graves événements qui se préparent. La perspective de ta mort doit t'amener à te montrer digne de l'opportunité que t'a proposée ta naissance. La mort nous oblige à chercher sans cesse, à comprendre notre mission, notre but. C'est cela, donner du sens à sa vie. Ce n'est que lorsque tu te prépareras à quitter cette existence que tu pourras commencer à penser à ce que tu auras à comprendre et à faire dans la suivante.

Claire me dit alors que pour entrer dans cette acceptation de la mort qui n'arrête pas la vie, mais seulement la forme, il faut s'ouvrir à la musique de l'âme qui vibre dans notre cœur, entendre cette volonté subtile qui nous laisse libre de ne pas la suivre, et faire que cette volonté-là soit faite, et non celle des désirs de notre individualité mortelle. La mort nous oblige à choisir la vie.

– Quand tu nourris la forme et la matière, tu nourris la mort, affirma Claire. Quand tu nourris l'esprit tu retrouves la vie dans sa racine, qui est éternelle et unique. Il n'y a pas ma vie, ta vie, sa vie, il n'y a que la vie dans son unité, son unicité et son universalité.

Cette discussion avec Claire me laissa sur l'impression que la mort, aujourd'hui plus que jamais, soulignait l'absurdité du monde que l'homme avait construit et pour lequel il aliénait sa liberté d'être. La mort lui montrait en permanence que ses valeurs étaient fausses, puisqu'il avait placé en haut ce qui aurait dû rester en bas, et qu'il avait mis plus bas que terre le subtil, le spirituel, le transcendant. Mais ce fut Lionel qui eut le mot de la fin. Comme il venait de rentrer et que je lui expliquais que nous venions de parler longuement de la mort, il déclara :

– La mort a ceci de nouveau aujourd'hui qu'elle ne concerne plus seulement les individus, mais l'espèce humaine : l'homme peut disparaître de la surface de la Terre si la forme humaine devient une prison pour l'esprit et que l'humanité ne parvient pas à prendre son envol vers des horizons d'amour et la pratique de justes relations. Alors, de même que l'âme retire le fil de vie qui la relie à un véhicule devenu impropre à la poursuite de son voyage, de même l'âme-groupe de l'humanité peut décider de se retirer de la planète. Et ce n'est pas un discours d'occultiste : des écologistes, des scientifiques nous le prophétisent déjà dans un langage moins métaphysique !

X
UNE BARRE ATLANTE

Je me levais pour ouvrir à Lionel et le fit entrer. Il semblait toujours sortir d'un autre monde, avec ses tenues de broussard, ses sahariennes et ses foulards de couleur. Il portait ce jour-là un genre de chapeau de brousse qui avait dû avoir du succès dans le métro, et il tenait à la main une grosse sacoche de voyage en cuir comme on en faisait au XIXe siècle.

Cela me faisait une curieuse impression de recevoir Lionel chez moi, dans un appartement parisien, alors que je l'associais aux éléments, aux images et aux senteurs de la nature. Ce n'était pas un homme des villes : il y allait le moins souvent, et y restait le moins longtemps possible. Il m'avait expliqué qu'une grande partie de sa clientèle était composée d'agriculteurs. Il corrigeait énergétiquement leurs terrains, et obtenait, selon lui, des résultats étonnants sur les rendements. D'après ce que je comprenais, il posait des sphères ou des barres à certains endroits du terrain, mais je pensais que son action était plus subtile.

Un jour il m'avait dit qu'il y avait deux sortes de géobiologues : ceux qui travaillaient avec des appareils, et ceux qui travaillaient avec les dévas. Les dévas étaient, selon Lionel, des « êtres-énergie ». C'étaient les énergies qui circulaient dans la nature entre les centres d'énergie que constituent les formes vivantes, lesquelles reçoivent et restituent cette énergie. Cette énergie était émise par le logos cosmique et se traduisait par ses fameux plans de manifestation, ces couches, ou enveloppes, septuples qui environnaient toute vie. Selon lui, un grand déva était une énergie qui allait plus vite que la lumière. La lumière, c'était de la substance dévique en phase de manifestation.

Lionel me dit que les plans constituaient la réponse de la Mère à la pénétration de l'énergie du Père. Ainsi les vagues d'énergie émises par le rayonnement de « Celui de qui rien ne peut-être dit » – le logos cosmique – se structurent en sept plans de manifestation qui créent des mondes de manifestation : le plan de l'Absolu, le plan de la Volonté, celui de la Création, ou géométrie sacrée, le plan de l'Amour, appelé aussi par certains plan christique ou bouddhique, le plan Mental, l'Astral, ou monde des émotions, des sentiments et de l'affect, et enfin le plan Physique, ou plan de la matière dense, incluant les quatre éléments et les trois éthers.

– Je simplifie évidemment, m'expliqua-t-il, parce que chaque plan a lui même sept sous-plans. Je te rappelle que chaque plan est divisé en trois parties : la Mère, le Fils et le Père, c'est-à-dire une partie « matière », une partie « conscience » et une partie « volonté », ou esprit. Nous les humains, nous sommes dans le dernier plan du plan physique cosmique, et dans les sous-plans les plus bas de ce plan. Seule notre racine de vie est dans le dernier sous-plan du plan physique.

– C'est l'Absolu ?

– Non, notre racine de vie est en dessous de ce qui pour nous est l'Absolu, mais je te rappelle que cet absolu est relatif et s'éloigne au fur et à mesure qu'on s'en approche. Notre racine de vie, donc, est située dans le plan monadique ou plan de la Volonté. C'est la volonté d'exister, de créer, de manifester. C'est le plan où apparaissent les monades, les racines de vie de tout ce qui existe.

Ces énergies qui circulent étaient plus ou moins puissantes, car il existait une hiérarchie des dévas. En bas de l'échelle se trouvaient les gnomes, les lutins, les sylphides, les salamandres, puis au-dessus les elfes, les fées, et encore au-dessus les anges et les archanges.

– Chaque être-énergie, m'avait-il expliqué, obéit lui aussi à une structure ternaire : il a une racine de vie, un niveau de conscience et une forme, mais cette forme est un souffle d'énergie.

Et il avait ajouté que chaque plan était « dirigé » par un grand déva, ainsi par exemple tout le plan physique était dirigé par le seigneur Pan, le plan Astral était sous l'emprise du seigneur Varuna et le plan mental était régenté par le seigneur Agni.

– Cette hiérarchie des dévas obéit aussi à la ternarité. Les grands dévas dont je te parle, ce sont les « Pères » de chaque plan. Les dévas intermédiaires sont capables d'estimer en conscience le type de travail qu'on leur demande de réaliser. Ces dévas ont acquis la soi-conscience, mais pour cela ils ont dû passer par le règne humain. Mais les dévas inférieurs se contentent d'apporter l'énergie sans se poser de question. Ce sont des dévas lunaires. Leur seul souci, c'est de réaliser l'exactitude de la demande, un point, c'est tout. C'est pourquoi les magiciens noirs travaillent avec les dévas de cette dernière catégorie, les lutins lunaires, avait ajouté Lionel. Un déva, c'est une énergie qui t'apporte l'essence pour manifester le feu de ta volonté. Quand tu penses à quelque chose, tu nourris cette pensée et elle aboutit à un résultat. C'est parce que tu as obligé des vies mineures énergétiques, des petits dévas, à manifester ta pensée, à la matérialiser. Tu apportes le feu et les lutins apportent les matériaux. Demande et tu recevras.

Il fit une pose et ajouta avec un air entendu :

– Le problème, c'est de savoir avec qui tu travailles, quelles énergies tu manipules. Si ta conscience est à un niveau vibratoire suffisant pour accéder aux plans supérieurs, tu peux utiliser les énergies des grands dévas, et tu élèves la matière au ciel. Mais les petits dévas se contentent de t'apporter ce que tu demandes. Et sais-tu comment ils font ?

– Non.

– Nous entendons les sons et voyons les couleurs. Pour les dévas, c'est l'inverse. Ils voient les sons et entendent les couleurs. Quand tu te mets en colère, tu colores ton aura avec du rouge foncé, et c'est un appel aux lutins pour qu'ils viennent t'apporter de quoi nourrir ce désir. C'est pour cela que tu disposes de très peu de temps pour te maîtriser, sinon ta pensée se manifestera grâce aux dévas et tu créeras un micromonde qu'il te faudra assumer et rédempter. Quand tu éprouves de la haine, de l'envie ou de la concupiscence, c'est pareil, tu colores ton aura et on t'apporte de quoi réaliser ta volonté qui, en l'occurrence, à ce niveau-là, s'appelle un désir. Quand tu penses à quelque chose, tu te prépares à créer, tu émets un feu qui va devenir une vie microcosmique. Si tu nourris ce feu, il va se manifester par une forme.

Tout en dégustant un thé, Lionel m'avait rappelé cette conversation que nous avions eu il y a quelques temps sur les dévas, parce qu'elle me permettrait de comprendre comment il intervenait en tant que géobiologue. Bien sûr, il utilisait des appareils, ou plutôt des symboles, précisa-t-il. Mais avant tout, il intervenait avec les dévas.

– Quand un lieu est mauvais, cela veut dire que les dévas de classe supérieure qui l'occupaient sont partis, en raison des forces négatives qui se sont installées dans le lieu, il y a parfois très longtemps. Ces énergies négatives qui habitent un lieu résultent de comportements ou de pensées. Par exemple s'il y a eu un crime ou un viol quelque part, si une personne y a fait de la magie noire, ou simplement a développé pendant des années des pensées de haine ou d'envie à l'égard de ses voisins, le lieu sera imprégné de ces énergies négatives. Les êtres-énergie des plans supérieurs sont alors obligés de partir car ils ne supportent pas cette pollution, ils fuient le mal. Tu ne pourrais pas habiter avec des bandits sans foi ni loi qui pratiquent la cruauté en permanence ? Tu ne pourrais pas vivre dans un lieu puant et enfumé ? Eh bien eux, c'est pareil, ils ne supportent pas. Tu te souviens de Tolkien, l'auteur du *Seigneur des anneaux*, qui décrivait la fin de l'alliance entre les elfes et les hommes parce que les hommes avaient attiré le mal sur la Terre ? Les elfes devaient s'en aller car ils étaient immortels et ne pouvaient cohabiter avec des vibrations de mort. Or le mal amène le karma, donc nécessairement la mort et la renaissance pour purger ce karma. En leur temps, les guides de l'humanité ont dû se retirer du plan physique à cause du mal que les hommes avaient attiré sur la Terre. C'est la même chose avec les dévas. Mon travail, c'est d'abord de nettoyer l'endroit de sa pollution, puis, et c'est le plus important, de faire revenir les dévas des plans supérieurs.

– Tu vas faire venir chez moi les fées et les anges ?

– C'est cela, dit-il en riant, et même plus. Bon, allez, au travail !

Il ouvrit sa sacoche et en sortit une trousse en cuir qu'il déplia. Je compris que c'était un pendule, mais bien entendu ce n'était pas un pendule ordinaire. Il était composé de deux parties. Il prit d'abord un cylindre en bois, avec deux embouts coniques dont l'un était prolongé par un fil. Ce cylindre avait des rainures de différentes couleurs, et je supposais qu'il y en avait sept. Il emboîta ensuite un disque de bois percé au milieu et le régla vers le bas du cylindre, sur une couleur vert foncée ou noir.

– C'est un pendule à cône variable, me dit-il. La partie basse, c'est pour tester les lieux, les objets. Bon, j'aurais besoin d'aller dans toutes les pièces, on peut commencer ?

Et il commença à se promener dans l'appartement avec son pendule au bout des doigts. Parfois il s'arrêtait et le pendule tournait dans un sens ou dans un autre. Il s'attarda devant le vieux miroir que je tenais de ma grand-mère et je le vis faire des passes avec ses mains tout en marmonnant des paroles incompréhensibles. Il examina les fenêtres, les ouvrit, se pencha vers l'extérieur.

– Dis donc, tu es bien entouré ! Tu as vu les antennes relais, là, et là, et encore là-bas ? Il y en a sur le toit de ton immeuble ?

– Je n'en sais rien.

– Renseigne-toi, dit-il, péremptoire. Mais on peut le corriger.

Il me demanda ensuite si j'avais un four à micro-ondes, mais je n'étais pas un adepte de ce genre de cuisine. Au bout d'une dizaine de minutes, nous revînmes dans le séjour et il s'approcha de la télévision pour changer son orientation, me disant qu'il ne fallait jamais installer de meubles en angle, à cause du triangle vide derrière qui était un puits pour les énergies telluriques.

– Le principe, c'est que les énergies d'en bas doivent communiquer avec celles d'en haut. Si tu coupes le passage, c'est très mauvais. C'est comme un puits bouché dans un jardin, il déverse une énergie négative tout autour.

Il s'assit et se pencha de nouveau sur sa sacoche, dont il sortit de minuscules carrés de papier qu'il me tendit.

– Ce sont des cartouches de protection. Il y a un mot écrit à l'intérieur. Tu les place sur toutes les fenêtres et au-dessus de ta porte d'entrée. Bon, maintenant, tu veux le diagnostic, me demanda-t-il en riant ? Et d'abord sais-tu pourquoi j'interviens chez toi, me dit-il ?

– Par amitié pour moi, je suppose.

– Oui bien sûr, mais pourquoi maintenant ? Parce que depuis qu'on se connaît, tu as commencé à changer. Tu as pris conscience de réalités qui n'avaient jusqu'ici aucune consistance. Tu as élevé ton niveau vibratoire et le canal avec ton être commence à se clarifier. Est-ce qu'il t'arrive de faire des méditations ?

Et devant ma réponse affirmative il poursuivit :

– En élevant tes vibrations de conscience tu es devenu plus sensible et plus vulnérable au négatif. Il y a des pollutions subtiles qui ne te concernaient pas jusqu'à présent, mais qui vont commencer à te gêner. Tu t'élèves en vibration, tu absorbes davantage d'énergies positives, donc tu vas attirer des forces négatives. C'est la loi d'attraction. Est-ce que tu dors bien ?

Justement, moi qui avais un sommeil de plomb, je ne comprenais pas pourquoi j'avais des nuits agitées, coupées de larges périodes d'insomnies, et des réveils lourds imprégnés d'images cauchemardesques.

– Ne cherche pas, me dit-il, il y a de grandes chances pour que ce soit cela. Avec ce que je vais installer, tu devrais retrouver un meilleur sommeil. Mais les cauchemars, c'est un peu normal. Quand tu dors, ta conscience va travailler dans les plans supérieurs. Lorsqu'elle revient, elle doit traverser le plan astral, et là, je ne te dis pas ce qui peut y traîner... Mais l'essentiel, c'est la vibration du lieu. Tu connais l'échelle de Bovis ?

J'avouai mon ignorance.

– Elle permet de mesurer les rayonnements énergétiques. On estime que l'être humain vibre à sept mille ou huit mille angströms sur l'échelle de Bovis. Quand un lieu ou un aliment est en dessous de ce chiffre, cela signifie qu'il t'enlève de l'énergie, il diminue ton rayonnement, ta force vitale, il te pompe. Dans les grandes villes, à de rares exceptions près, on tourne rarement au-dessus de deux ou trois mille. C'est pour cela que les grandes villes sont fatigantes à vivre. Mais il existe des endroits en particulier qui sont épouvantables, invivables, des lieux qui se trouvent sur des failles, des déchirures du bas astral, et où les entités s'engouffrent. Les gens qui sont dans ces lieux-là contractent des maladies ou deviennent violents, comme possédés.

– C'est totalement injuste !

– Les gens qui ne sont pas concernés prennent leurs jambes à leur coup et ne restent pas. Pour les autres, je crois que c'est leur karma, ils soldent des comptes.

– Mais on ne peut rien faire, insistai-je ?

– Ces lieux sont irrécupérables. Les géobiologues qui ne travaillent que « mécaniquement », si je puis dire, jettent l'éponge dans ces endroits-là. Mais il m'est arrivé de pouvoir faire quelque chose, en accord avec là-haut. En fonction du niveau vibratoire de la personne qui s'installe, des dévas des plans supérieurs peuvent aider à nettoyer et surtout accepter de venir occuper la place. À terme, de toute façon, la Terre entière a vocation à recevoir des énergies pures. Je t'en ai parlé à propos de la sacralisation de la planète.

Je lui demandai si mon appartement était irrécupérable, mais il me rassura :

– Non, rien de grave, mais le lieu vibre à mille cinq cents angströms. C'est très insuffisant ! Note qu'il n'y a pas que les lieux qui sont irrécupérables. Les objets peuvent être très nocifs. Les pierres précieuses, quand elles ont été portées par des personnes peu recommandables, peuvent absorber de puissantes énergies négatives. Et j'ai eu beaucoup de mal avec ton miroir. Les miroirs, c'est terrible, tu n'imagines pas ce qu'ils voient ! Ils enregistrent tout, et mieux vaut ne pas les briser, car ils se libèrent de leur charge d'un seul coup, et bonjour les dégâts !

– Qu'est-ce que tu peux faire pour l'appartement ?

Il fouilla dans son sac et en sortit un curieux objet en bois sculpté. C'était un parallélépipède rectangle dont une face était sculptée et représentait des formes géométriques en relief. À une extrémité se trouvait un triangle pointe en haut, et à l'autre un triangle pointe en bas. Entre les deux, je notais comme trois lignes en pointillés et en relief, formées de deux petits parallélépipèdes rectangles encadrant un plus grand. Au total, neuf volumes s'interposaient entre les deux triangles.

– C’est une barre atlante, me dit Lionel. Cet objet va monter le lieu en énergie. C’est une forme qui a été trouvée en Égypte, mais qui vient de bien plus loin. Porté en bague, ce symbole s’appelle un anneau de Ré. Il aurait sauvé la vie de Howard Carter. Tu connais l’histoire ?

– Non.

– On raconte que Carter portait un anneau de Ré quand il est entré dans la tombe de Toutankhamon. C’est ce qui l’aurait sauvé de la fameuse malédiction qui a emporté les autres membres de l’équipe. L’anneau de Ré développe autour de toi un puissant champ énergétique de protection. C’est un signe fort envoyé à de grands dévas.

En plus d’une grosse émeraude plate et d’une chevalière, j’observai que Lionel portait un anneau de Ré à l’annulaire de sa main gauche.

– Nous allons placer la barre à un endroit central, mais discret, de ton appartement, déclara Lionel. Le haut de cette bibliothèque, dit-il en se levant, fera très bien l’affaire.

Il monta sur une chaise pour placer la barre et déplia une boussole :

– Tu vois la lettre N sur la face du volume ? Il faut que cette face soit toujours orientée au nord, avec une tolérance de quatre ou cinq degrés, pas plus. Tu vois les petits trous, à la pointe de chacun des triangles ? Assure-toi qu’ils ne soient pas obstrués par des poussières. Je ne sais pas pourquoi, mais les araignées ont un vrai plaisir à les boucher ! Si tu déplaces la barre, prend soin de toujours boucher l’un des trous avec une allumette par exemple. Ce faisant tu la désactives. Dès que tu débouches le trou, tu libères un champ de force qui va rayonner comme un dôme au bout de quelques jours.

– Et comment ça marche ?

– Une barre atlante, c’est comme si tu mettais un panneau sur ton appartement : « zone de lumière où vivent des êtres à protéger ». Les tiges centrales entre les triangles indiquent en effet que l'âme a fait son travail d'unir le Père et la Mère. Les dévas lisent très bien les symboles.

Je ne voulais pas me contenter de cette boutade :

– Tu ne veux pas m'en dire plus ? Qu'est-ce que cela veut dire, ces triangles et ces barres ?

Il me dit qu'il ne voulait pas me perdre dans des explications techniques, mais consentit à déchiffrer un peu l'objet. En haut de la barre était sculpté le triangle divin, l'esprit, le triangle du soi avec ses trois pointes, ses trois aspects : volonté, intelligence, amour, ou encore Père, Mère, Fils, ou encore vie, forme, conscience. Le triangle du bas symbolisait les trois aspects de la matière, de la personnalité humaine, du non-soi : volonté individuelle, action, émotion. C'était toujours la fameuse triplicité Père, Mère, Fils, qu'on pouvait lire dans le triangle de la personnalité comme le désir individuel, le mental concret, et l'amour émotionnel. Au-dessus de ce triangle, les trois petits parallélépipèdes symbolisaient les trois enveloppes, les trois corps inférieurs de l'homme : corps physique, corps émotionnel, mental concret. En dessous du triangle du haut, on retrouvait également les mêmes petits polyèdres qui représentaient les trois corps supérieurs : le mental supérieur, le corps bouddhique et le corps atmique. Entre ces groupes, les trois tiges longues symbolisaient les canaux de liaison de l'âme qui se développaient au fur et à mesure de la traversée du règne humain. Ils reliaient les corps inférieurs aux corps supérieurs, non manifestés, et apparaissaient avec l'entrée dans le cinquième règne.

– C'est un peu compliqué, lui fis-je remarquer.

– Ça l'est plus que tu ne le crois. Car chacun de ces volumes est en rapport avec un centre énergétique. Les trois petits polyèdres d'en bas correspondent au centre sacré, au centre du plexus solaire et au centre basal.

– Et ceux du haut ?

– Ils ne sont pas actifs dans le quatrième règne, et je vais encore t'embrouiller.

– Tu vas encore me dire que ce n'est pas le sujet du jour…

– Je vois que tu comprends vite ! Bon, et maintenant que j'ai travaillé, je prendrais bien une bière !

Et il étala son grand corps dégingandé sur le canapé.

XI
RENAISSANCES

J'avais proposé à Lionel de rester dormir chez moi, dans mon appartement qui était maintenant parfaitement dépollué et au-dessus de tout soupçon, mais il ne voulut rien entendre. Il avait décidé de faire l'aller-retour dans la journée et n'envisageait pas de rester davantage dans cette ville aux vibrations si lourdes. Je le raccompagnais donc en voiture à la gare Montparnasse et naturellement, il manqua son train de quelques minutes. Nous nous installâmes à l'intérieur d'un bistrot dans le hall des pas perdus, en attendant le train suivant.

– Dis-moi, Lionel, dans tout ce que tu me dis, il y a un postulat sous-entendu sans lequel rien de ce que tu énonces ne tient.

– Ah oui ? me dit-il en terminant une gorgée de bière. Et quel est ce postulat ?

– La réincarnation. Toute cette évolution des vies dans la vie une, toute l'inclusivité implique une continuité de chaque vie, de chaque monade, au moins à l'intérieur d'un règne donné.

– Tu peux même dire qu'elle traverse tous les règnes, sur des millions d'années. Millions d'années qui, au regard, du temps cosmique, ne sont que quelques secondes. Je veux parler de la durée de vie d'un grand être cosmique.

Il vida sa bière d'un grand trait et reposa son verre délicatement. Un peu comme un plongeur qui se préparait à une longue apnée, il prit une profonde inspiration et soupira :

– Ah ! La réincarnation ! Il faut bien en parler ! Est-ce que nous avons le temps ?

– Ton train est dans une petite heure.

Je sortis un carnet que j'avais toujours sur moi pour noter des idées ou des questions à poser à Lionel :

– Tu permets que je prenne des notes ?

– Tu fais comme tu veux. Dis-moi, Erwan, est-ce que la notion de réincarnation te choque ?

Je lui répondis que non, cela ne me choquait pas, mais que je n'avais aucune certitude sur le sujet. C'était pour moi une croyance parmi d'autres. La réincarnation, la résurrection, le paradis, qu'y avait-il de vrai dans tout cela ? Personne n'était revenu pour en parler. Mais Lionel me dit que, précisément, il y avait tout un faisceau de présomptions qui laissaient penser que la vie ne s'arrêtait pas avec la mort. Ce n'étaient pas vraiment des témoignages au sens où nous l'entendons aujourd'hui, mais on retrouvait des coïncidences troublantes entre les différents livres des morts, les communications reçues de médiums, et les phénomènes des NDE[1] que Lionel, qui n'aimait pas les anglicismes, appelait « expériences de mort imminente ».

– Mais surtout, me dit Lionel, toi qui es un être très rationnel, tu dois comprendre que la réincarnation est d'une logique implacable. Sauf si tu penses que le monde et la vie ont surgi par hasard, ce que même les scientifiques estiment contraire aux lois de probabilité. Mais s'il existe un créateur, appelons-le dieu pour simplifier, alors ce dieu est tota-

1. NDE : *Near death experience* (expérience de mort imminente). Voir sur ce sujet l'ouvrage de Daniel Maurer, *Les Expériences de mort imminente*, Éditions Alphée, 2005.

lement injuste avec nous s'il ne nous laisse qu'une seule vie pour aller jusqu'à lui, pour le comprendre, pour l'aimer. La réincarnation est la conséquence obligée de l'existence de dieu et de liberté qu'il nous laisse de venir le rejoindre. Si la réincarnation n'existait pas, alors dieu ne serait pas un dieu d'amour. Tu te rends bien compte qu'en une seule vie nous progressons peu.

– Il y en a même qui régressent, dis-je avec une pointe d'humour.

– Oui, il y a ceux qui n'assument pas, qui jettent l'éponge devant l'épreuve, ou qui esquivent. Que deviennent-ils, ceux qui n'y arrivent pas ? Ils n'auraient pas droit à l'erreur, ils ne pourraient pas se tromper ? Pas de pitié pour les canards boiteux, dirait alors le Bon Dieu, mettez-moi tout ce monde-là en enfer ! Est-ce que tu réalises qu'un dieu d'amour ne peut pas se comporter comme cela. Tous doivent être sauvés, et tous doivent se sauver par eux-mêmes puisque les êtres sont libres. Dieu n'a pas conçu des robots ou des clones, mais des êtres libres. Des êtres à son image, mais en image seulement : ils ont à passer du virtuel au réel. Et crois-tu que l'on devient un dieu en une seule vie ? Crois-tu qu'on atteint ce niveau de conscience qui est un absolu de pureté, d'intelligence et d'amour en une seule vie ? Cela ne tient pas debout !

– Je crois me souvenir, dis-je à Lionel, que la réincarnation, sous une forme ou sous une autre, était une croyance largement répandue dans l'Antiquité et dans l'Orient ancien. Les Grecs, les Juifs pensaient qu'il y avait une partie mortelle dans l'homme et une partie qui ne mourrait pas. La partie mortelle devait revenir pour se purifier. Les premiers chrétiens croyaient à la réincarnation, on a des textes des Pères de l'Église et des prétendus apocryphes sur le sujet. Claire pourrait en parler mieux que moi, mais c'est n'est qu'à partir du concile de Constantinople, en 553 si j'ai bonne mémoire, que la réincarnation a été sortie du dogme chrétien, sous l'influence de la ravageuse Théodora, dont les préoccupations étaient plus politiques que métaphysiques.

Je lui dis que j'en reparlerais à Claire car je trouvais intéressant de comprendre comment une volonté politique pouvait parvenir à s'imposer comme une vérité religieuse. À ma connaissance, le Christ n'avait jamais dit que la réincarnation n'existait pas, et il n'avait d'ailleurs jamais dit le contraire non plus.

Je rappelais surtout à Lionel que sa femme m'avait déjà parlé de la mort et m'avait expliqué que seule la forme disparaissait, lorsque l'âme décidait de retirer son fil de vie. Le plus souvent parce que le véhicule du corps, ou plutôt le véhicule de la personnalité avec ses trois corps, n'était plus capable d'évolution, d'adaptation, ou n'acceptait plus de changement. Sans ce concept de la réincarnation, je trouvais d'ailleurs incompréhensible et profondément révoltant que les gens naissent aussi inégaux, que ce soit physiquement, intellectuellement ou socialement.

– J'allais y venir, reprit Lionel. Mais c'est un peu différent, tu me parles là du karma. C'est une autre loi de la vie. Je voudrais revenir un instant sur la réincarnation, pour te dire que je n'aime pas trop ce terme qui est très marqué de croyance religieuse. La réincarnation est un concept qui ne concerne que la chair, comme l'indique l'étymologie, alors que ce qui revient, c'est toute une personnalité, c'est-à-dire non seulement un corps physique, mais aussi des émotions, des désirs et un intellect. C'est tout cela qui naît, ou qui renaît, et je préfère cent fois le terme de renaissance. La vie est rythmée par la respiration des morts et des naissances. Un grand cycle d'incarnation comme la traversée d'un règne par une vie est ponctué de millions de naissances et de morts. La mort n'est pas à opposer à la vie mais à la naissance.

– C'est exactement ce que m'a dit Claire.

– Mourir et renaître pour progresser sans cesse, telle est la première loi de la vie. Cette loi de renaissance implique

que toute forme de vie, qui vient de l'absolu, va chercher à retourner à l'absolu. Pour cela, elle fait une progression « au mérite » comme on dirait aujourd'hui. Je suis fils de roi mais cela ne me donne aucun droit : je dois prouver mes qualités.

– L'Absolu se mérite.

– Il se conquiert, ou plutôt il se recherche, car c'est une quête. Ainsi, chaque vie parcourt l'échelle des hiérarchies et des règnes, du microcosme au macrocosme, avec une conscience de plus en plus large, une conscience qui appréhende des univers de beauté, de joie et d'amour de plus en plus vaste. Tu n'as pas idée de la félicité qui illumine les êtres au-delà du règne humain ! Mourir, ce n'est que quitter une forme obsolète pour mieux poursuivre la route dans une autre forme plus adaptée à ce que ta conscience est devenue. La matière dense n'est qu'un tout petit aspect de la vie, le septième pour être précis. La vie se manifeste dans d'autres dimensions toujours plus somptueuses. Naître, c'est mourir au non-manifesté, c'est quitter les plans supérieurs. Exister, étymologiquement, *ex-sistere* en latin, « se placer à l'extérieur ». Et à l'inverse, mourir, c'est naître ou renaître au non-manifesté, se ressourcer et se reposer pour mieux repartir.

– Ce sont exactement les mêmes termes que Claire a choisis, répétai-je encore à Lionel.

– À la bonne heure, me répondit-il en souriant, je vois que nous sommes sur la même longueur d'onde. Ou alors je suis télépathe, ce qui revient au même…

Je l'interrompis car je voulais revenir sur la réincarnation qui me paraissait acceptable s'il y avait progression de l'être, mais dénuée de cohérence s'il y avait régression. J'avais du mal à admettre qu'on pouvait renaître dans un chat ou un ver de terre.

– Attention, m'avertit Lionel, ne confonds pas la loi de renaissance avec la métempsycose. L'évolution va toujours dans le même sens. Quand une vie a acquis les qualités d'un règne, quand elle est passée de l'inertie à la mobilité dans le règne minéral, quand elle a acquis la sensibilité dans le règne végétal, puis l'instinct et le mental, je ne vois vraiment pas à quoi cela correspondrait de revenir en arrière sous prétexte de je ne sais quelle faute. Si on se comporte mal, il y a le karma pour cela, mais redevenir un ver de terre ou un chien, c'est complètement absurde ! Pourquoi la vie referait-elle deux fois le même parcours ? Si nous avons des problèmes pour progresser dans une forme donnée et dans un règne donné, c'est dans cette forme et dans ce règne qu'il faudra le régler et préserver.

Je rappelais à Lionel que Pythagore, grand initié, enseignait pourtant la métempsycose.

– Non, c'est un raccourci hâtif, répliqua Lionel. Là encore, je ne voudrais pas compliquer un exposé qui n'est pas simple à suivre. Mais puisque tu en parles, sache que la seule exception à cette règle qui veut qu'on ne revient pas dans un règne déjà acquis ne concerne que ceux qui s'adonnent à la magie noire. C'est à ceux-là que faisaient allusion Platon et Pythagore avec la métempsycose. Mais les gens normaux, les êtres clairs ne sont pas concernés.

– Ce sont les fameux frères noirs dont Claire m'a parlé ?

– Elle t'en a parlé ?

– Très exactement, elle m'a dit qu'elle te laissait le soin de le faire.

– Si tu permets, pas aujourd'hui, décréta Lionel, je préférerais que l'on en reste au problème de la renaissance.

– Comme tu voudras. Mais alors si la réincarnation existe, peux-tu me dire concrètement comment cela se passe ? Pourquoi, lorsque nous naissons, avons-nous tout oublié de nos vies passées ?

– Tu as tout oublié et pourtant l'essentiel est là. Tu as oublié le détail, la forme mortelle et les circonstances éphémères qui t'ont permis de progresser ou au contraire de régresser. Tu n'as plus besoin de t'embarrasser avec tout cela. Un humain, dans ses vies successives, a tout fait ou presque. Il a volé, tué, menti, et j'en passe. À quoi bon remuer la boue, sauf cas particuliers ? Ce qui importe, c'est qu'à chaque fois tu repars. Tu ne redémarre pas à zéro, mais dans un véhicule neuf. Simplement, ce véhicule neuf est fabriqué avec des matériaux d'occasion, des pièces rapportées du passé. Mais de cela tu n'as pas conscience. Tu as choisi ce véhicule en fonction du chemin que tu as à faire, des erreurs qu'il te faut redresser, des fautes que tu dois réparer.

– C'est un peu moralisateur, ton discours.

– Non, il n'y a pas de morale là-dedans, ce sont des lois de la vie. Ton âme, ton être permanent ne laisse rien passer qui ne soit pas de la nature du Père. Tu es libre en tant que personnalité, de faire n'importe quoi, mais tu dois respecter les lois du Père, les lois de la vie.

– Les penseurs de la modernité, répliquais-je, prétendent qu'il n'y a aucune loi naturelle, que l'homme peut recréer d'autres lois selon sa volonté.

– Ils verront bien ce qu'ils récolteront, me dit Lionel. Le Père est pour nous un absolu de beauté, de bonté, de vérité et donc de pureté. Si tu vas dans le laid, dans le mal, dans le faux, tu auras en retour ce que tu as semé, c'est-à-dire la pollution, la maladie, les épreuves de vie. Tu as une épuration par le bas, par le corps physique, c'est la maladie. Tu es malade parce que *mal a dit*. Et tu as aussi une épuration par le haut, ce sont les épreuves de vie qui te touchent dans l'émotionnel et le mental. Qu'est-ce que la souffrance ? C'est la résistance des lunaires que tu as nourris, de tes vies mineures qui ne veulent pas se soumettre à la volonté de ton être, aux lois du Père.

– Mais concrètement, insistai-je, comment peut-on à la fois ne pas se souvenir et se faire un programme pour épurer la mémoire des erreurs passées ?

Lionel me dit en souriant qu'il allait encore être obligé de me prendre la tête avec l'inclusivité, les sept enveloppes et tout le reste, parce que sans cela, c'était incompréhensible.

– Quand la monade humaine, l'esprit si tu préfères, projette son rayon de vie dans la matière, cette vie est tout de suite bloquée, emprisonnée au niveau du plan mental par toutes les vies mineures qu'elle a attirées. Il se crée un œuf, ou un bourgeon aux pétales fermés. C'est l'âme, le lotus égoïque dont les pétales sont fermés. C'est comme un bourgeon. Et cette âme pour se libérer des vies électroniques qui l'entourent va se projeter elle-même dans les plans inférieurs qui forment la manifestation : plan mental concret, émotionnel et enfin matière dense. C'est la seule possibilité qu'elle ait de changer la polarité des vies mineures qui l'emprisonnent. L'âme est un noyau central chargé positivement. Ce noyau attire une masse chargée négativement. L'âme veut retourner en haut, vers l'esprit, vers la lumière et les vies mineures, les lunaires, veulent rester en bas. Tout le travail va consister à changer la polarité des lunaires, des vies mineures qui constituent tes corps. Et ce travail, il ne peut s'accomplir que dans le quotidien, dans l'expérience concrète. Il va falloir libérer toutes ces forces qui emprisonnent l'âme. À chaque fois qu'une force lunaire est soumise, elle libère sa charge négative et rejoint le noyau central qui s'enrichit alors d'une vie plus récente, plus jeune.

– Je ne comprends pas.

– La vie, je t'en ai déjà parlé, Erwan, ce sont des émissions successives de vagues de vie. Le minéral, le végétal sont des vies plus jeunes que les vies du règne humain. Quand tu rédemptes la matière, quand tu domines un lunaire, quand tu ne cèdes pas à ses désirs, tu le libères de sa charge négative, et ce faisant il contribue à ta résurrection par son énergie de vie qu'il t'apporte, et qui est plus récente, plus jeune que la tienne. Mais bien évidemment, tu ne libères pas tes vies mineures en une seule vie. Au début, c'est même elles qui dominent, elles te font faire les quatre volontés de leurs désirs. Et c'est là où tu te fabriques du karma qu'il va falloir épurer pendant des vies et des vies, parce qu'on retombe dans les mêmes ornières, parce qu'on n'assume pas l'épreuve libératrice…

– Qu'appelles-tu exactement les lunaires ?

– Tu ne t'en souviens pas ? Ce sont tes vies mineures, tout ce qui constitue tes corps, tes enveloppes inférieures.

– Mais quoi, par exemple ?

– Les appétits physiques, la gourmandise, ce qui n'est pas le pire. Les pulsions sexuelles non maîtrisées sont bien plus dangereuses. Certaines pratiques plutôt malsaines, cruelles, humiliantes, entraînent des dépendances lourdes. Le problème est là, dans la dépendance. Nous sommes des êtres libres, des êtres de lumière, et tout ce qui nous enchaîne à une dépendance nous obscurcit et nous rend malheureux.

– Tu as d'autres exemples de vies mineures ?

– Dans l'émotionnel, tu rencontres les passions, les sentiments pas clairs, la jalousie, la possessivité, la domination, et j'en passe. Enfin, dans le corps mental, tu as tout l'éventail qui va du fanatisme à la mentalité bien pensante en passant par les dogmatismes de tout poil et la pensée unique. C'est ce que j'appelle la dépendance aux formes-pensées. Le problème, je ne le répéterai jamais assez, c'est que tous ces lunaires t'enchaînent, ils te rendent dépendants, alors que le monde des âmes est un monde de liberté. Les êtres sont libres et autonomes, ils n'ont besoin de personne, ni maîtres ni gourous. C'est pour cela qu'ils peuvent pratiquer la vraie fraternité et vivre l'unité de la vie. Tu as en toi la parfaite lumière, il suffit simplement de libérer la gangue qui l'emprisonne.

– Pardonne-moi si je te repose encore la même question, mais tu n'as toujours pas répondu à ma question : comment l'âme procède-t-elle pour intégrer les mémoires passées, et je suppose aussi le karma, dans une nouvelle incarnation ?

– J'y arrive, me dit Lionel. Je te disais que l'âme, le lotus égoïque, était emprisonné dans les robes des corps inférieurs. C'est la loi d'inclusivité qui fait que nous sommes prisonniers de nos corps de manifestation, de nos vies mineures. Pour s'en libérer, l'âme se projette en permanence dans ces robes pour épurer ces enveloppes et tenter de s'en libérer en les élevant à elle. Elle se projette dans une personnalité formée de trois corps : corps mental, corps émotionnel, corps physique. Ces trois corps constituent la personnalité humaine, le non-soi par rapport aux trois corps supérieurs, qui sont au-dessus de l'âme, et qui constituent le soi, ou l'esprit pour simplifier.

– Bien, alors comment cela se passe-t-il concrètement, lui dis-je avec une pointe d'irritation ?

– Quand on s'incarne, on attire des vies mineures qui saisissent cette opportunité pour progresser. Qu'est-ce qui fait alors qu'on attire des vies mineures, des qualités ou des handicaps, des traits de caractère, etc. qui correspondent à notre passé, à nos vies antérieures ? La réponse est que l'âme dispose d'une banque de données constituée de trois atomes permanents qui mémorisent tout le vécu de l'être depuis son entrée dans le règne humain. Ces trois atomes sont l'unité mentale, qui détermine le niveau intellectuel, l'atome permanent astral, qui régit tout le monde de l'affectivité et des sentiments, et l'atome permanent physique, qui va déterminer le type de corps nécessaire à cette incarnation, et notamment sa résistance ou sa vulnérabilité aux maladies. En émettant sa vibration, cette banque de données attire la population adéquate, c'est-à-dire des vies mineures, des électrons de vie si tu préfères, de la qualité de son passé. Chaque âme qui revient reprogramme ainsi ses corps. Certains êtres peuvent choisir délibérément de déformer leur corps physique pour épurer un karma passé. Ils choisissent volontairement de solder un karma de cette façon, plutôt que de subir des agressions et des violences, qui solderaient tout aussi bien les comptes, mais comportent le risque de recréer un nouveau karma, d'autres réactions.

– C'est ton explication du handicap ?

– C'est une des explications. Mais ce n'est pas parce qu'ils soldent un lourd karma qu'il ne faut pas aimer et profondément respecter ces êtres. Ils ont choisi d'assumer un parcours particulièrement difficile, et bien sûr il faut les aider, et notamment les aider à comprendre le sens de l'épreuve qu'ils s'imposent en tant qu'être. Il ne faut jamais juger, et toujours commencer par balayer devant sa porte. Mais laisse-moi terminer. Une âme qui s'incarne va donc projeter son unité mentale dans le plan mental et se créer un corps mental. Puis elle procède de la même façon dans le corps émotionnel et dans le corps énergétique. Ces trois enveloppes, mentale, astrale, énergétique, ou éthérique, vont déterminer le corps physique dense. C'est à ce moment que l'âme saisit l'opportunité de prendre un fœtus, vers le vingt et unième jour. L'être choisit un fœtus dans un milieu familial, social, géographique qui conviendra le mieux à la progression qu'il se propose d'accomplir dans cette incarnation. Cela peut correspondre à une famille aristocratique ou à des miséreux dans une favela de Rio. Tout dépend du programme, et le point de vue de l'être n'est pas celui de la personnalité et du paraître, est-ce que tu comprends ?

– Et c'est pour cela que nous n'avons pas à juger.

– Oui, d'autant plus qu'un être projette davantage sa part d'ombre que sa part de lumière. Parfois, un être peut se présenter sous un trait de caractère totalement égoïste ou vaniteux, mais nous n'avons pas à le critiquer pour autant. C'est peut-être une belle âme, très avancée, qui s'est imposée dans cette vie là de travailler sur l'égoïsme ou sur la vanité, et qui s'est construit une personnalité en conséquence.

– Qu'est-ce qui se passe quand la personne meurt ?

– Au moment de la mort, ces atomes sont retirés avec le fil de vie et intégrés par l'âme pour en faire une sorte de bilan d'évolution. L'âme retire le fil de conscience qui se logeait dans le centre de la tête, puis le Père retire le fil de vie qui se logeait dans le centre du cœur. Parfois le Fils, qui est moins patient, a un décalage d'appréciation avec le Père, ce qui entraîne un état que le bon sens populaire traduit par l'expression : « Il n'a plus sa tête »… Quand ces atomes permanents mémoire sont retirés ensembles, tu as l'impression que toute ta vie défile devant tes yeux en accéléré, mais cela ne dure en fait que quelques secondes, et puis c'est fini.

XII
KARMA

Lionel commanda une autre bière et poursuivit :

– Tu me parlais du karma tout à l'heure. C'est une autre loi. La première loi, c'est la loi de renaissance. La vie est en évolution permanente et s'incarne par le mariage de l'esprit et de la matière, afin que la conscience ait un support, une nourriture qui lui permette de grandir et de s'élever vers sa racine de vie. Deuxième loi : c'est la loi de juste rétribution des actes, que les Orientaux appellent le karma. Si tu casses, tu répares. Si tu salis, tu nettoies. Celui qui a été bourreau sera victime. Le voleur sera volé puis deviendra gendarme. Telle est la loi du Père. Ce qu'on appelle les lois de création ou les lois d'harmonie, qui constituent les bases de toute science sacrée, ne sont rien moins que la manière dont les grands êtres vivent et se comportent dans les plans supérieurs. La loi de rétribution des actes, ou karma, c'est une des règles de vie dans la maison du Père.

– Cela me paraît assez logique.

– C'est logique, mais les êtres mettent des milliers de vie à le comprendre et à l'accepter. Nous écrivons chaque jour notre propre futur, par nos actes, par nos intentions et avant même cela par nos pensées. Tout commence par une pensée. La pensée est lumière, la lumière est substance et la substance donne la manifestation. La pensée devient donc matière dense, c'est-à-dire agglomération et condensation d'électrons. Le monde est une pensée de dieu, a-t-on dit. Quand un être pense, quand il parle, il crée des mondes dont il devra assumer la responsabilité. Si ce sont des pensées lunaires inspirées d'un des corps de la personnalité, il devra en assurer la rédemption, il devra transmuter de l'énergie basse en esprit. Notre banque de données mémorise tout. Quand tu penses ou quand tu parles avec intensité, tu envoies dans le monde, au fonds de l'univers, une énergie qui reviendra obligatoirement en matérialisation. On dit que les idées mènent le monde, mais elles font plus que cela : elles le créent. Alors tu comprends l'importance des pensées, des paroles, des actes que nous sélectionnons pour amener à la manifestation ?

– Faire du karma, c'est faire le mal ?

– C'est un peu plus complexe que cela : tout dépend de ton niveau de conscience. Sais-tu ce qu'est le mal ?

Je commençais à bafouiller une tentative d'explication, mais il m'interrompit :

– Le mal, c'est quand la matière domine l'esprit. Le bien, c'est l'inverse.

Il me laissa quelques instants pour digérer tout ce qu'impliquait cette définition, puis il reprit :

– Je vais le dire autrement : le mal, c'est un bien dépassé.

Devant mon air ahuri, il ajouta :

– Oui, le mal consiste à retomber dans un comportement dont on a pris conscience qu'il n'était pas en harmonie avec notre soi et avec les lois du père. Avant, quand tu ne sais pas, tu ne fais pas le mal. Mais revenons au karma. Quel que ce soit ton niveau de conscience, tu as toujours le choix dans ton quotidien entre deux types d'énergies : les énergies de vie et les énergies de mort. User de l'énergie de mort nous condamne à renaître. Alors que l'énergie de vie nous mène à l'éternité. C'est aussi simple que cela. Si tu n'assumes pas cette gestion consciente des énergies dans ton quotidien, tu auras des épreuves de vie.

– Est-ce que tu pourrais être un peu plus concret ? Qu'est-ce que tu entends par énergie de mort ?

– Quand tu es dans la séparativité, tu es dans la mort. Les énergies de vie, ce sont les énergies qui sont tirées du beau, du bien, du vrai. L'amour est une énergie de vie, comme la compassion, le sens du service, l'oubli de soi, le respect de l'autre, la recherche de l'exemplarité, le dépassement de soi, la fraternité, l'humilité, que sais-je encore ? Chercher à demeurer serein en toute circonstance, parce qu'on sait qu'on est entre les mains du Père, c'est user d'énergies de vie. Ces énergies libèrent tes lunaires et permettent ton rayonnement. À l'inverse, chaque fois que tu fais aux autres ce que tu n'aimerais pas qu'on te fasse, chaque fois que tu cède à tes pulsions, à tes bas instincts, quand tu es dans la haine, dans l'envie, dans la jalousie, tu es dans les énergies de mort, tu les actives et tu devras renaître pour changer leur polarité, rédempter ces mondes que tu auras pollués.

Comme je lui demandais si le karma s'appliquait à tous les êtres vivants, il me dit :

– Dès qu'il y a individualité de conscience, il y a karma. Le karma ne s'applique pas seulement aux hommes, il s'applique aussi au végétal et à l'animal, mais pour ces règnes il n'y a qu'un karma de groupe, car les vies dans ces règnes n'ont qu'une âme-groupe et une conscience de groupe. Les mauvais traitements pratiqués actuellement sur les animaux sont un solde très ancien de karma de groupe, mais les hommes ont envoyé le balancier bien au-delà et ils sont en train de se constituer une dette karmique vis-à-vis des animaux.

– Est-ce qu'il y aussi un karma pour un logos planétaire ou un logos solaire, demandais-je à Lionel ?

– Bien sûr, et même pour un logos cosmique ! Le logos planétaire, le grand être qui donne la vie à cette planète, est lui-même un être en évolution cosmique, même si, par rapport à nous, c'est une perfection de bonté, d'intelligence et d'amour. Mais il est lui-même en évolution cosmique et il doit faire évoluer ses corps de manifestation, son non-soi. Or ce corps de manifestation est constitué par tous les règnes de la nature, y compris le règne humain. Nous sommes des atomes de ses corps, et le Père a en charge de nous amener à son niveau d'évolution, donc à sa nature de pureté, de perfection et d'amour. Mais si le Père était parfait, avec tout le respect que je lui dois, nous serions nous-mêmes parfaits. C'est pourquoi nous avons à nous élever en vibration, à pratiquer les énergies du beau, du bien et du vrai pour assurer au Père sa propre libération, le libérer de son contrat. Ce sera cela l'apocalypse. Le Père de cette planète quittera son corps physique quand il aura remplit son contrat d'inclusivité par rapport aux vies mineures que nous sommes. Il y aura éthérisation de la planète.

Je me sentais peu concerné par ces horizons lointains, même si je saisissais la cohérence des propos de Lionel.

– Le but est donc de ne plus faire de karma, lui demandais-je pour revenir à notre préoccupation ?

– Exactement, répondit Lionel. C'est pour cela que le Grand Guide, il y a deux mille ans, a dit : « Qui me voit a vu le Père », parce qu'il n'y avait pas d'écart entre son comportement et celui du Père. Et sais-tu comment éviter de faire du karma ?

– J'aimerais bien le savoir.

– Il faut te dire à chaque fois que tu penses, à chaque fois que tu es sur le point de dire ou de faire quelque chose : quelle souffrance, quelle agressivité vais-je causer aux autres ? Le Christ nous a donné il y a deux mille ans un message sur l'établissement de justes relations humaines : ne fais pas à autrui ce que tu ne veux pas qu'on te fasse. C'est un premier pas. Mais il ne suffit pas de ne pas causer de tort à autrui, et quand je parle d'autrui, je ne pense pas seulement aux êtres du quatrième règne, mais à tous les règnes de la nature. Non seulement tu ne dois pas générer chez autrui de mauvaises énergies, mais tu dois tout faire pour délivrer l'autre des forces négatives qui l'emprisonnent. Est-ce que tu comprends mieux maintenant le sens des trois sages qui se bouchent la vue, la bouche et les oreilles.

– Ils disent : « Mal sur autrui je n'entends, je ne vois et je ne cause. »

– Causer aux deux sens du terme, précisa Lionel. La première règle pour ne pas générer de karma, c'est donc l'innocuité : ne pas nuire aux autres en aucune façon, et je le répète cela inclut tous les règnes de la nature. La seconde règle, c'est la continence : maîtriser ses pulsions.

Il s'arrêta car sa voix était couverte par le haut-parleur qui annonçait l'arrivée d'un train. Il reprit :

– Je vais te le dire autrement. Le karma, c'est la nature du Père.

– Comment cela ?

– Bien sûr, le karma fait que l'on récolte ce qu'on a semé, mais il y a derrière quelque chose de bien plus profond. Le karma mesure l'écart qui sépare notre comportement de celui qui nous donne la vie, le mouvement et l'être. Notre racine de vie vient du Père, et c'est de lui aussi que vient le karma. Il doit faire évoluer les vies mineures que nous sommes, tout en respectant leur liberté. Nous sommes des êtres libres, et si nous rejoignons le Père, c'est notre choix d'être.

– Je suis d'accord, dis-je. Sinon cela n'aurait aucune valeur, nous ne serions que des robots ou des clones. Nous devons y aller de notre plein gré, nous devons choisir librement de soumettre nos lunaires, parce que nous avons compris que ne pas le faire nous entraîne dans des souffrances et une disharmonie sans fin.

– Oui, continua Lionel. Nous sommes libres de rester esclaves de nous-même, ou plus exactement de notre non-soi, de notre personnalité. Mais la vraie liberté, c'est de ne pas être dépendant, et notamment de nos désirs. Un être libre est un être vrai. En astrologie, le monde des désirs et des pulsions est représenté par le Taureau. Chez les occultistes, Aldébaran, l'œil du Taureau, est symbolisé par la statue de la Liberté. La libération, c'est de transmuter nos désirs en aspiration spirituelle, en désir d'en haut. Nous sommes libres, mais libres relativement, parce que nous sommes soumis à la loi du Père, qui je le répète est pour nous un absolu de beau, de vrai et de bien. Nous pouvons déroger à ses lois, user d'autres énergies, mais alors nous faisons du karma.

– Le karma nous permet de prendre conscience.

– C'est pourquoi l'épreuve karmique n'intervient pas forcément dans l'existence où ce karma a pris naissance. Si nous sommes totalement aveugles à certaines valeurs, cela ne sert à rien. Mais un jour, au bon moment, quand nous serons à même de comprendre, même si nous ne nous souvenons plus de la cause dans son détail, nous aurons l'épreuve libératrice qui va solder les comptes. Plus un être est élevé en conscience, plus il a un retour karmique rapide, souvent dans la même existence, parfois dans les mois qui suivent.

Je comprenais le point de vue de Lionel, mais je trouvais ce système un peu simpliste. J'étais partagé entre deux positions. D'une part, le sentiment de l'évidence, car c'est vrai qu'en une vie on n'atteint pas la sagesse, chaque être honnête avec lui-même sait parfaitement qu'il est encore bien loin du but à atteindre. Et d'autre part j'éprouvais le ricanement de l'intellectuel, car je trouvais un peu trop moralisant ce système de punition et de récompense. C'est ce que je dis à Lionel.

– Le karma n'est pas punitif, me répondit-il tranquillement, il est protecteur.

– Alors là, je ne te suis plus.

– C'est pourtant simple et logique. Le karma est protecteur parce que c'est une loi d'équilibre qui limite l'amplitude des écarts de comportement en regard d'un axe qui est le Père. C'est même plus qu'une loi d'équilibre, c'est une loi d'amour.

– Tu ne trouves pas que tu vas un peu loin. C'est de l'amour qui fait souffrir, qui rend malade et parfois qui tue !

– La mort est une illusion pour l'être permanent. Mais l'amour véritable, c'est être dur, exigeant et sévère quand il le faut.

– La main ferme dans le gant de velours ?

– Souviens-toi, repris Lionel sans se démonter, que la main du Père est souvent bien plus légère que la faute qui a causé l'épreuve. Le Père n'est jamais plus sévère que nécessaire. Essaie de comprendre que le karma est ce qui nous empêche de tomber trop bas quand nous enfreignons les lois du Père. S'il n'y avait pas d'épreuves karmiques, la dégringolade serait sans fin pour certains êtres. On peut essayer d'esquiver le karma, ne pas assumer l'épreuve, être tenté de se suicider, mais la difficulté et la souffrance seront bien pires encore la fois suivante…

– Qu'est-ce qui se passe si on se suicide ?

– D'abord, l'être ne monte pas dans les plans supérieurs, il erre dans les remords de l'astral pendant toute la durée qu'aurait dû prendre son existence. Ensuite, quand il se réincarne, au début tout lui réussit, et puis l'existence est retirée brutalement et violemment, le plus souvent dans un accident, à l'âge où il s'était suicidé dans son incarnation précédente.

– Comment peux-tu affirmer cela ?

– Tout être un peu avancé le sait. Parce qu'à un moment ou à un autre de ses vies il s'est suicidé, et un jour, quand c'est nécessaire à son évolution, il retrouve ses mémoires. Le karma n'est pas punitif, il est éducatif.

– Il n'y a pas moyen d'y échapper ?

– Aucun être ne peut sortir du règne humain sans avoir soldé toutes ses erreurs passées, asséna Lionel. Je dis bien toutes.

– Parce qu'on peut sortir du règne humain ?

– Je te l'ai dit, tout est en évolution et doit retourner à l'Absolu.

– Pourtant, insistai-je, toutes ces souffrances sont souvent incompréhensibles, révoltantes...

– Mesure la richesse de ta vie aux épreuves que tu as traversées et non pas à la quiétude que tu as connu.

Lionel s'interrompit et sembla hésiter. Son regard clair et lumineux me transperça, puis il me donna l'impression de se lancer.

– Je vais aller plus loin. Je te disais que le karma, c'est la nature du Père. Si on déroge à ses lois, qui sont des lois d'amour et d'harmonie, on en a le choc en retour. Mais comme tu le sais, le Père est en toi, il est ta racine de vie. Donc c'est toi, c'est ton être qui est ton propre agent karmique. Ton âme, qui te fait traverser tout le règne humain, sait très bien où elle veut aller : elle veut se libérer des lunaires qui l'emprisonnent pour que ta personnalité soit le parfait reflet de ta racine de vie, de l'esprit du Père. Donc elle t'envoie les épreuves nécessaires pour comprendre la nature du Père.

– Dans le peu d'astrologie que j'ai appris, il me semble que c'est Saturne qui nous envoie les catastrophes.

– Ce ne sont pas des catastrophes, Erwan, répliqua vivement Lionel ! Ce sont des opportunités libératrices, c'est cela qu'il faut que tu comprennes. Quand tu as saisi le sens de tes épreuves, tu rayonnes d'une énergie nouvelle, et elles s'allègent d'autant. Tu les transmutes, et ce n'est plus un fardeau. C'est vrai que Saturne est un grand seigneur de karma. Mais j'insiste, il veille au retour à l'équilibre. Dans une situation où un être se laisse complètement aller, son être le remet dans le bon cap et malheureusement, c'est la souffrance qui va permettre de stopper la descente : maladie, accident, perte d'un travail ou, pis, perte d'un être cher. Certains sont écrasés par le fardeau, d'autres en sortent transformés et repartent dans ce qu'ils considèrent comme une nouvelle vie. Nous n'avons pas à juger. Mais il est important que tu retiennes qu'il y a toujours un sens à nos épreuves, même si nous ne le percevons pas. Si tu intègres la loi de renaissance et la loi de karma, tu vois que la vie te fournit le champ d'épreuves à ta mesure pour progresser. Si tu l'abordes correctement, toute épreuve porte en elle une expansion de conscience. Et n'oublie pas que le karma intervient la plupart du temps pour freiner la chute d'un être vers des comportements trop négatifs.

– Tu dis que le karma intervient la plupart du temps comme agent protecteur, mais qu'en est-il des autres cas ?

– On dit que le Père est un feu dévorant. Plus tu t'élèves en conscience, plus tu entres en canal avec des plans subtils et plus le degré d'exigence à ton égard s'élève. Ton champ d'épreuves s'intensifie. Car il n'est pas question que tu pollues les plans supérieurs. Donc, à un certain degré sur le chemin, on ne te laissera rien passer. Il faut être parfaitement au carré et si ce n'est pas la cas, tu as tout de suite la sanction. C'est cela la grande guerre sainte dont parle l'islam, le combat intérieur pour amener sa personnalité à la perfection. Quand tu arrives à ce niveau de conscience, tu entres dans la chevalerie céleste, et c'est un combat de chaque instant contre le négatif, un combat pour soumettre les lunaires.

Je ne manquais pas d'opposer à Lionel que lorsqu'il se produisait une catastrophe et que des centaines de gens complètement innocents périssaient, je ne voyais pas bien quel sens donner à tout cela.

– Les départs collectifs, c'est autre chose, me répondit Lionel qui décidément avait réponse à tout. C'est plus compliqué à appréhender parce que cela fait intervenir d'autres paramètres. On n'est plus dans un karma individuel mais dans des karmas de groupes. Parfois aussi, des êtres choisissent de partir ensemble pour attirer l'attention sur un problème grave qui concernent l'humanité, ou un groupe.

– Par exemple, quand un raz de marée ravage les côtes de l'Asie de Sud-Est…

– Tu peux en faire trois lectures karmiques, car il n'est jamais possible d'interpréter de façon uniforme ou univoque ces grandes catastrophes. La première lecture peut rendre compte d'un karma de groupe lié au comportement de certaines populations, et je pense à la prostitution des enfants qui fait vivre bien du monde là-bas. Un autre aspect du karma par lequel ces peuples ont été ébranlés concerne leur fanatisme religieux : si ce dieu au nom de qui j'exclus mon voisin existe, pourquoi laisse-t-il faire cela ? Et enfin, la dernière lecture que j'en ferais est celle d'un sacrifice conscient pour avertir l'humanité. Car ce tsunami, c'est un avertissement, probablement le dernier avant quelque chose de bien pire…

– Et quoi par exemple, l'interrompis-je ?

– Cela fait partie des informations que je dois te donner, mais si tu le permets, laisse-moi le faire au moment opportun, et ce moment n'est pas encore venu.

– Tu veux dire que je ne suis pas prêt, demandai-je un peu dépité ?

– Non, et tu le sais bien. Tu as pris conscience de beaucoup de choses, mais tu vas être mis à l'épreuve et après seulement nous pourrons parler.

Sur ces paroles bien sibyllines, sans me laisser le loisir d'avoir un éclaircissement, il se leva précipitamment en s'excusant qu'il allait de nouveau manquer son train. Je le vis s'éloigner de sa démarche un peu chaloupée de cowboy, avec son grand chapeau sur la tête, et il se fondit dans la foule de la gare Montparnasse.

XIII
LA TRAVERSÉE DU RÈGNE HUMAIN

J'étais sorti de cet entretien sur le karma assez bouleversé et mal à l'aise. Dans quoi étais-je en train de mettre les pieds ? Ces considérations sur les épreuves salvatrices me semblaient un peu douteuses, et susceptibles de justifier les pires comportements. Je savais que Lionel était un être bon et qu'il ne ferait pas de mal à personne. Je ne me sentais pas manipulé, le mot serait trop fort, mais j'étais manifestement sous influence et cela ne me convenait pas.

Alors que ces derniers temps je téléphonais à Lionel plusieurs fois par semaine, pour demander un conseil ou simplement prendre des nouvelles, je décidais de prendre mes distances et ne donnais plus signe de vie. Je n'eus aucun appel de sa part, aucune relance sous quelque prétexte que ce soit, comme s'il me laissait bouder dans mon coin. L'été passa. Je pris un peu de vacances en évitant la Bretagne, profitant de quelques invitations ici ou là. Mais je me rendis compte de l'importance qu'avaient pris mes entretiens avec Lionel dans ma vie au vide progressif qui semblait m'envahir. La recherche d'un travail me semblait une préoccupation lointaine, alors que mes droits aux allocations se terminaient dans quelques mois. La banque me semblait un autre monde. Les conversations que j'avais avec mes amis ne m'intéressaient plus. Je n'avais plus envie de parler de la pluie et du beau temps, ni des dernières sorties en salles. Même la lecture avait perdu son attrait.

En fait, je passais une bonne partie de mon temps à relire les notes prises de mémoire ou sur le vif lors de mes visites en Bretagne, et je commençais à classer par grands sujets ce qui commençait très vaguement à émerger comme une vision de vie parfaitement cohérente. Cette histoire d'inclusivité qui donnait à notre évolution un horizon cosmique, cette structure de l'être humain composé d'une personnalité physique, d'une racine de vie spirituelle, et d'une âme consciente qui déterminait la meilleure façon pour l'une de rejoindre l'autre, tout cela me donnait enfin une perspective, une vision, une compréhension du sens de la vie.

Mais je me rendais compte aussi de l'emprise que cette nouvelle conscience avait sur moi, combien elle modifiait ma façon d'être, ma façon de penser et de regarder le monde dans lequel je vivais. Je voyais bien que je me détachais d'un monde organisé autour de valeurs qui me semblaient complètement factices et superficielles. Et vint le moment où j'eus peur de lâcher cet univers connu, ces références qui, certes, ne m'avaient pas mené très loin, mais qui m'avaient permis de construire un petit tas de certitudes et de protections dérisoires dans un monde impitoyable. Et je me demandais encore et toujours de quel droit Lionel assénait ses affirmations, et d'où il tirait ses certitudes : si tout cela était vrai, cela se saurait.

Était-ce l'épreuve que m'avait annoncé Lionel ? Quoi qu'il en soit, je ne pouvais pourtant rester ainsi au milieu du gué, et n'y tenant plus, je finis par appeler. Je tombais sur Claire qui parut heureuse de ce contact :

– Erwan, quel plaisir de t'entendre ! Cela fait bien longtemps… Comment vas-tu ?

Je sortis quelques banalités de circonstance et lorsque Claire m'invita à passer chez eux le week-end suivant, j'étais heureux et soulagé.

– Viens de bonne heure, il y aura une brocante, me dit-elle. Tu prendras le café avec nous.

Le jour dit, de bon matin, je frappais à leur porte. Lionel me prit dans ses bras et ce geste exprima mieux que des paroles la joie qu'il avait de me revoir.

– Tu as pris un peu de recul, me dit Lionel. C'est bien. Il ne faut rien accepter que tu n'ais pas fait tien, et qui ne te convienne. Ne cherche jamais à me faire plaisir, et à me dire que tu as compris si ce n'est pas le cas. Sois toujours toi-même, et soit vrai. Je sais que ce que je t'explique est difficile à accepter dans un monde où le faux est présenté comme étant la vérité. Le livre de la connaissance a été refermé aux regards des hommes il y a bien longtemps, et il est n'est pas aisé de le rouvrir. Mais l'essentiel est que tu sois là. Les lunaires de ton mental concret ont réagi, tu as laissé passé l'orage, et puis tu les a remis à leur place. Tout est bien. Maintenant, nous allons pouvoir aller plus vite.

Avec Lionel, il faut toujours s'attendre à de l'imprévu. Comme j'allais m'asseoir pour prendre un café, je le voyais rester debout, arborant un large sourire, campé dans un polo jaune et un jean tenu par une large ceinture qui s'ornait d'une grosse tête de bélier.

– J'ai une surprise pour toi. Un cadeau de là-haut. Mais surtout, ne te crois pas obligé d'accepter. Si tu n'en veux pas, Claire et moi sommes d'accord pour le garder.

Je me demandais de quoi il s'agissait, et il m'emmena vers la petite porte qui donnait sur l'arrière du jardin. À peine sorti, je vis un énorme chien s'approcher de moi, me renifler puis se dresser pour mettre ses deux pattes avant sur mon blouson de daim. Ainsi dressé, l'animal était presque aussi grand que moi et je faillis tomber en arrière. C'était un magnifique saint-bernard, au poil marron et blanc.

– Il s'appelle Mars, me dit Lionel. En passant devant un chenil, j'ai entendu le mot « saint-bernard » raisonner dans ma tête, et j'ai su que je devais m'arrêter. C'est pour toi, c'est en relation avec ce que tu vas faire plus tard.

– Mais enfin, Lionel, qu'est-ce que tu veux que je fasse de cet animal à Paris, dans mon appartement ? Et tu imagines les kilos de viande pour le nourrir ?

– Tu lui donneras des croquettes. On en trouve qui sont très bien équilibrées, et ça rend les chiens moins agressifs que la viande.

– Tout de même, insistai-je, un peu furieux, un chien comme celui-là à Paris... Il va se précipiter sur tous les roquets du quartier et n'en fera qu'une bouchée...

– Tu l'éduqueras, me dit tranquillement Lionel. Tu as le temps, et c'est une activité pleine d'enseignements. Bon, je reconnais que l'appartement n'est pas le contexte idéal pour un animal comme celui-là, mais tu n'habiteras peut-être pas toujours à Paris. Et puis je te le répète, tu es libre, si tu n'en veux pas, je le garde.

– Je vais réfléchir, décidai-je sans rien décider, et le chien me suivit dans la salle à manger.

Nous partîmes pour la brocante dans la voiture de Lionel. Il était encore tôt et, en cette fin septembre, l'air était frais et humide. Lionel avait revêtu son invraisemblable veste de laine rouge avec un aigle et un ours brodés sur le dos, et bien sûr un de ses éternels chapeaux de cuir à large bord. Je me suis toujours demandé où il pouvait se procurer ses vêtements.

Il avait l'art de dénicher des objets invisibles à mes yeux. En fait de brocante, c'était un vide-greniers que je trouvais plutôt miteux, mais il en rapporta quelques médailles assez originales, l'une représentant une étoile à six branches, et l'autre une tête de chevalier en armure avec son heaume. Je savais qu'il s'intéressait de près à la symbolique de la chevalerie. Il dénicha aussi un porte plume en bronze représentant un aigle qu'il m'offrit avec une plume d'oie qu'il avait trouvée je ne sais où, en me disant que c'était un signe confirmant mon futur travail d'écriture. J'en profitais pour lui rappeler que, depuis plusieurs mois que nous nous connaissions, je n'avais toujours pas la moindre idée du sujet, mais il se contenta de sourire en me disant :

– Ça viendra, ça viendra…

En parcourant la brocante en sens inverse, il récupéra pour quelques euros une plaque en métal gravé, particulièrement noircie. C'était un bas relief représentant une sorte de dieu grec sur un char tiré par trois chevaux.

– Pourquoi t'encombres-tu d'un objet aussi kitsch, lui demandai-je ? Qu'est-ce que tu lui trouves ?

– D'abord, c'est du cuivre, me répondit-il. Une fois bien astiqué il sera superbe. Et c'est un beau symbole. Le char, c'est le véhicule de la destinée. L'homme maîtrise trois chevaux, c'est-à-dire qu'il domine ses trois corps inférieurs : physique, émotionnel et mental concret. Il n'est plus en personnalité, il est en accord avec son âme. C'est un être du cinquième règne.

Évidemment, cela ne m'avait pas vraiment sauté aux yeux. Il me tendit l'objet :

– Tiens, c'est pour toi.

Lionel était ainsi, tout en générosité, un intermédiaire qui recevait beaucoup et ne gardait rien pour lui. Ce geste me touchait profondément et je le remerciais avec chaleur. Mais je ne pus m'empêcher de lui demander si ce cadeau ne remplaçait pas les explications que j'attendais toujours sur ce fameux cinquième règne.

– Détrompe-toi, me dit-il, nous en parlons depuis le début, mais implicitement. Nous tournons autour, nous y sommes presque.

– Me voilà donc rassuré, lui dis-je avec un peu d'ironie.

En quittant la brocante, il trouva encore un tableau aux dimensions pourtant imposantes, mais placé derrière l'étalage. Il était posé à même le sol, adossé à une voiture et masqué en partie par quelques caisses. Le tableau n'était pas encadré, et représentait une scène du Moyen Âge, avec des ouvriers construisant des maisons sous la direction d'un maître-d'œuvre au premier plan. Je ne trouvais rien d'extraordinaire à cette peinture, de facture assez naïve.

– C'est l'extension de la maison du Père, me dit Lionel. Tu vois là-bas la ville qui se dessine dans le coin, à l'horizon ? C'est la cité céleste, la Maison du Père. Et là, au premier plan, ils construisent son extension sur la Terre. Les ouvriers sont des serviteurs de la Vie, ils sont au service de l'œuvre divine. Ils appartiennent en conscience au cinquième règne. Le maître-d'œuvre est du cinquième règne avancé, peut-être plus…

– Qu'appelles-tu le cinquième règne avancé ?

– C'est quand tu n'es pas loin du sixième, me répondit tranquillement Lionel.

Je n'insistai pas, comprenant qu'il ne m'en dirait pas plus sur le sixième règne que sur le cinquième, et nous regagnâmes la voiture, chargés de tout ce bric-à-brac symbolique qui, je dois le reconnaître, ne nous avait pas ruinés. Il se mit à crachiner, et, la faim aidant, nous étions bien contents de retrouver la maison où une bûche brûlait dans la cheminée. Mars était là, avec les enfants autour de lui, et le plus petit sur son dos.

– Les enfants à table ! cria Claire, et mettez le chien dans le jardin.

Après avoir calmé les protestations causées par le départ de Mars, Claire nous présenta un somptueux plat de langoustines et pendant quelque temps, on n'entendit plus que des bruits de succion et les craquements des carapaces. Puis, après avoir terminé son verre de muscadet et s'en être resservi, Lionel profita de ce que les enfants étaient sortis rejoindre le chien pour attaquer son plat de résistance à lui :

– Bon, aujourd'hui, puisque tu es revenu plusieurs fois sur le sujet, je vais te parler de la traversée du règne humain. C'est le parcours qui mène du quatrième au cinquième règne. Comme je te l'ai déjà dit, tout règne est une association de vies en évolution, une vie majeure incluant des vies mineures dans un cercle de manifestation infranchissables, sauf à passer par le centre, par le noyau, ou par le « haut » si tu préfères. Toute vie dans un règne évolue. Dans le minéral, tu trouves des états plus ou moins avancés : des roches, des minerais, des cristaux, des pierres fines, des pierres précieuses. Les pierres précieuses sont une vie du minéral en phase de sortie de ce règne.

Je connaissais les tendances de Lionel à la digression, même s'il revenait toujours à son propos initial. Sur un sujet comme celui-là, je préférais le recentrer dès le début :

– Restons-en au niveau humain, si tu le veux bien, lui demandai-je.

– Ne t'inquiète pas, répondit-il en souriant. Donc, dans notre manifestation humaine nous avons dans notre cercle infranchissable un monde physique, un monde émotionnel et un monde mental. Ce qui coordonne l'ensemble de ces mondes, c'est l'être permanent qu'on appelle l'âme. Elle-même émane d'une racine de vie à un niveau d'évolution donné, en l'occurrence le niveau humain. Cette racine de vie, je l'appelle la monade, du grec *monos* qui veut dire « l'un, l'unique ».

Comme je lui fis remarquer qu'il m'avait déjà dit tout cela, il eut un sourire indulgent et me dit :

– Ne crois pas que je radote, Erwan. Si je répète plusieurs fois la même chose, c'est pour t'aider à assimiler des concepts et des processus que tu auras un jour à transmettre. Je disais donc que cette vie humaine va saisir l'opportunité d'une vie plus grande, notre planète, pour progresser. Cette racine de vie humaine se projette dans la matière, et se trouve rapidement enfermée dans cette matière. Il se crée un cocon, l'âme, qui est comme un bouton d'énergie aux pétales refermés.

– Pourquoi les pétales sont-ils refermés ?

– C'est à toi de les faire éclore, Erwan. Tu dois ouvrir le pétale d'intelligence, le pétale d'amour et pour finir le pétale de volonté. L'âme s'épanouit ainsi dans la traversée du règne humain. Ce bouton d'énergie est l'unité de conscience qui, au départ, gère la personnalité d'un homme animal à l'entrée du quatrième règne, qui finira en tant que sage à la sortie du cinquième règne. Voilà le parcours, le sens de l'évolution humaine : nous avons à évoluer d'une conscience d'homme animal à une conscience de sage.

Lionel s'arrêta un long moment et me regarda droit dans les yeux :

– Ainsi ce que nous appelons l'homme est la manifestation extérieure d'une vie centrale consciente, l'âme, qui traverse le règne humain et qui reprend son ouvrage de vie en vie, exactement là où elle l'a laissé. C'est par le processus de réincarnation, et la loi de rétribution des actes, que la conscience peut progresser. Est-ce que tu me suis ?

– Jusque-là, ça va.

– Je ne te surprendrai pas en te disant qu'il y a trois phases dans la traversée de chaque règne. La première phase, c'est le chemin de l'aller, il est en rapport avec l'aspect Mère, et il a pour fonction le parfait développement de la forme, de la personnalité. C'est le quatrième règne, qui s'achève par l'éclosion du pétale d'intelligence. La seconde phase est la prise de pouvoir par la conscience qui se rend compte qu'elle est prisonnière et qu'elle doit se libérer de l'emprise de ses trois enveloppes denses. C'est l'entrée dans le cinquième règne, et l'éclosion du pétale d'amour, avec la pratique des justes relations humaines. La troisième étape, c'est le chemin du retour et l'éclosion du pétale de volonté : l'âme s'identifie avec les énergies de création du Père et se prépare à sortir du cinquième règne pour prendre un contrat de vie sur un autre plan.

– La ternarité est partout…

– C'est une constante de la vie en manifestation, insista Lionel. Je t'ai dit qu'il fallait avoir en tête que tout était régi par la ternarité, qu'on peut simplifier par ces trois symboles : Père, Mère et Fils. Tu peux les décliner sans fin : tu as la triplicité volonté, intelligence, amour, la triplicité esprit, matière, conscience, ou encore élan, résistance, mouvement orienté, etc.

Pour illustrer ces trois étapes de la traversée du règne humain, Lionel m'expliqua que symboliquement, on comptait 777 vies pour traverser le règne humain : 700 vies sur le chemin de l'aller, 70 vies pour prendre conscience qu'on ne pouvait pas descendre plus bas et que l'important était ailleurs, et 7 vies pour revenir à sa source, avec une conscience enrichie par ce parcours.

– 777 vies, me précisa-t-il, c'est un nombre symbolique. Entends-le comme 777 étapes pour traverser le règne humain, 777 prises de conscience. Mais dans les faits, il faut beaucoup plus de vies que cela. Ce sont des milliers et des milliers de vie, le plus souvent.

– Mais il n'y a pas de différence entre un homme du quatrième règne et un homme du cinquième ?

– Extérieurement, non. C'est pour cela qu'il y a tant de confusions. Entre un végétal et un animal, on voit bien qu'on est en présence de vies différentes, qui n'ont pas le même niveau de complexité. Entre un homme du quatrième et du cinquième règne, c'est à l'intérieur que cela se passe. Extérieurement, le véhicule mis au point par Mère Nature est au point, il n'a plus à évoluer, sauf à s'affiner en beauté.

– C'est le niveau de conscience qui diffère ? demandai-je.

– Dans le quatrième règne l'homme s'enfonce dans la matière et développe ses potentialités matérielles, mental compris. Quand il entre dans le cinquième règne, il s'éveille à d'autres réalités, il découvre les mondes subtils et illimités qui l'entourent et lève son regard vers le chemin qu'il doit parcourir pour sortir du règne humain. Le pilote du véhicule n'est plus le même, dans un cas c'est la personnalité, dans l'autre c'est l'âme. Les potentialités du véhicule sont inexploitées dans le quatrième règne. La puissance de rayonnement énergétique d'un être du cinquième règne est de cent quand celle d'un homme du quatrième règne n'est que de dix. C'est comme si tu possédais un ordinateur et que tu t'en servais comme machine à écrire, juste pour faire un peu de traitement de texte. C'est le quatrième règne. Aller sur Internet, communiquer, s'ouvrir, c'est le cinquième règne. Bon, mais comme toute comparaison, elle a ses limites.

– Une fois de plus, il me semble sentir une certaine ségrégation à l'égard du quatrième règne…

– Absolument pas, Erwan ! Je voudrais que tu retiennes bien la fonction indispensable du quatrième règne. L'âme humaine doit faire aboutir le développement de ses corps pour s'en libérer. Elle doit d'abord développer l'individualité de conscience, ce qui se traduit par l'égocentrisme et la séparativité : « Moi, je, centre du monde… »

Il fit une pause et chercha son inspiration :

– L'âme est reliée à l'énergie d'amour. La personnalité est reliée à l'énergie d'intelligence. L'intelligence fait émerger l'individualité de conscience, et par conséquent aussi la séparativité. Les animaux ne sont pas séparatifs, car ils sont pour la plupart en conscience de masse, de troupeaux. L'homme qui émerge au début du quatrième règne doit acquérir l'individualité de conscience, et plus tard le raisonnement. C'est le but du quatrième règne, et une fois ce but atteint, il faut le dépasser pour atteindre l'universalité, l'intuition et l'amour. C'est le but du cinquième règne.

Il s'interrompit pour laisser Claire servir le dessert. Elle m'étonnait toujours à rester silencieuse, et tellement attentive aux propos de son mari, alors qu'elle en savait beaucoup. Comme je lui en fis très simplement la remarque, elle me dit sur le ton de la plaisanterie, en lançant une œillade à Lionel :

– J'apprends toujours de mon cher mari. Tes paroles sont une musique qui me nourrit l'âme…

– Bon, je vais essayer d'être plus concret, reprit Lionel. L'homme passe des vies et des vies à édifier sa personnalité. Quand il entre dans le quatrième règne, l'homme est tout entier consacré à la satisfaction des besoins de son corps physique, puis à l'expérimentation de son corps émotionnel, et enfin au développement de son corps mental. Ces trois corps constituent sa personnalité. L'homme à ce stade n'a absolument pas conscience de son âme ni de l'existence de mondes supérieurs. Il a tout au plus des croyances religieuses, souvent cruelles ou punitives, et qui reposent sur la peur du gendarme, la crainte de l'enfer. L'homme est prisonnier de ses appétits physiques, de ses désirs émotionnels, des croyances et des points de vue qu'il s'est forgés ou qu'il a adoptés. La personnalité s'édifie ainsi progressivement, de vies en vies, avec la loi de karma, car l'homme durant cette phase emprunte tous les comportements, toutes les voies possibles, y compris les pires. L'âme est toujours le chef d'orchestre de toutes ses vies mineures, mais pour le moment elle laisse ses musiciens s'entraîner tout seuls. Elle est retirée du jeu, et ne reviendra que lorsque les musiciens commenceront à bien connaître leur instrument et leur partition.

Il continua encore longuement dans sa description du chemin de l'aller, où l'homme va jusqu'au bout de ses désirs et vit dans la séparativité. Il prend, il se sert, il possède, il jouit. Il est victime puis bourreau, il est asservi et il asservit les autres à son tour. Il est dominé et dominant, ne comprenant que les rapports de force. Il veut s'imposer, avoir raison, s'affirmer. Il est prêt à tout pour satisfaire ses désirs et seul le gendarme du karma l'empêche de descendre trop bas. Pour Lionel, tant qu'un homme est en état de dépendance vis-à-vis de ses vies mineures, tant qu'il fait la volonté de ses désirs, tant qu'il n'a pas conscience qu'il y autre chose dans la vie, il est encore dans le quatrième règne.

– Mais, lui objectai-je, nous sommes tous dépendants de quelque chose.

– Oui, tu veux dire qu'on a tous quelques vices cachés ? Sans doute, mais on le sait, ce n'est plus pareil : la dépendance cesse avec la conscience. Si on est conscient, on n'est plus dépendant, mais on choisit de l'être. Là, on fait le mal, donc on fabrique du karma. On enclenche alors un processus de libération, qui malheureusement va passer par la souffrance et les épreuves. Ce sont les soixante-dix vies.

C'est pourquoi, me dit-il, il ne fallait pas confondre la non-dépendance et la maîtrise. La non-dépendance, c'est seulement la conscience qu'on subit ses désirs, qu'on en est l'esclave soumis. On se révolte ou pas, mais on a le choix.

– À partir de la non-dépendance, me dit-il, tu entres dans le cinquième règne. La maîtrise fait appel à l'énergie de volonté, qui est un aspect du Père. Elle caractérise le chemin du retour.

L'intense effort de concentration que je faisais pour suivre la pensée de Lionel se relâcha avec l'arrivée des enfants qui se jetèrent bruyamment sur les desserts. Mars tournait aussi autour de la table, apportant une odeur de chien mouillé et il s'approcha de moi. Comme beaucoup de jeunes saint-bernard, il dégoulinait de bave, ce qui ne l'empêcha pas de poser sa truffe sur ma jambe, laissant sur mon pantalon clair une grosse traînée grise. Et puis, aussi soudainement qu'il était entré, tout ce petit monde repartit dehors en laissant les plats vides.

– Tel est le chemin de l'aller, reprit pensivement Lionel, quand l'âme jeune se projette dans le monde. L'âme est prisonnière, étouffée, endormie. C'est la Belle au Bois dormant qui repose au cœur du château et qui attend qu'on vienne la délivrer des mondes inférieurs de l'inconscience. Abel est tué par Caïn, mais comme tu le sais, l'œil est dans la tombe… Et alors, Erwan, peux-tu me dire ce qui va finir par déclencher une prise de conscience ?

– Le karma ?

– Et oui, claironna Lionel, le karma ! Le karma est tellement lourd à la fin du chemin de l'aller que l'enfant prodigue finit par se demander ce qui lui arrive, et pourquoi il rencontre de pareilles épreuves, un destin en apparence aussi incompréhensible… Il commence à se dire que quelque chose lui a échappé, qu'il existe des lois de vie qu'il ignore. Le Père ne nous impose pas ses lois, il attend que nous les aimions parce qu'elles sont bonnes, justes et parfaites. Petit à petit, l'être prend conscience qu'il est dépendant, qu'il n'est pas libre mais bien prisonnier de ses vies mineures et de leurs désirs qui lui dictent ses comportements. Il commence à percevoir que, peut-être, il récolte ce qu'il a semé, que s'il a été bourreau il sera victime. Que s'il a pollué il devra nettoyer, s'il a asservi il devra servir, s'il a exploité il devra rembourser. Il se discipline aux lois de la vie, et apprend la non-dépendance. Il n'en est pas encore à la maîtrise, mais elle est à portée. Il commence à sortir des trois robes denses de la Mère, à lever les trois voiles.

– Quels sont ces voiles, Lionel ?

– Le voile de maya et des apparences séduisantes mais éphémères du monde physique. Le voile des mirages du plan émotionnel. Et le voile des illusions du mental concret, qui prétend avoir raison sur tout. C'est à ce moment que l'homme entre dans le cinquième règne. Jusque-là, l'homme n'est pas relié avec sa racine de vie, il n'est pas en accord avec son être, et gère comme il peut les multiples problèmes psychologiques qui en découlent.

– En fait, dis-je à Lionel, c'est comme l'évolution d'un individu : il y a l'enfance, où l'on découvre son corps et où l'on est régi par ses émotions, puis la découverte du mental avec l'adolescence, et la prise de conscience ensuite qu'on est adulte et qu'on est responsable de ce qu'on va faire de sa vie.

– Absolument. L'âme obéit à des âges d'évolution, rythmés symboliquement par le septénaire, de sept à quarante-neuf ans. Il suffit de regarder autour de toi pour te rendre compte que l'âge physique ne compte pas. Comme dit la chanson, « le temps ne fait rien à l'affaire… ». Les êtres n'ont pas le même âge d'évolution, ils ont progressé plus ou moins vite. Il y en a même, assez peu il est vrai, qui sont déjà sortis du règne humain. Certains sont déjà des sages. D'autres sont encore proches de la bête, en apparence. Je dis en apparence seulement, car ils évoluent, mais ils en sont encore à un stade de développement du physique, avec un émotionnel peu affiné. Chaque tranche d'âge correspond à la prise de possession et à la maîtrise d'un corps, et je te rappelle que nous en avons sept. Les trois premiers corps constituent la personnalité, c'est l'homme du quatrième règne.

– Là encore, j'insiste : est-ce que tu n'es pas un peu manichéen ? Le bon cinquième règne contre le mauvais quatrième ?

– Pas du tout, répliqua sans hésiter Lionel. C'est comme si tu opposais le règne végétal et le règne animal, cela n'aurait pas de sens. Un être du cinquième règne n'est pas séparatif. Il sait qu'il est solidaire de l'ensemble de l'humanité, et il se réalise en aidant les autres à devenir meilleurs. Nous sommes tous passés par le quatrième règne. C'est un problème d'évolution de conscience, tout simplement. D'ailleurs, à la différence de ce qui se passe dans le quatrième règne, les êtres du cinquième règne se reconnaissent quelles que soient leur race, leur religion, leur nationalité, parce qu'ils se retrouvent en tant qu'être et non pas en personnalité.

Claire nous proposa un café que nous acceptâmes avec plaisir car il était toujours délicieux. Lionel poursuivit :

– Le quatrième règne construit l'individualité de conscience, mais sa contrepartie, comme je te l'ai dit, c'est la séparativité, et donc les rapports de force, la domination, la notion de supériorité : ma race, ma nation, ma religion est supérieure à la tienne. Tout cela est parfaitement stupide, et cela te montre les limites du mental concret. C'est tout cela qui doit disparaître avec l'avènement du cinquième règne !

– Mais comment expliques-tu ces différences entre les âges d'évolution ?

– C'est parce qu'il y en a qui prennent leur temps, me lança Lionel en riant ! Les monades humaines se sont incarnées environ à la même époque, quand les portes du règne humain se sont ouvertes au règne animal, il y a plusieurs millions d'années, bien plus longtemps que ne le croient les paléontologues. Depuis, l'humanité a progressé, car ce que nous venons de dire des âges d'évolution sur le plan individuel est également vrai et transposable sur le plan de l'humanité en tant qu'espèce. L'humanité a traversé différents âges d'évolution, n'est-ce pas, dit-il en regardant sa femme verser le café.

Claire saisit la balle que lui proposait Lionel :

– L'humanité aussi a son chemin de l'aller, sa prise de conscience et son chemin du retour. Elle a commencé par l'appropriation des corps physiques. Les hommes des premiers âges avaient un mental embryonnaire et ne réagissaient qu'aux impulsions du corps vital. C'est ce que certaines traditions ont appelé la conscience lémurienne, du nom de la Lémurie qui était un très ancien continent des premiers âges de l'humanité. C'est la période des lentes réactions à la souffrance, à la joie, au besoin. Les vies des êtres s'écoulent lentement, avec un besoin inconscient d'améliorer leur état. La seconde étape du chemin de l'aller de l'humanité, c'est l'appropriation du corps émotionnel.

La conscience n'est plus totalement identifiée au corps physique, elle est centrée sur l'astral et le monde du désir. On va au-delà des besoins fondamentaux. C'est l'époque dite de la conscience atlantéenne. C'est l'état de conscience du jeune enfant.

– Et aujourd'hui, où en est-on ? demandai-je à Claire.

Ce fut Lionel qui me répondit :

– Une bonne partie de l'humanité en est encore à ce stade. Tu n'as qu'à voir le rôle de la composante émotionnelle dans le monde où nous vivons. Au stade d'évolution actuel de l'humanité, le poids de l'astral, du pathos, de la sensiblerie est considérable. Et tout cela, le meilleur comme le pire, est recouvert par la même dénomination : on nous rebat les oreilles avec l'amour. Mais l'amour du quatrième, c'est de l'émotionnel, cela n'a rien à voir avec l'amour du cinquième règne, qui relève de l'âme. Sans parler des formes malsaines de l'astral comme la pornographie et les déviances de tout acabit. Tu n'imagines pas à quel point l'astral de la Terre est pollué : à côté, la pollution de l'air et de l'eau sont dérisoires !

Je fis remarquer à Lionel que les hommes, lorsqu'ils sont apparus sur la Terre, étaient beaucoup moins nombreux qu'aujourd'hui. Comment expliquait-il cette expansion démographique ? D'où venaient les âmes ?

– Je reconnais bien là le mental concret qui veut tout ramener à des données quantitatives ! s'exclama Lionel. Tu imagines bien que le schéma d'évolution que je t'ai présenté est simplifié à l'extrême. Si j'avais commencé par te parler des problèmes qui se sont passés lors de l'émergence du règne humain derrière le règne animal, tu m'aurais suivi difficilement. Si je t'avais parlé de l'ensemencement du mental humain par les seigneurs de la Flamme, du refus d'une partie des anges solaires de venir habiter ces corps qu'ils trouvaient trop frustes pour eux, et qu'ils laissèrent copuler avec des animaux, d'où l'apparition des singes, tu m'aurais suivi difficilement. L'ensemencement des corps par les monades humaines s'est étalé sur des milliers d'années. L'émergence du quatrième règne s'est étalée sur une longue période, comme l'émergence du cinquième. J'ajouterais, mais tu vas me prendre pour un fou, que notre planète accueille des âmes venant d'ailleurs, qui ont échoué dans leur parcours de vie et qui saisissent l'opportunité que la Terre leur offre d'effectuer un parcours de rattrapage pour poursuivre leur évolution. Ne t'es-tu jamais demandé pourquoi le Créateur, qui est un dieu d'amour, a créé cette planète de souffrance ?

Peut-être était-ce parce que j'avais peur de ce qu'il allait me répondre, mais je m'abstins de lui demander qui étaient les seigneurs de la Flamme. Je me contentais d'avouer à Lionel qu'effectivement, je ne me sentais pas encore prêt pour aborder ce genre de questionnement, et je revins sur un terrain que j'avais l'illusion de mieux maîtriser. Je revins donc sur les âges d'évolution de l'âme pour objecter à Lionel que l'émotionnel n'était pas nécessairement le trait dominant de notre humanité, une des caractéristiques de notre société moderne étant le mental, la technique, l'expansion des savoirs. Il me répondit que l'énergie du mental commençait à se déverser lentement dans l'humanité et qu'effectivement, on était à une période de changement d'âge d'évolution. On passait d'une dominante astralienne à une dominante mentale, mais il s'agissait du mental concret.

– Je ne comprends pas bien ce que tu entends par le mental, répliquais-je à Lionel. Il me semble que c'est un plan relativement élevé, et dans tes propos je ressens comme un dénigrement.

– Le plan mental est effectivement particulier, car il fait la jonction avec les mondes subtils. Là encore, ce plan est triple. Il est en liaison avec la matière par son aspect Mère, c'est le mental concret. Et il est aussi en liaison avec l'esprit par son aspect Père, c'est ce qu'on appelle le mental supérieur, par lequel tu entres en canal avec les hautes vibrations spirituelles des plans qui sont au-dessus. Et au milieu, au cœur du plan mental se trouve le bouton énergétique de l'âme, le lotus egoïque. Le plan mental a un aspect Mère, c'est l'intelligence de la matière, l'intelligence concrète. Ce sous-plan participe à la personnalité, avec l'émotionnel et le physique. Le deuxième aspect, c'est l'aspect Fils, et donc l'âme, qui est l'intelligence de la soi-conscience. Et enfin l'aspect Père, comme je te le disais, est le sous-plan supérieur du plan mental et donc il appartient déjà à la sphère de l'esprit.

– Tu ne m'en veux pas si je te demande de recommencer ?

Une fois de plus, Lionel s'exécuta avec patience :

– Il y a le mental qui ment et qui manipule, ce mental concret qui jongle avec les illusions de la matière, qui raisonne juste sur des bases fausses. Ce mental concret a essentiellement une fonction mémoire : tu le reconnais dans l'accumulation des connaissances et la manipulation des situations, caractéristique de l'esprit « malin » du quatrième règne. Pas de quoi se vanter, d'autant que le malin, c'est le nom d'une entité peu recommandable… Et puis le mental supérieur, encore appelé mental divin, qui est l'instrument de perception des vibrations venues des plans supérieurs, le plan bouddhique ou christique, le plan atmique et le plan monadique où se trouve notre racine de vie.

– Peux-tu expliciter ces dénominations ?

– Non, oublie-les pour l'instant, cela ne ferait que t'embrouiller. Retiens simplement qu'il s'agit des plans supérieurs, de ce qu'on nomme l'esprit. Certains artistes, certains savants, s'ils sont en accord avec leur être, reçoivent depuis ces plans et cela se voit très bien dans leur type de création ou d'invention. La plupart reçoivent d'en bas, je veux dire d'en bas par rapport à leur conscience, à l'âme, donc ils reçoivent de l'astral, mais certains ont une inspiration réellement spirituelle et, par leur intermédiaire, passent des messages. Entre ce mental concret et ce mental divin, tu as l'âme qui est le mental de ton être permanent.

Il fit une pause et reprit :

– Le problème, c'est d'accéder à la réalité sans passer par le mental concret. C'est ce qu'on appelle l'intuition, et pour développer l'intuition il faut passer par l'amour. Je prends comme exemple la philosophie : en mental concret, tu vas me dire que la philosophie, c'est l'amour de la sagesse. En mental supérieur, je te dirais que la philosophie, c'est la sagesse de l'amour. La sagesse, c'est l'amour dans l'intelligence. L'intelligence sans amour n'est que de l'habileté mentale et de la manipulation. L'amour, c'est voir le bien de l'ensemble à quelque niveau qu'il se situe. Si on n'y arrive pas, c'est qu'on est dans la séparativité. Le mental concret et l'amour ne sont pas compatibles.

Je reprochais à Lionel d'être bien sévère dans la présentation de ce qu'il appellait le mental concret.

– Mais non, me répliqua Lionel, il n'y a pas de sévérité là-dedans, ce sont des faits. Le mental du quatrième règne, l'intellect, tu le connais, ce sont des raisonnements parfaits qui ne tiennent pas debout et qui conduisent l'humanité dans le mur ! Tout le monde commence à s'en apercevoir. Le mental concret, c'est un mental lunaire qui est là pour satisfaire les désirs de la personnalité et leur donner raison. Il est à l'opposé du mental supérieur qui est un mental solaire. Ce mental lunaire se complait dans le découpage et le saucissonnage, dans l'analyse et surtout dans la division. Le mental concret est séparatif et s'oppose à tout ce qui est unifiant. Là est la prison de l'homme. Le mental lunaire n'est rien d'autre que le mental composite de nos cinq sens : c'est l'intelligence de nos vies mineures, c'est-à-dire du club des lutins de bas niveaux qui sont l'expression énergétique des mondes que nous avons créés par nos pensées, nos sentiments, nos comportements, non conformes aux lois du Père. Ce club de lutins a pris les commandes dans notre tête et crée un brouillard qui bloque toute communication avec le haut. Tant qu'on est dépendant de ce mental concret, qui est celui du petit moi, on reste dans la quatrième règne.

Claire intervint alors pour dire qu'il était important de faire passer ce message sur le mental concret à la partie de l'humanité du quatrième règne qui se préparait à entrer dans le cinquième. Le fait de considérer le mental concret, et donc la raison raisonnante comme la référence suprême expliquait la dérive de notre société vers le quantitatif. Il n'y aurait jamais de justes relations humaines tant que prédominerait le mental concret.

– Il faut que cesse la dépendance de l'homme aux illusions de la jouissance matérielle, affirma-telle. Il faut lutter contre cette exagération de la dépendance aux biens matériels dans laquelle dérive le monde occidental, et qui entraîne à sa suite le monde oriental. Il faut arrêter cet accaparement des richesses qui se concentrent entre les mains de quelques-uns, et qui font défaut à la majorité des autres.

– Comment lever les yeux vers un horizon spirituel si on est dans le dénuement total ? déplora Lionel. C'est pourquoi les êtres du cinquième règne qui travaillent en mental supérieur ont comme première tâche d'établir de justes relations humaines. Je t'en parlerais plus longuement une prochaine fois.

– Mais dis-moi, Lionel, quelle est la finalité de tout cela, de cette évolution de l'homme entre le quatrième et le cinquième règne ?

Lionel réfléchit un peu, vida le fond de sa tasse de café, et me dit très doucement, au point que je dus tendre un peu l'oreille :

– La finalité, c'est d'amener les hommes à devenir ce qu'ils sont, à vivre leur réalité d'être, c'est-à-dire une fontaine d'énergies de vie nourrissant tous les règnes de la nature, y compris le quatrième. Ce que j'appelle la prise du pouvoir par l'âme, c'est lorsque l'être commence se rendre compte qu'il n'est qu'une unité dans un vaste ensemble énergétique, et que tout réagit sur tout. Il pratique alors de justes relations humaines et veille à ne pas créer de négatif chez autrui. À un stade supérieur, l'être se dit : « je suis Cela, je suis la vie, et donc je suis un être divin », et il commence à entreprendre le travail pour devenir cet être divin qu'il est. Il va chercher à s'identifier avec celui qui lui donne la vie, le mouvement et l'être, à cette grande vie dont nous sommes une infime mais précieuse partie du corps de manifestation. Il le fait en usant des énergies de ce grand être que sont le vrai, le beau et le bien. Ce faisant il fait descendre ces énergies dans la matière et devient un pont de lumière. Il est alors comme un dieu marchant sur la Terre et il peut dire : « Je suis devenu ce que je suis. » Ainsi s'achève la traversée du règne humain.

XIV
LE LIVRE DE LA CONNAISSANCE

L'après-midi tirait à sa fin. Après avoir longuement évoqué cette traversée du règne humain, nous avions éprouvé le besoin de nous dégourdir un peu les jambes. Mais nous avions à peine pu marcher car une averse nous avait forcés à rentrer précipitamment au bout de quelques minutes, plutôt trempés. Mars s'était engouffré avec nous dans la salle à manger et avait tout arrosé dans la pièce en se secouant, à la grande joie des enfants. Claire nous proposa des tisanes.

J'étais allé me vautrer dans le canapé, envahi par une douce fatigue teintée de bien-être après ce qu'il fallait bien appeler ce travail énergétique que Lionel avait mené. Il avait coutume de dire que nos entretiens étaient une forme de méditation, et que ma conscience accédait alors à des plans de compréhension élevés qui libéraient en moi des énergies inconnues, activaient des centres endormis, éveillaient d'anciennes mémoires. Quoi qu'il en soit, mon regard sur la vie et sur moi-même commençait à changer. Je me rendais compte combien jusqu'ici j'avais réagi en personnalité, en séparativité, abusé par les raisonnements d'un mental concret que j'avais particulièrement développé. Mon inquiétude venait de ce que m'avait annoncé Lionel :

– À chaque fois que tu as accès à ces plans de compréhension, attends-toi à des réactions de tes lunaires. Nous brassons des énergies monadiques, et si tu n'es pas parfaitement en ordre avec toi-même, le résultat est d'activer tes vies mineures qui se sentent menacées. Pense donc : elles sont chez toi depuis si longtemps, et elles y sont bien, elles ont même fait venir leurs amis !

Et c'est vrai qu'assez régulièrement, je traversais des phases de révolte ou de doute, je remettais tout en question, et je me trouvais bien crédule de croire à toutes ces affabulations. Mais toujours finissaient par l'emporter la cohérence de cet enseignement, l'ampleur de la vision de Lionel, qui donnait un sens épique à notre condition humaine dans son combat pour se libérer de l'emprise de la matière.

Alors, pour éviter de donner prise à de nouvelles agitations mentales, j'ai posé à Lionel la question qui montait en moi depuis le début de notre rencontre, et que j'aurais dû énoncer depuis déjà bien longtemps :

– Mais enfin, Lionel, comment peux-tu affirmer tout cela ? D'où tiens-tu ton savoir ? Quelle en est sa légitimité ?

Comme il le faisait parfois, il s'était abstenu de me répondre directement. Mais cette fois, il avait fait répondre sa femme en lui disant, d'un geste de grand seigneur :

– C'est toi l'historienne…

Claire prit alors la parole après nous avoir resservi de la tisane :

– Bon, ce que je vais te dire, je me contente de le poser sur la table. Tu es libre de prendre ou de laisser, et je reconnais qu'on est loin des enseignements officiels…. Mais je ne sais pas répondre autrement à ta question. Au commencement, celui qui donne vie à cette planète a constitué sa hiérarchie énergétique, dont le rôle était de conduire l'évolution des règnes de la nature. Lorsque le moment fut venu pour le quatrième règne d'émerger, l'homme naquit d'une pensée de dieu. Il a donc été conçu dans le plan monadique divin, et il est descendu de plan en plan vers la matière dense. Sur le plan mental du plan physique cosmique, l'idée de l'homme a pris racine. Et, il y a vingt et un millions d'années, l'homme est apparu sur la Terre, en corps éthérique car il n'était pas encore parvenu jusqu'au plan physique dense. Les tout premiers hommes étaient diaphanes, androgynes et très proches de leur origine divine. En revanche, ils n'avaient pratiquement pas de mental puisqu'ils étaient à peine entrés dans la matière et que le mental, c'est la conscience. Or celle-ci naît de la rencontre entre l'esprit et la matière. Puis les hommes ont pris un corps aqueux et se reproduisaient en exsudant des gouttes. Ils furent appelés les « nés de la sueur ». C'était il y a dix-huit millions d'années. Ce n'est que dans la troisième racine que Mère nature a proposé un véhicule physique pouvant convenir à la dimension humaine. Des vies plus avancées, que nous appelons les anges solaires, ont su que le temps était venu pour elles de participer à l'évolution de la vie du Père à partir de ces véhicules. Et là s'est produit la vraie chute, car il fut demandé à ces anges solaires, c'est-à-dire à des dévas du plan mental cosmique, de venir ensemencer le mental de ces corps physiques humains. Un tiers d'entre eux refusa d'occuper ces véhicules imparfaits, qu'ils jugeaient indignes d'eux. Un autre tiers différa sa venue. Un dernier tiers seulement s'incarna. Les corps de ces hommes sans âmes copulèrent avec des animaux : ce fut le pêché des « sans mental », qui donna naissance à la race des singes, dans laquelle demeurent emprisonnés les anges rebelles. Là est la véritable chute, je le répète, et non pas comme on le prétend à tort l'incarnation de l'esprit dans la matière qui est un processus naturel nécessaire à l'évolution des vies.

J'interrompis Claire pour lui demander d'aller moins vite car je voulais prendre des notes. J'avais du mal à la suivre.

– Pendant des millions d'années, reprit Claire, les hommes ont progressé pour passer de la conscience animale à l'individualité de conscience. Ce fut le travail de la race lémurienne, dont on trouve une trace très lointaine aujourd'hui chez les Aborigènes d'Australie. Les hommes étaient suivis et guidés dans leur évolution par les grands êtres de la hiérarchie énergétique du Père. On en arrive alors à la race atlante qui amena à son aboutissement l'individualité de conscience. Au début, pendant des centaines de milliers d'années, ce fut une civilisation très brillante. Les hommes de cette race avaient la continuité de conscience, c'est-à-dire qu'ils quittaient consciemment leur corps physique pendant leur sommeil pour se ressourcer sur des plans supérieurs. Ils savaient qui ils étaient et quel karma ils avaient à dénouer. Ils avaient aussi la possibilité de voir les êtres-énergie de la nature, les fées, les elfes, les gnomes. C'était une époque où l'homme avait pour alliée toute la ligne des dévas. Les guides de l'humanité ont confié aux hommes le savoir divin de commander aux forces de la nature : ils leur enseignèrent la langue sacrée en usage dans le système solaire, une langue qui avait un effet immédiat sur les êtres-énergie. Les hommes n'avaient pas à travailler, Mère Nature leur fournissait ce qu'ils désiraient. Avec la permission des seigneurs du karma, la guérison des maladies et surtout les soins aux accidentés s'effectuaient sur le corps éthérique et se répercutaient sur le corps physique. Des monuments fabuleux furent édifiés par le seul recours à la langue sacrée qui permettait de déplacer avec précision des poids et des volumes considérables.

– C'était cela, Claire, le paradis ?

– L'humanité a gardé de cette période le vague souvenir d'une ère paradisiaque. Mais l'évolution vers l'individualité de conscience et l'affirmation de la personnalité se sont accompagnées d'une montée du sentiment de séparativité. Des êtres, qui se croyaient plus malins que les autres, commencèrent à accumuler des biens et des richesses au-delà de leurs besoins, au détriment des autres, en recourant de façon très habile à la langue sacrée. C'était la première apparition de la magie noire. Les guides ont alors prévenu que l'humanité allait attirer sur la Terre des énergies cosmiques négatives, une forme de mal qui n'existait pas encore, le mal « ordinaire » étant épuré par le karma. Mais ces pratiques ont continué à se développer, et l'humanité a ouvert plus largement les portes de la demeure du mal, c'est-à-dire des fausses valeurs de la matérialité et de la séparativité. Alors les guides se sont retirés, car leur vibration ne pouvait plus supporter la lourdeur énergétique de la Terre. Ils ne pouvaient plus demeurer en corps physique. Et le malheur est venu sur la Terre. Sur le plan physique, il se produisit un grand déluge, des continents disparurent et ce fut l'effondrement de ce qui restait de la race atlante. Dans les bouleversements qui s'ensuivirent les hommes perdirent la connaissance de la langue sacrée qui leur fut ainsi retirée. Ils perdirent aussi leur continuité de conscience et les hommes sans guides se mirent à errer sur la Terre, ayant oublié leur racine spirituelle, persuadés que la seule réalité de la vie était matérielle. Ils n'étaient animés que par la force de leurs pulsions émotionnelles, et tombèrent dans la dépendance au négatif. Les trois grands livres secrets ont été refermés : le Livre de la Connaissance, le Livre de la Sagesse et le Livre de la Vie. C'était il y a douze mille ans.

– « L'humanité a été jetée dans les ténèbres », cita Lionel. Qui aujourd'hui s'interroge réellement sur ce que recouvre cette expression évoquée dans de nombreux textes traditionnels ?

– De quoi parlaient ces trois livres ? demandai-je.

– Ce sont trois livres symboliques, me précisa Claire, comme si je m'attendais à ce qu'elle les sorte de sa bibliothèque. Le Livre de la Connaissance donnait aux hommes les lois de l'évolution des vies dans la vie une, ces vagues de vies que l'Absolu émet en permanence tout en restant lui-même. Il donnait la compréhension concrète des lois de l'énergie, de la conservation de la force, des sources de l'énergie et de ses qualités, ses types, ses vibrations. Ceci impliquait la connaissance des centres par où l'énergie passe, y compris des centres cosmiques, des canaux le long desquels elle circule, des triangles et des cycles. Par ce livre les hommes avaient accès aux réalités de l'esprit et de la matière, et aux lois d'attraction qui en découlent. Ils avaient connaissance des hiérarchies créatrices, de l'existence des grands êtres, des sept plans cosmiques et de leurs quarante-neuf sous-plans. Ce livre leur parlait aussi de la structure énergétique des corps, des sept enveloppes de la Mère et des sept rayons du Père. Ils avaient accès à la mère des sciences, l'astrologie, qui est aussi la science de la Mère, ou plutôt la science de l'évolution de la vie au sein de la Mère.

– L'astrologie d'aujourd'hui n'en est qu'un pâle et dérisoire reflet, dis-je.

– Oui, continua Claire, c'est une astrologie de la personnalité, donc des trois premières enveloppes. Mais il y a deux autres astrologies, car plus l'être s'élève en vibration et plus il est sensible à l'influence d'énergies subtiles. La personnalité ne reçoit que l'influence des planètes, qui vont présider à l'édification des corps physique, émotionnel et mental.

Je demandai à Claire s'il existait une astrologie spécifique au cinquième règne.

– Bien sûr, me répondit-elle. L'astrologie du cinquième règne, comme tu t'en doutes, c'est l'astrologie de l'âme, qui seule reçoit l'énergie des douze constellations, relayée par les planètes. Et notre racine de vie reçoit d'autres énergies encore, venant des étoiles fixes et des dix constellations majeures qui forment les centres énergétiques de « Celui de qui rien ne peut être dit ». La manière dont fonctionnent ces relais énergétiques entre ces grandes étoiles fixes, comme la Grande Ourse, Sirius ou les Pléiades et les douze constellations zodiacales, puis les planètes de notre système solaire, s'appelle la science des triangles. Elle dérive de la loi fondamentale de ternarité qui régit tout le vivant. Ainsi peuvent dialoguer énergétiquement avec le logos cosmique les logos solaires et planétaires.

– Le logos cosmique, c'est ce que tu nommes « Celui de qui rien ne peut être dit » ?

– Oui, pour nous, pour un mental humain, c'est la limite de perception de l'infiniment grand que nous pouvons appréhender. Je te disais donc que le Livre de la Connaissance montrait quels étaient les liens et les relais énergétiques entre le logos cosmique, le logos solaire, le logos planétaire et l'homme, s'il est correctement aligné, c'est-à-dire si tous ses centres énergétiques, ses chakras, sont activés.

– Comment parvient-on à activer ses centres ?

– C'est cela, l'éveil de conscience. Il ne faut surtout pas chercher à activer artificiellement les chakras si tu n'es pas prêt, me mit en garde Claire. C'est extrêmement dangereux, et après il te faut des vies pour réparer les dégâts. Certaines techniques comme le hata yoga qui entraînent l'activation des centres par des techniques physiques de maîtrise des souffles, ne sont pas à mettre entre toutes les mains. Ces techniques correspondent à un stade d'évolution de l'humanité qui est dépassé.

Elle fit une pause et reprit en me disant que le Livre de la Connaissance donnait accès à d'autres sciences : celle notamment des feux cosmiques et du travail avec les dévas. Intarissable, elle commençait même à me parler des sept sentiers cosmiques qui s'ouvrent à l'être lorsqu'il a traversé le règne humain et que, s'étant identifié à la nature de son créateur et maîtrisant la matière à son gré, il entre dans le sixième règne. Mais à ce moment Lionel l'interrompit avec un sourire très doux :

– Claire, il me semble que tu vas un peu loin. Tu es en train de perdre notre ami qui n'en est pas encore là pour l'instant.

J'en convins sans difficulté, et Claire poursuivit :

– C'est vrai que je me laisse un peu entraîner par mon sujet. Bon, tu avais ensuite le Livre de la Sagesse, qui était en quelque sorte un traité d'éthique sur le bon usage des énergies. Comment se comporter pour passer de la dépendance à la maîtrise du non-soi, quelles sont les énergies dont le Père use et qu'il nous invite à faire rayonner sur la Terre ? C'est dans le Livre de la Sagesse qu'était exposé tout ce qui touche à la méditation, aux grands moments énergétiques de l'année, les fêtes sacrées si tu préfères, qui sont des rendez-vous à ne pas manquer avec là-haut. Ce livre donnait également accès aux grandes arcanes de la volonté divine, du dessein divin et du plan. Tu y trouvais aussi les grands principes de vie qui guident les êtres du cinquième règne, c'est-à-dire les douze observances…

– Je t'en parlerai en son temps, interrompit une nouvelle fois Lionel.

– Et pour finir, reprit Claire, les hommes avaient accès au Livre de la Vie, et c'est par là qu'ils ont pêché. Ce livre qui découle des deux autres permettait à l'homme d'être créateur, par l'apprentissage de la langue sacrée, par la connaissance de l'énergie, par la capacité d'en construire ou d'en tracer les capteurs que sont notamment les symboles, les nombres, les couleurs et les sons. C'est le livre du magicien blanc, qui donne accès à la guérison ésotérique, à l'art de la visualisation, à la science de la respiration et à celle de la méditation. Ce Livre de la Vie donnait aussi les arcanes de la science du suprême contact, comprenant la science de l'évocation et de l'invocation qui enseignait dans quelles conditions il était possible d'être canal avec les grands êtres et les énergies du logos planétaire, solaire et cosmique. C'est malheureusement ce livre symbolique dont les hommes ont fait un mauvais usage à l'époque atlante et qui a finit par plonger l'humanité dans les ténèbres en attirant ce qu'il faut bien appeler le mal cosmique.

– Qu'appelles-tu le mal cosmique, demandais-je ?

– C'est l'inversion des valeurs et des polarités, y compris celle de la Terre elle-même. Car le déluge s'est accompagné d'un basculement de l'axe des pôles qui fait que même physiquement, nous marchons sur la tête !

Je me promis de reposer cette question car sa réponse ne m'avait pas vraiment satisfait. Claire fit une pose et se remplit une nouvelle tasse de tisane. Je la sentais très concentrée, maîtresse d'elle-même et parfaitement à l'aise sur le sujet.

– Il est évident, reprit-elle, que l'humanité est tellement tombée dans la dépendance au négatif qu'elle ne peut plus se dégager de l'énergie négative qu'elle a attirée sans l'aide des guides de la hiérarchie énergétique.

– Qui sont ces guides, demandais-je à Claire ?

– Ce sont de grands êtres qui sont sortis du règne humain il y a bien longtemps et qui ont choisi pour sentier d'évolution le service terrestre.

– C'est l'un des sentiers cosmiques dont tu me parlais tout à l'heure quand Lionel t'a interrompue ?

– Je vois que rien ne t'échappe, dit-elle en souriant. Ce sont des seigneurs de sacrifice qui ont choisi d'interrompre leur évolution cosmique pour venir aider leurs frères humains. Tu en connais quelques-uns.

Je lui fis part de mon étonnement car je ne voyais pas ce qu'elle voulait dire, à moins qu'elle ne veuille me dire que Lionel et elle faisaient partie de ces guides de l'humanité. Mais elle continua sans s'émouvoir :

– Tu vas comprendre. L'humanité ne peut pas s'en sortir sans ses guides, mais les guides ne peuvent pas revenir tant que le mal cosmique règne en maître sur la Terre. Ce mal étant, je le répète, la domination des fausses valeurs basées sur le matérialisme avec toutes les conséquences qui en découlent. Donc, pour sortir de ce blocage, il faut que l'humanité remonte ses vibrations, commence à refermer la porte de la demeure du mal et surtout il faut qu'émerge une structure énergétique d'êtres permettant d'accueillir les guides et de revenir en corps physique. Les guides ont besoin que soit tissée une toile de lumière énergétique pour amortir leur puissance et la répandre dans le mental des hommes.

– C'est le rôle du cinquième règne ?

– Oui, mais je dirais plutôt du cinquième règne avancé. Quoi qu'il en soit, les guides qui continuent depuis douze mille ans à suivre l'évolution de l'humanité ont donné régulièrement des impulsions pour rappeler aux hommes la bonne direction. C'est dans ce contexte qu'il faut comprendre l'apparition de figures exceptionnelles comme Zoroastre ou Hermès, qui sont des lignes énergétiques du Père qui se manifestent en forme humaine. Mais le premier grand instructeur de l'humanité envoyé par les guides fut Gautama Bouddha. Il vint rappeler aux hommes de mettre fin à leurs désirs, cause de toute souffrance, et leur donna les quatre Nobles Vérités, ainsi que la Noble Voie Octuple. Et puis, il y a deux mille ans, ce fut le maître des guides en personne, Maitreya, plus connu sous le nom de Christ, qui adombra[1] Jésus pendant trois ans et donna aux hommes une nouvelle impulsion fondamentale.

– Tu dis que Maitreya est le maître des guides. Il y a donc une hiérarchie ?

– C'est une hiérarchie énergétique fondée sur l'évolution des êtres et sur leur capacité à recevoir une intensité d'énergie plus ou moins puissante. De notre point de vue d'humains, ils sont tous de même niveau. Pour faire simple, tu as trois grands guides de l'humanité, et là encore je te renvoie à la ternarité. L'un est sur la ligne de la Mère, celle de l'Intelligence, on l'appelle le seigneur de civilisation ou Mahachoan.

1. Adombrer : processus par lequel un guide prend possession d'un corps physique avec l'accord de l'être concerné.

– Que signifie ce nom ? demandais-je.

– Un choan est un disciple, c'est-à-dire un être qui s'est discipliné aux lois du Père. Mahachoan veut donc dire très grand disciple. C'est lui qui régit les rapports de l'esprit et de la matière, les forces de la nature et transmet la volonté du Père aux dévas. L'autre grand guide est sur la ligne du Père, celle de la volonté d'accomplissement du dessein divin, c'est le Manou. Il régit l'humanité et ses cycles d'évolution. Mais le premier d'entre eux, c'est l'instructeur du monde, le Christ, Maitreya, qui est sur la ligne du Fils et donc de l'énergie d'amour. En fait, ces trois grands guides sont de même rang. Mais Maitreya est considéré comme le premier d'entre eux parce que l'aboutissement du travail du Père dans ce système solaire est de faire en sorte que l'énergie d'amour, je parle pas de l'amour véritable, celui qui est conscience du bien de l'ensemble et ouverture à l'universel, que cet Amour donc devienne dans l'humanité un automatisme, un réflexe. De même que dans son cycle précédent le Père a fait pénétrer l'intelligence dans la matière et permis qu'aujourd'hui, notre corps physique fonctionne selon des automatismes qui permettent à notre conscience de s'occuper d'autre chose et d'aller plus loin dans son évolution. Et tous ces guides ont leur environnement énergétique, c'est-à-dire tout un aréopage d'êtres que Lionel appelle leurs adjoints et qui s'incarnent en permanence pour que s'accomplisse le dessein du Père concernant l'humanité. Tu seras étonné quand je t'en nommerai quelques-uns.

– Tu me parlais de Bouddha. Dans quelle ligne se situe-t-il ?

– Bouddha est sur la ligne de Maitreya, qu'il précède en évolution, répondit Claire. Mais son sentier n'est pas celui du service terrestre. Alors que Bouddha avait centré son enseignement sur la non-dépendance aux désirs, Maitreya demanda aux hommes de pratiquer l'amour, c'est-à-dire d'établir entre eux de justes relations humaines. Ne faites pas à autrui ce que vous n'aimeriez pas qu'on vous fasse. Aimez-vous les uns les autres. Ne soyez pas séparatifs, mais voyez que l'autre est une partie de vous-même, car le Père est en chacun de nous. Ce message a été délivré et s'est diffusé dans le monde romain, parce qu'il était important que dans les ténèbres de cet empire où s'enracinaient les valeurs fausses du primat de la matière, de la raison et de la force, soient présentes les valeurs d'amour et de transcendance. Mais il a été ensuite récupéré et déformé.

– Tu penses aux religions ?

– Je pense que lorsqu'on en vient à massacrer et à torturer au nom d'un dieu d'amour, c'est que l'essentiel du message, volontairement ou non, a été tronqué. Ce n'est que maintenant qu'il commence seulement à être un peu appliqué.

Claire fit ensuite un rapide survol de l'évolution de l'humanité depuis l'époque romaine, mettant en valeur la pesanteur croissante de la matérialité et de la violence, en dépit des tentatives de reconstituer la toile énergétique permettant le retour d'au moins une partie des guides. Pour Claire, l'épopée de la Table ronde dans le haut Moyen Âge, puis l'aventure des Templiers s'inscrivaient dans ces tentatives. Parallèlement, les guides et leurs adjoints continuèrent à se manifester, tantôt pour entretenir et prolonger les enseignements d'amour de Maitreya, tantôt pour aider l'humanité dans son évolution pour sortir de la conscience de masse. Napoléon était un adjoint du Mahachoan, et sa mission était notamment de faire sauter le blocage des monarchies européennes qui empêchaient l'humanité de l'époque d'accéder à d'autres dimensions de connaissance et de conscience.

– Il a donné un bon coup de pied dans la fourmilière, dit Claire, et jeté les bases qui ont rendu possible une nouvelle évolution de la société, pour le meilleur comme pour le pire. Les hommes sont libres.

– Il a causé d'immenses destructions et plus encore de pertes humaines, dis-je.

– C'est vrai, reconnut Claire. Mais les hommes avaient été prévenus. Le Mahachoan en personne, sous l'identité du comte de Saint-Germain, avait alerté les cours d'Europe sur l'urgence qu'il y avait à faire évoluer la société. Il était le matin à Versailles et l'après-midi à la cour du tsar. Mais il n'a pas été entendu.

J'admirais la vision de Claire, soutenue par une grande culture historique et géographique qui lui permettait d'embrasser des cycles entiers tout en s'appuyant le cas échéant sur des détails concrets. Mais cela ne m'empêcha pas de lui faire remarquer qu'elle me promenait dans des lieux relativement éloignés de ma question d'origine : d'où Lionel, et elle-même d'ailleurs, tenait-il leur connaissance ?

– J'y arrive, me dit-elle. Lionel m'a prévenu que tu étais un peu impatient parfois, ajouta-t-elle avec un petit sourire complice. Au XIXe siècle, compte tenu de l'évolution d'une partie de l'humanité qui, ayant largement dépassé le stade de l'individualité de conscience, commençait à accéder aux valeurs de liberté et d'universalité, les guides ont autorisé certains adjoints à rouvrir une partie du Livre de la Connaissance. Par le biais de deux mahatmas hindous, mahatma voulant dire « grande âme », ils ont dicté par télépathie quelques éléments essentiels à une femme de cette époque.

– Quand tu dis « quelques éléments », l'interrompit Lionel, tu peux préciser que cela faisait quand même plusieurs milliers de pages.

– Effectivement. Bon, les réactions furent extrêmement violentes, cette femme fut traînée dans la boue et son enseignement déformé et ridiculisé. Mais elle tint bon, car elle savait que ce qu'elle avait écrit ne venait pas d'elle mais d'ailleurs, d'en haut. Par ses seules connaissances elle aurait été incapable de se hisser au niveau de ce qu'elle écrivait. Avant de mourir, elle a même annoncé que ce qu'elle avait transmis serait poursuivi et développé par une autre femme au siècle suivant, c'est-à-dire au XXe siècle. Et de fait, les guides autorisèrent un autre maître, tibétain celui-là, à semer dans le mental humain par le biais d'une autre femme à qui il a dicté, également par télépathie, une œuvre encore plus considérable.

– J'ai un peu de mal à y croire. Qui sont ces femmes ? Ces livres ont-ils été publiés ? Qu'est-ce que tu entends par télépathie ?

– Pour l'instant je préfère ne pas en parler parce d'abord, Lionel te l'a dit, ces livres sont magnétiquement verrouillés, c'est-à-dire que tu t'endormirais dessus rapidement. Ensuite, comme tous les grands êtres, on a construit des organisations derrière eux, des écoles de pensée. Nous n'en faisons pas partie, Lionel et moi, nous préférons travailler par nous-mêmes, en toute liberté. La sagesse éternelle n'appartient à personne. J'ajouterais que, pour l'instant, tu n'as pas besoin de nourritures pour ton mental. Tu es en train de réaliser un important travail sur toi-même, à travers l'épreuve du chômage, de la solitude affective, et puis de ta rencontre avec Lionel. Tu as commencé à remettre les pendules à l'heure, tu te centres sur l'essentiel et dans ce travail, ton mental est plutôt un obstacle. Inutile donc de chercher à accumuler davantage de connaissances qui, si elles ne coïncident pas avec un vécu, avec une montée en puissance énergétique, seraient récupérées et détournées par ton mental lunaire.

Je ne manquai pas de lui dire que j'étais assez déçu et que, de mon point de vue, elle en disait trop ou pas assez. Mais je n'en tirai rien de plus ce jour là[1].

– Dernier point, puisque tu me demandais d'où nous tirions notre connaissance. Il se trouve que Lionel, depuis

1. J'appris ultérieurement que les deux femmes en question étaient Helena P. Blavatsky et Alice Bailey. En ce qui concernait Blavatsky, Lionel m'avait dit de m'en tenir à *La Doctrine secrète*, ses autres ouvrages étant, de son propre aveu, entachés d'erreurs.

l'âge de quinze ans, a reçu sa propre guidance qui l'a mis en contact avec ces livres. Ils constituent une base incontournable, puisqu'elle a été donnée de là-haut. Il la travaille depuis près de vingt ans. Mais il a reçu aussi ses propres informations et d'importants compléments.

Je me tournai vers Lionel :

– Pourquoi n'écris-tu pas ?

Et comme il restait à me sourire sans répondre, ce fut Claire qui dit :

– La transmission exotérique n'est pas sa fonction.

– Et quelle est cette fonction ?

– L'instruction.

Il y eut un assez grand moment de silence, et puis Lionel en s'étirant me demanda :

– Alors, comment reçois-tu tout cela ?

– Je pense que je suis tombé chez les fous, lui dis-je, moitié sérieux, moitié sur le ton de la plaisanterie.

Alors il éclata de rire et me tendit la main :

– Tu me l'as déjà dit. Mais bienvenue au club !...

Et comme je me levais pour prendre congé, Lionel me demanda :

– Et alors, qu'as-tu décidé pour Mars ?

En fait, je n'avais rien décidé du tout. Sans que je me rende compte de sa présence, Mars était resté à mes pieds pendant toute la conversation, la tête posée sur ses deux pattes croisées, levant parfois un œil vers nous. Et, tout en sachant que c'était parfaitement irrationnel de ma part d'accepter, je ressentis qu'il m'était impossible de partir sans ce chien, et je m'entendis dire :

– Bon, puisque je suis entré au club, je vais faire une folie. Si c'est un cadeau du ciel, comme tu le dis, cela ne se refuse pas ! Je ne sais pas ce que je vais faire de ce mastodonte dans mon appartement, mais on verra bien.

Claire me rappela que j'étais parfaitement libre de refuser et que les gamins l'ayant déjà adopté, cela ne lui posait aucun problème de le garder. Mais ils étaient tous les deux manifestement ravis que je prenne Mars. Lionel me dit de ne pas m'inquiéter, que tout irait bien et qu'il me dirait comment le nourrir et m'en occuper. Et comme je faisais grimper Mars par le hayon arrière de ma voiture, dont il occupait tout le volume du coffre, Lionel eut ces paroles énigmatiques en refermant ma portière :

– C'est important pour l'avenir que tu aies ce chien. Sa présence t'aidera beaucoup.

– Je ne comprends pas.

– Un être qui doit venir t'envoie son avant-garde. Il est le symbole de son mental concret. Souviens-t'en.

En démarrant, je lançais à Lionel que j'étais vraiment entré dans un club de haut niveau, et son rire raisonna longtemps dans mes oreilles.

XV
LES ÊTRES DU CINQUIÈME RÈGNE

Bien sûr, ce n'est pas pour cette raison que Lionel m'avait offert Mars, mais je n'avais qu'une hâte à la fin de la semaine : retourner en Bretagne et permettre à ce brave animal qui n'avait rien de citadin de s'ébattre un peu dans la nature. L'absence de contraintes d'ordre professionnel, car je n'avais toujours pas trouvé de travail, m'avait d'ailleurs permis de regagner ma terre d'adoption dès le jeudi. Et le vendredi, après avoir passé un coup de fil, je faisais un petit saut chez Lionel qui était, comme souvent, disponible. Je ne lui posais guère de questions sur son métier de géobiologue : apparemment, il en vivait assez bien, et Claire se consacrait uniquement à leurs quatre enfants. Il avait des clients dans la région, notamment des agriculteurs bio, mais assez souvent il partait pour plusieurs jours aux quatre coins de la France et même à l'étranger. Je suppose que, malgré son jeune âge, il commençait à se faire une réputation et une bonne clientèle.

Comme c'était souvent le cas, une surprise m'attendait en arrivant. J'entrais dans la maison après avoir sonné, suivi de Mars bien entendu, et je trouvais Claire et Lionel en conversation avec une jeune femme. Lionel se tourna vers moi et tendit les bras dans ma direction :

– Bonjour Erwan, comment vas-tu ? Alors Mars, déjà de retour ?

Le chien donna à Lionel un coup de tête affectueux qui faillit l'envoyer par terre, puis il posa sa truffe amicalement sur sa jambe, ce qui laisserait sans doute une belle traînée grise sur le pantalon beige de Lionel. Je commençais à connaître un peu la bête.

– Rose, je te présente Erwan.

La jeune femme se tourna vers moi et brusquement quelque chose d'intense se produisit en moi, comme si, en une seconde, j'étais entré dans une autre dimension. Aussi absurde que cela paraisse, je connaissais cette femme que pourtant je n'avais jamais vue, et plus encore, je savais que nous avions quelque chose à vivre ensemble, que nous devions nous rencontrer. L'espace d'un instant, le temps s'est arrêté, Claire et Lionel ont disparu à mes yeux, et il ne restait que cette bulle dorée à l'intérieur de laquelle nous nous regardions, Rose et moi.

Et puis quelque chose s'est déchiré, j'ai repris mes esprits et serré la main qu'elle me tendait. C'était une femme de taille moyenne, assez jeune, dans la trentaine, et ses cheveux châtain clair regroupés derrière la nuque dans une sorte de chignon espagnol encadraient un joli visage ovale et mettait en valeur ses yeux bleus. Elle avait un nez assez fin, un peu long et légèrement retroussé, mais c'étaient ses yeux bleu ciel, à la fois doux et brillants, qui m'avaient d'emblée attiré. Elle était vêtue d'un jean et d'un chemisier blanc assez moulant, avec un pull en jersey bleu ciel jeté sur ses épaules. Elle se tenait bien droite, avec un port de tête altier comme les danseuses classiques. Elle était mince mais avait des formes assez rondes, et la féminité qui s'en dégageait faisait délicieusement pétiller mon plexus solaire.

– Ravi de vous connaître, répondis-je un peu machinalement sans la quitter des yeux, et je ne trouvais rien d'autre à dire.

– Rose était une cliente et c'est devenue une amie. Elle habite une superbe maison pas très loin d'ici, en bord de mer.

Claire me regardait avec un très léger sourire. Peut-être se rendait-elle compte de ce qui se passait en moi ? Mars qui commençait à s'approcher dangereusement du chemisier blanc de Rose me permit de rompre la torpeur mentale qui me gagnait.

– Mars, au pied !

– Ne vous inquiétez pas, dit Rose, j'adore les chiens et celui-ci est une véritable boule d'amour !

Rose avait une bouche fine qui s'ornait de petites fossettes sur les côtés quand elle souriait. Elle avait une voix de femme-enfant, légèrement nasale, qui me mit davantage encore sous son charme.

– Je n'aurais pas songé à qualifier ainsi cette affectueuse masse de quatre-vingts kilos, mais va pour la boule d'amour, dis-je, ravi d'avoir pu enfin sortir une phrase complète.

Lionel se leva et, de sa démarche nonchalante, se dirigea vers le Frigidaire d'où il sortit une bouteille de champagne. C'était Lionel : sans raison apparente, ou alors connue de lui seul, il saisissait toutes les occasions pour transformer chaque instant en un moment festif.

– Il fait beau, c'est le jour de l'automne, et c'est une rencontre d'êtres : cela mérite de sortir notre eau bénite habituelle !

Je me doutais un peu de ce qu'il voulait entendre par une rencontre d'êtres, car Lionel avait certainement saisi ce qui se passait entre Rose et moi. Claire avait sorti les coupes qui, bien entendu, ne ressemblaient à aucunes autres : les verres étaient d'une couleur bleu nuit, avec des dorures vénitiennes représentant le Soleil et la Lune. Le décor du séjour, dont je ne me lassais pas, s'était enrichi de pièces nouvelles : un loup en bronze, un tableau abstrait représentant des spirales de lumière, une statue de la déesse Shiva dans une roue de bois, et une énorme épée de chevalier, fixée au mur pointe en haut sur un bouclier marqué d'une croix rouge et de trois couronnes dorées. Tout en remplissant les coupes, Lionel me lança :

– Tu tombes bien. Sais-tu de quoi nous commencions à parler ?

Et devant mon silence il ajouta :

– Du cinquième règne !

Je ne pus m'empêcher de m'adresser à Rose en riant :

– Ils vous ont fait le coup à vous aussi ? Mais vous êtes sans doute pistonnée. Cela fait six mois que j'attends qu'on m'en parle !

– Tu exagères, Erwan, me dit doucement Claire. Il me semble que le sujet a déjà été sérieusement défriché.

À l'invitation de Lionel, nous levâmes nos coupes pour trinquer :

– Buvons à l'émergence du cinquième règne, dit Lionel.

Claire me proposa de partager le déjeuner avec eux. Les enfants étaient à l'école, sauf le dernier, et ils avaient prévu un pique-nique sur la plage. J'acceptai sous réserve de pouvoir laisser Mars dans le jardin, car je me voyais mal passer mon temps à courir pour l'empêcher d'envoyer valdinguer les roquets qui ne manqueraient pas de venir lui chercher querelle.

– Finissez tranquillement votre champagne, le temps que je prépare les paniers.

Je m'assis, en face de Lionel, et par conséquent à côté de Rose. Je sais qu'en face d'elle, j'aurais passé mon temps à la regarder et je n'aurais guère prêté attention aux propos de Lionel, qui n'était jamais facile à suivre. Je me sentais particulièrement bien dans ce qui me semblait être son aura, et de nouveau j'eus le sentiment de me tenir dans une bulle dorée. Ce fut elle qui demanda :

– Alors, Lionel, parle-nous donc du cinquième règne.

– Le cinquième règne, commença-t-il, est constitué d'êtres humains de toutes races et de toutes religions qui ont ouvert la liaison avec leur être intérieur. Cet être intérieur, qu'on appelle aussi l'âme, ou encore la conscience, c'est l'être permanent qui traverse le règne humain, de vie en vie. C'est un ange solaire. Le cinquième règne est donc le règne des âmes, le règne des êtres centrés dans leur réalité énergétique essentielle et non existentielle. Cette réalité se situe au niveau de l'âme : en dessous, c'est le non-soi. Dans le quatrième règne, l'homme est sous l'emprise de son non-soi, de sa personnalité. Il développe ses trois corps, le physique, les émotions, et sa capacité de raisonnement. Il multiplie les expériences sur ces différents plans. Et ensuite, l'être passe sous le cycle de l'âme, parce qu'il se rend compte que ses désirs ne le conduisent nul part. Il aspire à d'autres horizons que la seule richesse matérielle, le confort, le petit bonheur. Il commence à se libérer de ses appétits physiques, de ses passions, des formes de pensée qui déterminent ses convictions. Il entre dans le cinquième règne. Vous vous souvenez des 777 vies symboliques ? 700 vies pour le chemin de l'aller, le développement du non-soi, cela correspond au quatrième règne. Puis, 70 vies pour mettre sa vie au service de justes relations humaines, et enfin sept vies pour parfaire la maîtrise du non-soi et s'identifier au Père : cela correspond au cinquième règne. Un être humain dans le quatrième règne n'est pas vraiment conscient de qui il est vraiment, de sa réalité subtile essentielle. Il est dirigé par ses vies mineures.

– Si je t'ai bien compris la dernière fois, demanda Rose, ce que tu appelles les vies mineures, ce sont toutes ces vies qui composent un être mais qui appartiennent à des hiérarchies de vies inférieures à la sienne ?

Elle connaissait donc Lionel depuis un certain temps déjà.

– C'est cela. Un être humain qui est dépendant de ses appétits physiques, qui est sous l'emprise de ses passions émotionnelles, sous l'influence de raisonnements mentaux et d'idées toutes faites, cet homme-là est dépendant de myriades de vies qui le manipulent et le font réagir en personnalité, en égocentrisme, en séparativité. Mais quand il devient conscient de soi, il fonctionne en accord avec son unité centrale qui donne vie à son monde de manifestation. Il ne réagit plus en personnalité mais en tant qu'être. À ce moment-là il n'est plus le jouet de ses vies mineures. Il a intégré son être permanent, il est conscient de l'assumer comme tel, c'est-à-dire qu'il sait qu'il a en charge d'élever ses vies mineures, pour lesquelles notre âme constitue l'esprit. On dit alors qu'il appartient à la hiérarchie des âmes.

– Et les sept dernières vies, demandais-je ?

– Dans ces sept dernières étapes symboliques du cinquième règne, l'être passe sous l'influence de sa racine de vie, c'est-à-dire du Père avec lequel il s'identifie. Il accomplit sa volonté et non la sienne.

– Comment reconnaître qu'un être est entré dans le cinquième règne, demanda Rose ?

– C'est un être qui recherche des nourritures spirituelles. Il ne se contente pas de nourrir les trois corps de sa personnalité, et je dirais même qu'il va les nourrir de moins en moins. Ce que tu nourris te nourrit. Plus tu montes dans des plans de conscience supérieure, et moins la matière dense est importante. Mais il y a surtout un critère fondamental qui te permet de savoir si tu es entré dans le cinquième règne.

Lionel fit une pose pour servir un peu de champagne.

– Allez, ne nous fais pas languir, implorai-je. Quel est ce critère qui va enfin me permettre de savoir si j'en suis ?

– Ne dis pas de bêtise, me répliqua plutôt sèchement Lionel, ce qui était exceptionnel chez lui. Ne joue pas avec le mental, soit vrai. Les mots, c'est de l'énergie, par laquelle tu crées des mondes de vies mineures qu'il te faudra gérer ensuite. Tu trouves que tu n'en a pas suffisamment ? Soit vrai en tout ce que tu dis et fais.

– Ça va, j'ai compris, dis-je, un peu vexé qu'il me dise cela devant Rose.

– Ne réagis pas en personnalité. Aimer un être, c'est l'aider à devenir meilleur. Là, je t'évite du karma, ajouta-t-il avec un sourire qui me désarma et dont il me sembla qu'il me nettoyait. Bon, alors le critère qui détermine qu'un être est entré dans le cinquième règne, c'est lorsqu'il considère comme naturel et allant de soi la loi de renaissance et la loi de rétribution des actes. Ou à tout le moins il n'est pas choqué par ces lois. Tu sais que tu meures et que tu renais pour progresser, même si tu ne sais pas bien vers quoi. Et tu sais aussi que tes erreurs d'hier sont tes faiblesses d'aujourd'hui, et ces faiblesses apportent des épreuves de vie qui feront ta force de demain.

J'interrompis Lionel pour lui demander une nouvelle fois à quoi reconnaît-on les êtres du cinquième règne, puisque le corps physique est le même ? Pouvait-il nous dire plus précisément quels étaient leurs caractéristiques de comportement ?

– C'est vrai, reconnut-il que le véhicule physique est le même et qu'il ne reflète pas la qualité de l'être intérieur. Mais je pense que le corps physique devrait encore évoluer et notamment s'affiner en beauté. Quoi qu'il en soit, ta question est pertinente et permet d'apporter certaines précisions. La première d'entre elles est de ne pas faire de séparativité ou de discrimination entre le quatrième et le cinquième règne. Ils ne se situent pas sur le même plan, mais les êtres du cinquième règne n'ont aucune gloire, aucun sentiment de supériorité à en tirer. Ce serait une profonde erreur. Leur devoir au contraire est d'aider leurs frères en humanité du quatrième règne à franchir ces étapes d'évolution, tout en respectant leur liberté et en les laissant faire les expériences qui sont indispensables à cette évolution. Si un être purge un karma, tu ne peux pas l'en dégager. Tu peux l'aider, essayer de le soulager, lui faire prendre conscience de la cause réelle de son épreuve, mais tu ne peux pas l'empêcher. Sinon tu te fabriquerais du bon karma.

– C'est quoi, le bon karma, demanda Rose ?

– C'est le karma des gens « bien-pensants » qui imposent des choses aux autres sous le prétexte que « c'est pour leur bien ». Non, il faut laisser les êtres vivre ce qu'ils ont à vivre, d'autant que c'est leur être qui a choisi. L'être, l'âme est, je vous le rappelle, notre principal agent karmique.

Il fit une pause et respira profondément :

– Je reviens aux caractéristiques fondamentales des êtres du cinquième règne. J'en vois trois, globalement. Ils se présentent d'abord bien souvent comme des individualités épanouies et talentueuses. En second lieu, ce sont des êtres de cœur qui ont le souci en toutes circonstances d'établir de justes relations humaines. Et enfin, ce sont des êtres de quête, des êtres en chemin, des chercheurs de l'essentiel qui tentent de grandir dans leur réalité par la maîtrise de leur personnalité et la recherche de la sagesse.

– C'est une belle synthèse, Lionel, mais néanmoins il y a quelque chose que je ne comprends pas. Tu dis que ces êtres du cinquième règne ont une individualité épanouie, alors que tu nous a longuement expliqué que justement ils ont dominé leur personnalité.

– C'est vrai, renchérit Rose, il a raison.

– Non, justement, rétorqua Lionel. La finalité du quatrième règne, c'est de sortir la vie du règne animal pour former un être pleinement épanoui en individualité de conscience. Quelqu'un qui a traversé le quatrième règne a développé ses trois corps. Il jouit d'une bonne santé, il aime son corps et pratique des activités sportives. Il a développé sa sensibilité, au prix de combien d'épreuves ! Et il a un mental construit, cultivé, qui lui permet d'appréhender de vastes étendues de connaissances. Un être qui sort du quatrième règne est un être beau intérieurement et extérieurement. Il a fait le tour de ses trois corps denses. Il est prêt à s'ouvrir à sa réalité d'être, à sa réalité en tant qu'âme, et à sa fonction sur la Terre en tant qu'humain. Ayant fait le tour de son individualité, il commence à s'ouvrir aux responsabilités de groupe. L'être du cinquième règne est prêt à assumer l'évolution d'un cercle de vies plus large, puisqu'il commence à maîtriser son propre cercle de vies mineures.

– Les gens qui ont des responsabilités importantes dans la société pourraient donc appartenir au cinquième règne ? demanda Rose.

– Bien entendu, assura Lionel, même s'il n'y a pas qu'eux évidemment qui en font partie. C'est vrai qu'un certain nombre de chefs d'entreprise, de cadres supérieurs, de professions libérales, de thérapeutes, appartiennent au cinquième règne. Entre l'égoïsme forcené du quatrième règne et la conscience d'être un tout dans un vaste ensemble qui caractérise le cinquième règne, le fait d'avoir en charge la responsabilité d'un groupe, d'une petite collectivité, dans le cadre d'une activité économique, juridique ou médicale, invite ces êtres à se préoccuper du bien de l'ensemble du groupe en question et à y établir de justes relations humaines. Ces êtres se retrouvent à la tête d'entreprises, d'administrations, d'associations pour se préparer au travail plus général d'harmonisation du bien général de l'humanité. Le problème est que certains cèdent encore à l'égoïsme et tirent la couverture à eux en cherchant à tirer profit du groupe dont ils ont la charge, alors que d'autres mettront l'intérêt de l'entreprise au premier plan.

– Je trouve que ton discours est un peu élitiste, déclarai-je.

– Certainement pas. Tu sais que je ne suis pas darwinien, et je ne risque pas de tomber dans je ne sais quel darwinisme social ! Le cinquième règne se retrouve dans toutes les couches de la société, car cela dépend aussi du karma de chacun, mais il est certain qu'il est demandé aux vieilles âmes ayant traversé le quatrième règne, ou sur le point de le quitter, de mettre leur expérience et leur talent au service d'une cause plus vaste. Ils ne peuvent être de simples exécutants, ils ont grandi en évolution et le contrat de vie, je vous en ai déjà parlé, c'est de prendre en charge les vies qui sont encore derrière.

– Est-ce que ces êtres ont une sensibilité particulière ? questionna Rose.

– Oui, bien sûr, puisque des centres énergétiques ont été éveillés, ils ont des perceptions plus fines qui vont au-delà des seuls sens physiques. Leurs besoins évoluent. Les êtres du cinquième règne ont le respect de leur corps, ils ont le souci de ne pas le polluer. Ils aiment la nature et les règnes qui y vivent. On peut dire que l'émergence du courant écologique est une des manifestations, sur le plan mental, de l'émergence du cinquième règne et de l'importance qu'il commence à prendre dans notre société. En résumé, je dirais que les êtres du cinquième règne veulent vivre dans un corps sain, dans un environnement sain, et avec une alimentation saine. Ce n'est pas la Lune, mais c'est tout de même un peu révolutionnaire, et cela mesure à quel degré nous sommes descendus.

Rose demanda si l'on pouvait parler d'une alimentation spécifique au cinquième règne. Lionel sourit :

– C'est un vaste sujet mais oui, on peut dire que le cinquième règne s'alimente différemment du quatrième. Je dirais d'abord que le cinquième règne a tendance à rechercher une alimentation d'origine biologique, parce qu'il aime la nature et veut qu'on la respecte. Or les méthodes de l'agriculture productiviste ne sont pas respectueuses de la nature qu'elles polluent. En outre, l'être du cinquième règne sera sensible au travail fait avec amour, ce qui n'est pas vraiment la démarche qui par exemple anime les élevages industriels ou la culture hors sol. Enfin, cet être qui respecte son corps aura le souci de ne pas l'empoisonner en lui faisant ingérer des résidus d'engrais, de pesticides et de métaux lourds.

Claire intervint alors de derrière le comptoir de sa cuisine :

– On peut ajouter aussi qu'un être du cinquième règne cherchera des nourritures qui ne l'alourdissent pas mais qui soient énergétiquement riches. Et quand je dis cela, je ne pense pas seulement aux sauces indigestes. Il y a des nourritures qui alourdissent non seulement notre digestion mais aussi nos corps subtils. Les êtres du cinquième règne s'éveillent au ressenti de leur corps énergétique. C'est pour cela que, globalement, le cinquième règne a une alimentation qui tend à être végétarienne. Et s'il mange de la viande, il évitera les animaux à quatre pattes au profit des volailles et des poissons.

– Et pourquoi cela, demandais-je ?

– Il y a plusieurs raisons à cela, reprit Lionel. La matière qui constitue les corps du troisième règne, à l'exception des volatils à deux pattes, est chargée de pollution énergétique, et plus particulièrement karmique. Il faut que vous sachiez que chaque fois qu'un règne émerge, le précédent s'y oppose farouchement, et c'est malheureusement vrai du quatrième face à l'émergence du cinquième. Mais c'était aussi vrai du comportement du règne animal qui a procédé à des massacres à grande échelle de ceux qui n'étaient encore que des hommes-animaux, lorsque émergea le quatrième règne sur la Terre.

– Mais les oiseaux et les poissons appartiennent aussi au troisième règne, fit remarquer Rose.

– Non, ce ne sont pas des animaux au sens occulte. Pour moi, ils n'appartiennent pas à ce règne.

– Enfin, Lionel, dis-je en volant au secours de Rose, oiseaux et poissons sont des animaux, tu ne peux le nier !

– Connais-tu cette phrase du peintre William Blake, me répondit Lionel en souriant ? Je la cite approximativement de mémoire : « Comment savez-vous si chaque oiseau qui parcourt les chemins aériens n'est pas un monde inconnu de délices dont un fragment seulement est perçu par nos cinq sens ? » Méfie-toi du mental concret, Erwan. Les oiseaux et les poissons sont des souffles de vie, des lignes d'énergie qui préparent l'entrée des dévas dans le règne humain. Les dévas sont des souffles d'énergie qui vont plus vite que la lumière. Ils ont besoin d'être ralentis pour s'incarner.

– Mais pourquoi les dévas s'incarnent-ils, demandai-je ?

– Cela fait partie de leur évolution. Ils ont besoin de passer par le règne humain pour acquérir la soi-conscience. Quand ils sont sortis du règne humain, ils retrouvent leur ligne dévique. Tous les grands dévas qui dirigent les plans de la Mère, comme le seigneur Pan ou le seigneur Agni, sont passés il y a des millions d'années par le règne humain.

– Sur cette Terre, demandais-je encore ?

– Sur cette Terre ou sur une autre, répondit Lionel. Voilà pourquoi tu peux sans crainte manger du « deux-pattes », qui n'est pas chargé de pollution karmique.

– Mais, objectai-je à nouveau, tu ne vas pas me dire que le cinquième règne mange des poulets de batterie ?

– Cela, c'est autre chose. C'est le problème de la chaîne alimentaire. L'homme se nourrit physiquement du règne animal et végétal, et en retour il devrait nourrir énergétiquement ces règnes, être leur guide, les respecter, les aimer. Cela n'empêche pas de les tuer quand il le faut, mais avec mesure, en leur expliquant pourquoi, et toujours en remerciant. Bon, évidemment, cela ne se passe pas comme ça aujourd'hui. Cette ligne de descente énergétique est complètement polluée par l'homme du quatrième règne qui ignore qu'il est un canal d'énergie pour les règnes inférieurs. Les pollutions brassées par l'être humain, la violence, la férocité, le mépris, colorent le règne animal et le règne végétal qui sont violentés. Et en retour, le règne végétal et le règne animal renvoient à l'homme qui s'en nourrit les pollutions correspondantes sous forme de toxines diverses. La pollution retourne au pollueur.

Claire sortit de son coin cuisine en nous annonçant que le pique-nique était prêt et que nous pouvions partir.

– As-tu pensé à emporter de la bière ? demanda Lionel.

– Dis-moi, chéri, répondit Claire, ne leur as-tu pas dit que l'être du cinquième règne devait éviter tout ce qui peut exciter les vies mineures et la dépendance, comme l'alcool par exemple ?

– La bière, ce n'est pas de l'alcool, ma chérie, et puis il ne s'agit pas de tomber dans des régimes ou des contraintes rigides. Les êtres sont libres et il faut se faire plaisir. Ce qu'il ne faut pas, c'est tomber en dépendance. Je peux très bien me passer de bière…

– Alors je n'en prends pas ? interrogea Claire.

– Tu es en train de te faire du karma de cruauté mentale, répliqua Lionel avec un grand rire.

XVI
DE JUSTES RELATIONS HUMAINES

Nous prîmes tous la voiture de Lionel mais ce fut Claire qui s'installa au volant. J'ouvris galamment la portière pour Rose et je montai à l'arrière après elle. Je vis qu'il avait fixé sur les dossiers des deux sièges avant des médaillons symboliques en bronze ou en étain représentant des armoiries et des têtes de chevaliers en armure. Toutefois, en dépit de sa réelle originalité, cette voiture était une guimbarde qui témoignait par sa suspension et son niveau sonore d'un kilométrage important.

Pendant le trajet qui nous menait à la plage, Rose demanda s'il y avait une médecine du cinquième règne et Lionel répondit que, bien entendu, les êtres du cinquième règne étant d'un autre niveau vibratoire, ils étaient exposés à d'autres formes de maladies et surtout avaient recours à d'autres types de médicaments et de soins. C'était, nous dit-il, un très vaste sujet dont il aurait pu nous entretenir pendant des jours. Là encore, comme dans l'alimentation, le recours aux thérapies lourdes et peu respectueuses des équilibres naturels des corps était à éviter. L'être du cinquième règne savait que sa dimension n'était pas que matérielle et que son corps ne se limitait pas à son enveloppe physique. En cela, il était soucieux de soigner la cause de la maladie et non l'effet, par des soins ou éventuellement des médicaments qui ne nuisaient pas aux vies qui demeuraient dans son corps physique. Il savait qu'une grande partie des maladies avait leur cause dans le corps émotionnel ou mental, et qu'une maladie descendait de plan en plan avant de se cristalliser dans le corps physique. Il était donc possible, moins coûteux, et moins douloureux d'intervenir avant, l'essentiel des soins passant par une action sur le corps énergétique.

Lionel ajouta que, dans de nombreux cas, l'efficacité de ces soins, quels qu'ils soient, impliquait un travail sur soi-même. Beaucoup de maladies avaient en effet une origine karmique, et si l'on parvenait à la faire disparaître par des techniques énergétiques, elle réapparaîtrait sous une autre forme. La guérison durable impliquait donc la compréhension de la cause de la maladie, et la prise de conscience de l'épuration précise à laquelle elle correspondait. Cela nécessitait de la part du thérapeute une analyse psychologique très fine, et parfois un accès aux techniques de régression dans les vies antérieures. Ces techniques n'étaient jamais neutres et Lionel insista beaucoup sur le fait que le thérapeute du cinquième règne devait impérativement « demander » l'autorisation avant d'effectuer certains types de soins.

– Mais demander à qui ? questionnai-je.

– Demander là-haut.

Il ne m'en dit pas plus et se contenta pour résumer de répéter que l'être du cinquième règne était la plupart du temps déçu par les résultats de la médecine du quatrième règne et en venait toujours, tôt ou tard, aux médecines dites douces ou énergétiques, comme l'homéopathie, l'acuponcture, ou l'aromathérapie, sans parler des médecines plus subtiles encore comme les thérapies par les couleurs ou par les sons.

– Saviez-vous, nous dit Lionel, que seulement cinq pour cent des causes des maladies relèvent du corps physique, soixante pour cent du corps émotionnel et trente pour cent du corps mental ? L'avènement du cinquième règne entraînera un bouleversement complet des techniques médicales. On gardera une partie des techniques interventionnistes du quatrième règne dans le domaine de la chirurgie, pour les accidents, mais des pans entiers de cette médecine doivent évoluer avec le cinquième règne. Et cela aura des conséquences économiques considérables, car la médecine du cinquième règne coûte beaucoup moins cher.

Claire gara la voiture sur le parking et nous débarquâmes les paniers et la glacière. La plage était pratiquement déserte en cette fin septembre, et pourtant la journée était superbe. Le soleil à son zénith était encore chaud et, après avoir enlevé les pulls, nous regrettâmes de ne pas avoir pris de shorts. J'aimais beaucoup cette plage, en particulier à marée basse. La mer découvrait assez loin sur des étendues de sable jaune et nous apercevions à l'horizon, après un rocher pyramidal surmonté d'une balise blanche que tout le monde appelait « la bougie », les chenaux qui serpentaient entre les îles Saint-Quay. La couleur de la mer prenait au gré des courants et des rares nuages toutes les nuances allant du bleu turquoise au vert émeraude. On distinguait bien, tout au loin, la côte de Val André, jusqu'au cap Fréhel. On aurait dit une journée d'été, avec un je ne sais quoi de douceur et de nostalgie en plus, parce que nous savions que c'était une des dernières sorties de la saison. J'étais heureux d'être là, sur cette plage que je connaissais depuis mon enfance, avec mes amis, et la présence de Rose qui était pour moi une délicieuse interrogation. Je cherchais déjà un prétexte pour l'inviter, la revoir.

Lionel ouvrit la glacière et me proposa une bière que j'acceptai. Il s'était assis en tailleur, son chapeau sur la tête, et avait enlevé ses chaussures. Il commençait à grignoter des chips et Rose lui lança ironiquement :

– Les chips font-elles partie de la nourriture du cinquième règne ?

Lionel haussa les sourcils avec un regard de commisération amusé et répondit :

– Ma chère Rose, chacun gère ses lunaires comme il l'entend…

Et sa main replongea dans le paquet de chips. Puis, sans transition, le regard perdu au loin, il nous dit :

– Tout cela est si beau, et pourtant si fragile…

Je n'eus pas le temps de lui demander ce qu'il avait en tête car il enchaîna aussitôt et reprit son propos sur le cinquième règne, en nous disant que son trait fondamental était l'amour et la recherche de justes relations humaines. J'avais bien compris que l'âme était en relation avec l'énergie d'amour et je n'étais pas mécontent de le montrer devant Rose :

– En effet, ajoutai-je derrière Lionel, comme ces êtres sont régis par leur âme, ils ont accès au plan de l'amour supérieur, au plan bouddhique, et pas seulement au plan astral émotionnel. Ce qui veut dire qu'ils ont en eux l'exigence de l'amour du soi et non pas de l'amour du moi.

– C'est tout à fait cela, confirma Lionel. Ce qui ne les empêche pas de s'aimer eux-mêmes, car comment témoigner de l'amour si on ne s'aime pas ? Mais ce qu'il faut retenir, c'est que le cinquième règne ne supporte plus les rapports de force. Les êtres qui émergent du quatrième règne ont trop donné, trop souffert sur ce plan-là. Le problème du quatrième règne, c'est que l'individualité de conscience qu'il doit développer l'amène à la séparativité, et il voit tout à partir de lui-même. Il veut avoir, posséder, et il ne voit pas que ce qu'il prend il l'enlève à d'autres. Il raisonne, il est corporatiste.

– On voit bien la prédominance de cette approche dans la philosophie et la science, dis-je à Lionel, avec la dualité sujet-objet.

– Le monde, reprit Lionel, est en proie à la violence parce qu'il est sous l'emprise de la misère. Chacun tire la couverture à soi, personne ne veut perdre ce qu'il a acquis, mais la mort se charge de montrer que rien n'est jamais acquis dans le monde de la forme et de la matière. Les acquis sont sur un autre plan. Normalement, il devrait y avoir abondance sur la Terre. Mais les êtres cherchent à accaparer parce qu'ils ont peur de manquer. Le nœud qui verrouille tout, c'est que les gens retiennent l'argent, ils veulent en accumuler. Or l'argent est une énergie, c'est l'énergie de la matière. Si on la retient, elle tend à disparaître. Tous les ingénieurs vous diront que les difficultés commencent quand on veut stocker l'énergie. Il faut la laisser s'écouler, l'utiliser. L'argent est fait pour être investi dans des projets qui parfois semblent peu rentables, mais quelle importance s'ils sont au service d'une noble cause, d'un beau rêve ?

– Alors, continua Claire, cette peur de manquer, ce besoin de garder l'argent et de l'accumuler se traduit par la mise en place de pompes énergétiques qui vident la matière de sa substance. Ces pompes, c'est l'argent, les circuits financiers, l'exploitation. Dans le quatrième règne, on est asservi ou bien on asservit les autres, on les exploite. Dans le meilleur des cas, on se contente de se servir, sans penser aux autres. C'est toujours « moi d'abord ».

– Et on en arrive à la situation explosive d'aujourd'hui, complétai-je, où un cinquième de l'humanité possède les quatre cinquièmes des richesses de la planète, et on peut encore refaire la même opération, c'est-à-dire que un cinquième du cinquième possède quatre-vingts pour cent des quatre cinquièmes.

– Vous voulez dire simplement que cinq pour cent de l'humanité possède les deux tiers des richesses, me dit Rose en souriant.

– Je vois que vous êtes très forte en calcul mental, lui répondis-je et aussitôt je m'en voulus de la petite pointe d'agressivité que j'avais mis dans mon propos.

– Je pourrais ajouter, poursuivit Rose, qu'un milliard et demi d'êtres humains vivent avec un euro par jour, que deux milliards et demi n'ont pas d'eau potable…

Je surpris entre Lionel et Claire un regard complice et amusé. Je me dis que je ferais mieux de me taire et d'écouter plutôt que de me comporter en personnalité et chercher à me faire valoir devant Rose.

– Ne trouvez-vous pas que vos graves propos dénotent un peu devant la splendeur de ce qui s'étale sous vous yeux ? observa Claire en changeant de sujet et en nous montrant d'un geste large la mer et les îles qui se découvraient de plus en plus.

– Un être du cinquième règne est en relation avec sa source divine, continua Lionel sans tenir compte des propos de sa femme, et pour rejoindre cette réalité il doit en être l'expression. C'est pourquoi il aspire au bien de l'ensemble, à de justes relations humaines, parce que c'est la volonté du Père que la perfection de sa création soit perçue par tous. Et cela implique le partage équitable des richesses entre tous ses fils qui vivent sur le monde qu'il a créé.

– N'est-ce pas un peu utopique, lui demandais-je ?

– C'est utopique si tu penses que ça l'est, rétorqua-t-il vivement. Il faut sortir de cette situation de blocage qui maintient la plupart des hommes dans une misère dégradante. C'est une insulte au Père qui est en eux. Parce qu'il a été dominé, l'homme veut à son tour être dominant, répéta Lionel. C'est de ce cercle vicieux dont il faut sortir, et c'est une des tâches du cinquième règne. Nous devons inverser notre façon de voir les choses.

– Il n'y a pas de séparativité au niveau de l'âme, précisa Rose.

– Exactement. L'apport du cinquième règne, sur le plan matériel s'entend, c'est le sens du bien général de l'ensemble. Et cela passe par un accès de tous aux ressources nécessaires. Comment, sinon, être en capacité de se tourner vers l'essentiel et se dégager de la matérialité ?

– Qu'est-ce qu'il faut entendre par « ressources nécessaires », demandais-je à Lionel ? Mes besoins ne sont pas les mêmes que les tiens…

– Certes, nous n'avons pas les mêmes besoins, du moins pas encore, me dit-il en se moquant un peu de moi. Pour moi, ce qui différentie le nécessaire du superflu, c'est ce qui sépare le confort du luxe. Chacun a droit au confort matériel, même si certains, pour des raisons karmiques ou initiatiques, peuvent connaître l'épreuve du dénuement.

Rose l'interrompit pour lui dire qu'elle comprenait les causes karmiques du dénuement, mais pas les causes initiatiques.

– Tout être doit passer un jour par une étape où il est mis dans un état de total dénuement. On lui enlève tout l'habillage dont il a revêtu ses trois premiers corps pour se protéger : les biens matériels, l'environnement affectif et la reconnaissance de l'autre, les certitudes intellectuelles.

– C'est l'épreuve de Job, demanda Rose ?

– Oui, et rappelle-toi ce que lui répond le Créateur quand Job l'interpelle parce qu'il finit par être révolté contre l'injustice qui l'accable. Peu de gens l'ont entendu ainsi, mais de mon point de vue, Yahvé lui fait comprendre qu'il est sur la voie où il doit devenir créateur à son tour. Il lui rappelle en effet qu'il est encore dans une dimension inférieure, qu'il y a encore un long chemin qui sépare la créature de l'état de créateur, de Père. Comment interpréter autrement ces paroles de Dieu, que je cite de mémoire : « Où étiez-vous quand je créais la Terre ? Savez-vous qui en a réglé toutes les mesures, qui a tendu sur elle le cordeau ? Qui en a posé la pierre angulaire ? Qui a mis des digues à la mer pour la tenir enfermée ? »

Il faisait des pauses pour manger un sandwich au fromage et prenait le temps d'avaler chaque bouchée. Claire, qui était toujours en harmonie avec sa pensée, poursuivait parfois à sa place :

– Un être du quatrième règne a tout fait. Il a été maître et esclave, bourreau et victime, dominé et dominant. Le cinquième aspire à autre chose. Il s'est discipliné aux lois de la vie, il a compris à la longue qu'en faisant n'importe quoi il se fabrique du karma. Il respecte les autres et évite de leur faire ce qu'il ne voudrait pas que les autres lui fassent.

– Rien que ce respect de l'autre, s'il était appliqué, changerait complètement les rapports entre les hommes, énonça Rose.

– Oui, c'est une chose simple et tellement essentielle, renchérit Claire.

– En conséquence de tout cela, reprit Lionel, l'être du cinquième règne n'a plus la tentation d'asservir, ni même le désir de se servir. Il en est positivement incapable, le voudrait-il qu'il ne le pourrait pas. Il cherche simplement à servir. « Je suis le serviteur des serviteurs », a dit Jésus. Mais a-t-il été entendu par tous ces chefs qui mènent le monde ? Plus un être est avancé en évolution, et plus il devient un serviteur de la vie. Il est de moins en moins dominant et de plus en plus rayonnant.

L'ombre d'un nuage passa sur la plage et nous le vîmes ensuite courir tout au long de l'étendue de sable mouillé que la marée basse avait découverte, avant d'aller teinter de foncé le bleu turquoise des hauts fonds qui remontaient vers l'extrémité de la baie. Quelques voiliers tiraient péniblement des bords contre le peu de vent qui soufflait du nord-est, et comptaient plutôt sur la renverse pour avancer.

– Être serviteur, reprit Lionel, c'est être capable de tendre l'autre joue. Non par lâcheté, mais parce que souvent c'est le seul moyen de faire passer à l'autre ce qu'il doit comprendre sans susciter chez lui de réaction négative. C'est le beau geste de Monseigneur Mireille dans *Les Misérables*.

– Raconte-leur, dit Claire, je sens que c'est vieux dans leur mémoire…

– Pour moi, Victor Hugo était un initié, reprit Lionel, et les Misérables sont un roman sur les justes relations. Jean Valjean avait été condamné au bagne parce qu'il avait volé un pain pour nourrir sa famille. Après s'être évadé, il est hébergé une nuit par un évêque, Monseigneur Mireille, et en partant il vole les couverts en argent. Il revient peu après entre deux gendarmes qui ont trouvé les objets volés et ne croient pas à ses explications. Non seulement l'évêque le dédouane complètement auprès des gendarmes en disant qu'il lui en avait fait cadeau mais en plus, au moment de partir, il lui tend deux chandeliers d'argent en lui disant : « Vous les aviez oubliés. » Non seulement il réconcilie Jean Valjean avec l'humanité et lui permet de prendre un nouveau départ, mais il a ce mot sans équivoque : « Mon ami, c'est votre âme que j'achète. » Vous noterez que l'évêque ne juge pas l'autre, il se contente de l'impressionner par un geste qui va l'aider à progresser sur le chemin de la sagesse et de l'amour. C'est cela, être serviteur de la vie quand on est dans le règne humain : faire progresser la conscience, aider l'autre à devenir meilleur, le délivrer intelligemment des forces obscures qui l'aveuglent, sans susciter en lui la réaction négative. Et tout cela pour le bien de l'ensemble, pour que les hommes se libèrent de l'oppression des lunaires et de l'exploitation de leurs semblables, pour qu'ils grandissent en sagesse. Car le mal qu'ils font aux autres, c'est à eux-mêmes qu'ils le font.

Claire reprit la parole, et Lionel en profita pour aller chercher un thermos et proposer du café.

– Il n'y a pas à juger les êtres, simplement à les aimer, parce que chacun est dépositaire d'une parcelle du Père. Et si cette parcelle est encore inerte, elle s'éveillera nécessairement un jour. Les autres sont le champ d'amour que nous avons à travailler au quotidien. Toute faiblesse chez un être, tout acte négatif implique qu'il y aura réparation. Un être du cinquième règne n'a donc pas à s'ériger en juge, sinon il retombe dans des phénomènes de pouvoir et de domination, en dépendance de ses lunaires. En outre, chaque être qui s'incarne est un iceberg flottant sur le non-manifesté. Il n'en émerge que la personnalité, ce que son être veut travailler, et qui est condamné à se fondre dans la transparence de l'âme. Le problème n'est donc pas de juger mais d'aider.

– Comment aider un être en difficulté ? demandai-je à Claire. C'est plus facile à dire qu'à faire.

– En lui faisant prendre conscience de sa dépendance au non-soi, à ce qui n'est pas sa réalité. En lui faisant faire les prises de conscience que son être est venu chercher dans cette incarnation. Et si cela n'est pas possible, laisser agir le karma. Il ne faut surtout pas chercher à épargner à quelqu'un qui ne veut pas comprendre l'épreuve que son être lui apporte pour qu'il dénoue une entrave. C'est souvent dur, parfois mal compris, mais l'énergie d'amour n'attend aucun retour.

Rose intervint alors en s'adressant à Lionel qui buvait tranquillement son café, et sa voix un peu enfantine contrastait avec le sérieux de ses paroles :

– Dis-moi, Lionel, je pense avoir compris que ce que tu appelles les êtres du cinquième règne cherchent à rétablir l'harmonie parmi les hommes, parce que l'amour est pour eux une dimension essentielle. J'ai compris aussi que leur conscience n'est plus séparative mais attractive et veille à rassembler et à réunir. Dans ces conditions, y a-t-il une démarche de groupe qui anime les êtres du cinquième règne ?

La question finement posée revenait à demander à Lionel s'il faisait partie d'une organisation quelconque, ce dont il ne m'avait jamais parlé. À ma connaissance, c'était plutôt l'inverse. Mais peut-être lui-même animait-il son propre groupe ?

Comme bien souvent, Lionel ne nous donna pas de réponse directe. Il nous dit que c'était un grand sujet parce qu'effectivement, les êtres du cinquième règne devaient vivre la réalité comme elle était là-haut, c'est-à-dire dans le cadre d'une fusion totale où chacun sait que l'autre est une partie de lui-même. Comment vivre la fraternité, cette dimension essentielle de l'amour qui anime l'être du cinquième règne ? Malheureusement, nous dit Lionel, la matérialité de la Terre était telle que cette réalité de groupe, qui émergeait avec le cinquième règne, avait encore du mal à se concrétiser. L'humanité sortait péniblement d'un phénomène de masse, de grands regroupements où l'individu était embrigadé dans des partis et des religions de masse, dans un carcan de croyances ou de dogmes. Les groupes de demain seront une réalité communautaire beaucoup plus légère qui respectera la singularité et surtout la liberté de chaque individu, tout en offrant un cadre d'échange et de travail où puisse s'exprimer la dimension de fraternité. Il nous dit que s'il devait se former des groupes entre les êtres du cinquième règne, ce ne pourrait être qu'autour de tables rondes, comme au temps du roi Arthur, sans aucune forme de hiérarchie. C'était l'unicité : chacun devait voir en l'autre la vie qui est en lui.

– Comme je vous l'ai souvent dit, la seule hiérarchie réelle est de nature énergétique, nous précisa-t-il. Elle dépend de la plus ou moins grande capacité d'un être à assumer des flux énergétiques. Tout le reste, c'est de la personnalité.

Ce qu'il venait de nous dire m'ouvrait des perspectives sur la manière dont pourrait fonctionner notre société si les hommes avaient conscience de cette réalité énergétique, auprès de laquelle les gesticulations de pouvoir semblaient bien dérisoires.

– Ce qu'il m'a été donné de constater, poursuivit Lionel, c'est que les rencontres du cinquième règne sont des retrouvailles d'êtres. Tout se passe comme si les êtres s'incarnaient pour se retrouver à un moment de leur vie, et progresser ensemble. Le phénomène individuel est pour eux dépassé. Ils savent que leur capacité d'évolution est démultipliée quand ils peuvent former une unité plus large, aussi modeste soit-elle. Le premier niveau de groupe, c'est le couple, nous dit-il.

Je ne sais pas s'il parlait pour Rose et moi, mais j'en ressentis des frissons dans le dos.

– Les relations amoureuses dans le cinquième règne sont plus apaisées, plus détachées de l'agitation émotionnelle que dans le quatrième, ajouta-t-il. Il s'agit le plus souvent de retrouvailles entre des âmes sœurs, des êtres qui ont décidé depuis des vies d'avancer ensemble pour un jour, peut-être, dans des millions d'années, donner naissance à une planète. Ce qu'on appelle le coup de foudre est plus typique du quatrième règne : c'est une rencontre karmique entre des êtres qui ont des histoires à dénouer.

– Veux-tu dire qu'un homme et une femme peuvent donner naissance à une planète ?

Lionel s'esclaffa :

– Pas tout de suite, Erwan, pas tout de suite ! C'est un horizon lointain, mais pourquoi l'ignorer ? Par définition, le Père d'une planète porte en lui la polarité masculine et la polarité féminine qui ont fusionné. C'est peut-être un sentier d'évolution que vous emprunterez quand vous quitterez le règne humain. Pour devenir un logos planétaire, il faut bien commencer un jour. Le Seigneur du monde, celui qui nous donne la vie, le mouvement et l'être, est un jour passé par le règne humain, il y a des centaines de millions d'années de cela.

Je compris, peut-être à tort, qu'il s'adressait à nous deux, Rose et moi, comme si nous formions déjà un couple. Incontestablement, je commençais à être amoureux.

– Mais revenons aux groupes. Le drame du cinquième règne aujourd'hui, déclara Lionel, c'est que pour l'instant il n'existe pas encore de structures d'accueil, de commanderies pour accueillir les pèlerins et les chevaliers de l'essentiel. Les forces négatives ont récupéré cette tendance naturelle des êtres du cinquième règne à se retrouver entre eux. Ainsi est apparu le phénomène des sectes où des milliers d'êtres ont été détournés de leur chemin. Aujourd'hui, les êtres vrais se méfient à juste titre des groupes parce qu'ils sont farouchement attachés au principe de liberté. Alors, comment se retrouver ? Je dirais qu'actuellement les êtres du cinquième règne forment une communauté de pensée, et que pour l'instant l'unité n'est possible que sur le plan mental. Mais elle va nécessairement descendre jusqu'au plan concret.

Et passer aussi par le plan affectif, me dis-je *in petto* en pensant à Rose… qui s'entêtait à vouloir obtenir une réponse précise :

– Mais toi, Lionel, tu ne te contentes pas de vivre cet idéal sur le plan mental. Ce que tu fais avec moi, avec… c'est bien Erwan votre prénom ? dit-elle en se tournant vers moi tout en secouant avec infiniment de charme une mèche qui tombait sur son œil bleu. Oui, tout cet enseignement s'inscrit bien dans un cadre, tu n'es pas tout seul, tu animes ou tu participes à quelque chose ?

Lionel se contenta de nous dire qu'il n'appartenait à aucune organisation, mais il consentit à reconnaître qu'avec quelques amis, il lui arrivait de se réunir pour « semer dans le mental humain », et nous ne pûmes rien en tirer d'autre. J'allais lui demander ce qu'il entendait plus précisément par cette expression quand il se leva tranquillement et nous dit :

– Et si nous allions marcher un peu au bas de l'eau, pour digérer tout cela ?

XVII
SUR UN CHEMIN DE SAGESSE

Claire préférait rester sur le sable chaud pour faire une petite sieste et, après avoir retroussé nos manches de pantalon, nous descendîmes tous les trois vers la mer qui s'était retirée à près d'un kilomètre. C'était bon de marcher pieds nus sur ce sable humide mais bien chauffé par le soleil. La mer en se retirant avait formé de petites rides, de légères ondulations sur le sol qui massaient agréablement la plante des pieds. La forte luminosité me fit enfiler des lunettes teintées, imité en cela par Rose. Arrivés au bas de l'eau, nous avançâmes jusqu'à avoir les chevilles immergées, et la mer qui remontait sur le sable chauffé par le soleil était presque chaude. Quelques pêcheurs ramassaient des coques ou des couteaux, d'autres creusaient des sillons pour surprendre les lançons enfouis dans le sable qui attendaient le retour du flot. C'était une journée exceptionnelle.

– Vous présentez les êtres du cinquième règne comme les héros des temps modernes, dit Rose à Lionel…

– Je n'emploierais pas ce terme, répondit Lionel qui surveillait où il mettait les pieds, mais plutôt celui de chevaliers des temps modernes. Le cinquième règne est une chevalerie céleste qui lutte contre les armées du négatif, les forces qui s'opposent à la lumière. Ils aident et protègent la veuve et l'orphelin du quatrième règne, et ils tentent d'établir des contacts et de nouer des alliances avec les suzerains de l'au-delà sans lesquels ils ne pourront mener à bien leur combat. Le chevalier du cinquième règne ne fait pas ce qu'il veut, il fait ce qu'il faut. J'irais même plus loin : il veut ce qu'il faut, car il recherche le bien de l'ensemble.

– Ils sont sans peur et sans reproches, demandai-je ?

– Certainement pas. D'autant qu'à ceux qui sont plus avancés, il est demandé bien davantage, et malheureusement tous n'assument pas comme ils devraient. Il faudra que je vous parle des défaillances du cinquième règne, qui est un des problèmes majeurs de notre époque. Mais à leur décharge, il faut dire que leur tâche est particulièrement difficile compte tenu de la lourdeur ambiante.

– Ce sont des sages, alors, dit Rose.

– Des êtres en quête de sagesse, plutôt. Je vous l'ai dit, je crois, que la recherche de justes relations humaines est une expression de l'amour vrai. Un être qui intègre l'amour dans l'intelligence fait apparaître la sagesse. C'est tout le processus qui est en cours actuellement. Quand l'être est instinctivement intelligent et instinctivement amour, il pratique de justes relations. Alors peut s'accomplir le troisième stade de la fusion, qui est de devenir un être créateur par la pensée.

– Semer dans le mental humain, demandais-je ?

– Oui, mais pour semer dans le mental humain il faut être aligné, ce qui nécessite un important travail sur soi-même.

– D'où la prolifération des stages de développement personnel ? demanda Rose ?

– Sauf qu'un être du cinquième règne ne fait pas cette démarche par seul souci d'harmonie avec lui-même, mais aussi et surtout pour être un canal d'énergie. Il sent que ces énergies d'en haut, ces énergies de changement doivent se répandre dans le mental humain. Il doit donc élever ses vibrations au niveau du corps éthérique planétaire, car c'est par les éthers que se diffusent les pensées dans le monde.

L'être du cinquième règne sait qu'il n'y a de réalité qu'énergétique. C'est pourquoi il prend garde de ne pas émettre n'importe quoi dans l'éthérique. Un être en évolution consciente veille à choisir ses pensées et ses paroles dans le bien, le beau et le vrai. Ce faisant, il appelle des vies mineures de qualité à entrer dans son cercle de manifestation, il en rédempte d'autres, et accroît sa puissance de rayonnement. Le premier travail de maîtrise du non-soi, de maîtrise de la personnalité, c'est souvent de se taire.

– En Maçonnerie, l'apprenti est au silence dans la loge, précisai-je.

– Oui, il y aurait beaucoup à dire sur la Franc-Maçonnerie. Tu dois savoir que c'est un grand être qui est venu en jeter les fondations, bien avant le XVIIIe siècle, pour tenter que soit reconstituée la toile de lumière nécessaire au retour des guides. Ensuite, comme c'est logique, elle a été la cible de forces négatives qui ont malheureusement réussi à la dévoyer. Ce fut un échec de plus, dit Lionel qui, pour une fois, me sembla un peu désabusé, la suite d'une longue série dans laquelle on trouve l'épopée de la Table ronde et celle des Templiers.

– Tu sembles bien désabusé, lui dis-je. Cela ne te ressemble pas.

– C'est que nous en portons une bonne part de responsabilité, me dit-il en me jetant son regard limpide.

Je ne saurais dire pourquoi, mais je me sentis coupable de quelque chose qui m'échappait, et cela me parut absurde. Des images de mon passé maçonnique, mais aussi des images bien plus anciennes, que je ne parvenais pas à fixer, s'imposèrent fugitivement. Et la question qui me brûlait les lèvres depuis déjà assez longtemps se formula d'elle-même :

– Lionel, est-ce qu'on peut dire qu'un être du cinquième règne est un initié ?

– Ce qu'on appelle l'initiation, c'est une élévation de conscience. Un initié, c'est un être qui a acquis un champ de conscience nouveau qui le relie au Père. L'initiation est une réalité énergétique qui se constate par une montée en vibrations de l'être et qui se traduit par l'éveil ou l'activation de centres énergétiques dans le corps. Dans ces conditions, tu comprendras que l'initiation ne saurait être donnée par un être humain, aussi sage soit-il, ni même par un groupe de sages.

– Mais tous ces ordres initiatiques qui délivrent des grades et des cordons ? demandais-je à Lionel en sachant pertinemment ce qu'il allait me répondre.

– Ce sont des initiations symboliques, qui peuvent aider un être à faire des prises de conscience, à condition que les symboles soient justement utilisés, que leur onde de forme géométrique ait été respectée, et que l'être soit prêt. Mais je te le répète, au risque de te choquer, une initiation ne peut être donnée que par des êtres ayant déjà franchi les portes du règne humain. Cela intervient généralement pendant le sommeil, lorsque la conscience remonte dans les plans supérieurs, pour y travailler et s'y régénérer.

– Parce que la nuit, nous travaillons ?

– Oui, ta conscience incarnée rejoint sa source. Toutes proportions gardées, il se passe exactement la même chose qu'au moment de la mort, sauf que tu reviens le lendemain matin.

– Mais qui en particulier effectue ces initiations nocturnes ?

– Jusqu'à la seconde initiation, celui qui active les centres concernés est Maitreya. Après la seconde initiation, c'est le seigneur du monde lui-même, le Père, qui procède à cette activation. Et, compte tenu des plans où cela se situe, je ne vois pas bien qui d'autre pourrait intervenir. L'initiation ne se comprend bien que dans sa réalité énergétique. Un être progresse dans la difficulté, dans les épreuves qu'il surmonte. Il se produit une montée en puissance, avec des éclats, des chutes de tension, et puis arrive un moment où il doit se passer quelque chose : l'être a fait sa part du chemin il est au seuil d'un nouveau regard, et ne peut pas aller plus loin par lui-même. Il a tendu la main, construit le pont de lumière, et alors une vision nouvelle lui est donnée de là-haut. C'est une expansion de conscience qui va lui donner accès à un plan, à une enveloppe jusque-là inaccessible.

– Y a-t-il plusieurs initiations ? demandai-je.

– Il y en a autant que de prises de conscience pour évoluer jusqu'au septième règne. Au-delà, je pense que cela ne nous concerne pas.

– Tu peux nous en parler un peu ? insistai-je.

– Tu connais déjà ces étapes, je t'en ai parlé. Je n'évoquerai que les cinq prises de conscience qui te conduisent à franchir les portes du règne humain. Pour sortir du règne humain, c'est-à-dire traverser le quatrième et le cinquième règne, l'être devra passer cinq fois la porte du Capricorne.

– Je suppose, Lionel, que ces initiations se déroulent sur des centaines et même des milliers de vies.

– Bien sûr. Le temps est la dimension de la conscience. La première initiation, c'est la non-dépendance aux désirs, aux appétits physiques. Je ne parle pas de maîtrise, je parle simplement de ne pas dépendre. Je te rappelle que la non-dépendance commence quand tu prends conscience que tu es dépendant. La plus grande partie de l'humanité a franchi cette initiation. La seconde prise de conscience, c'est la non-dépendance aux passions, à l'émotionnel, à la possessivité. C'est là où en est la plus grande partie de l'humanité aujourd'hui. Elle tente de se discipliner aux lois de la vie. La troisième initiation t'amène à prendre conscience des limites du mentale concret. Il s'agit là de ne plus être soumis aux formes pensées, aux idées bien pensantes, aux dogmes. L'être apprend à suivre son ressenti, à penser par lui-même. Quand tu en es là, tu es entré dans le cinquième règne et tu commences à maîtriser ta personnalité.

– La troisième initiation, c'est la maîtrise ?

– J'ai dit qu'à ce stade, tu passes de la non-dépendance à la maîtrise, ce qui es tout différent. Un maître, ce n'est pas quelqu'un qui dit : « Appelez-moi Maître » ! C'est quelqu'un qui se maîtrise, c'est-à-dire qui maîtrise son non-soi, sa personnalité. La vie centrale et solaire, l'âme, commence à dominer ses vies mineures, ses lunaires. Il tient bien les rênes des trois cavales qui tirent le char de sa personnalité.

– Pourquoi trois chevaux ?

– Tu dors, Erwan ! me dit-il gentiment. Je t'en ai parlé quand nous avons fait cette brocante et que je t'ai donné la plaque sculptée en cuivre. Les trois chevaux symbolisent le corps physique, l'émotionnel et le mental concret. Bon, à la quatrième prise de conscience, l'être pratique de justes relations humaines, il ne fait pas à autrui ce qu'il ne voudrait pas qu'on lui fasse. Il est complètement libéré de la dépendance à sa personnalité, et il commence à s'interroger sur le dessein divin : pourquoi le seigneur du monde, qui est un seigneur d'amour, a-t-il créé cette planète de souffrances et d'épreuves ? On dit que c'est l'initiation du désert, du renoncement total où l'être se dépouille de tout. Lorsqu'il est mort sur la croix, Jésus a reçu la quatrième initiation, et c'est ce qui donne sens à ses paroles : « Seigneur, comme tu me glorifies ! » Dans le même temps, pour te donner une comparaison, le Christ, Maitreya, recevait la sixième initiation.

– Parce que le Christ n'est pas Jésus ?

– Non, il y a eu un phénomène d'adombrement par un être cosmique, mais si tu le veux bien, je t'en parlerai une autre fois. Recevoir une initiation veut dire que tu prends conscience d'un corps supérieur, d'une enveloppe de ton être à la quelle tu n'avais pas accès jusqu'ici. Il se produit simultanément l'éveil du centre énergétique correspondant à cette enveloppe. Une initiation se traduit donc par l'éveil d'un centre et l'activation de circuits énergétiques, notamment dans le cerveau.

Rose prit alors la parole pour dire qu'elle connaissait des stages où l'on proposait l'ouverture des chakras.

– L'éveil forcé des chakras par des techniques physiques, respiratoires ou autres est très dangereux, répondit Lionel. Tu comprends bien que ce n'est pas anodin, et que ceux qui s'autorisent à manipuler énergétiquement les chakras moyennant finance s'exposent à un retour de karma assez conséquent. S'il suffisait de faire des pratiques physiques pour être un initié, cela se saurait. L'activation de centres énergétiques chez l'homme est la conséquence des prises de conscience qu'il effectue. Ce n'est jamais l'inverse. Si tu brûles les étapes, tu te prépares de graves perturbations dans tes vies futures car chaque centre énergétique est protégé par une membrane afin d'éviter des remontées d'énergie dans des centres inactifs. Si ces membranes sont brûlées, tu peux avoir des maladies cardiaques ou thyroïdiennes graves, ou des déséquilibres mentaux.

– Quels sont les centres correspondant aux initiations ? demandai-je.

– Je préfère ne pas te répondre de façon aussi simpliste. Je te dirai simplement ceci, et souviens-toi en même temps du tracé de la barre atlante. Trois centres énergétiques sont actifs dans le quatrième règne et régissent la personnalité : le centre sacré qui relie au corps physique-éthérique, le plexus solaire qui relie au plan émotionnel et le centre basal, celui de la volonté personnelle, qui relie au plan mental concret. Quand tu entres dans le cinquième règne, tu dépasses l'individualité de conscience séparative pour entrer en conscience de groupe, avec le souci de justes relations humaines. Les nouveaux centres qui entrent en activité sont alors : le centre du cœur, l'amour, relié au plan bouddhique, le centre de la gorge, la communication et la création, relié au plan mental supérieur, et le centre de la tête, la volonté, relié au plan atmique, au Père si tu préfères. Quand l'énergie monte du plexus au centre du cœur, l'être passe du plan astral au plan bouddhique, et doit donc être capable de pratiquer de justes relations humaines. Si tu fais monter artificiellement cette énergie, ou si l'être continue à pratiquer des relations de domination et à se servir au lieu d'être le serviteur du groupe dont il a la charge, il fait une crise cardiaque. L'organe physique ne résiste pas à la surcharge énergétique non gérée.

– Toutes les crises cardiaques ne s'expliquent pas comme cela, dit Rose.

– Bien sûr que non, mais si tu observes bien, tu pourras constater que c'est souvent un contexte de relation au groupe mal assumée.

– Et ce qu'on appelle le centre *ajna*, au milieu du front, demandai-je ?

– C'est un centre particulier qui est l'expression de la personnalité purifiée, quand les vies mineures ont été maîtrisées et que l'âme a fusionné avec la personnalité. Quand il est ouvert, cela signifie que la Mère est glorifiée. Cela correspond effectivement à une initiation.

– C'est le troisième œil, dis-je.

– Non, répliqua Lionel, le troisième œil, c'est encore autre chose, il se situe entre les sourcils et correspond à un stade supérieur, quand s'est établie la jonction entre l'âme et la racine de vie. Mais tout cela nous entraîne bien trop loin, décida Lionel. Retiens que dans ce processus initiatique de traversée du règne humain, il y a trois phases : la transmutation, la transformation et pour finir la transfiguration. La transmutation consiste à élever les vies mineures, à les libérer. On parle de transmuter parce que ce sont des électrons négatifs qui viennent fusionner dans le noyau central positif. Les lunaires diminuent et se soumettent au noyau central solaire.

– Cela correspond à quelle initiation, demandais-je ?

– Normalement, après la deuxième initiation, la transmutation est accomplie, et l'on sort du quatrième règne.

– Pourquoi dis-tu « normalement » ? demanda Rose.

– Parce que l'humanité de la Terre est à un niveau de vibration tellement bas que les êtres ont énormément de mal à progresser. Beaucoup d'êtres du cinquième règne, ayant reçu la troisième initiation, ont encore la transmutation à réaliser. Alors qu'au cinquième règne doit s'accomplir la transformation, c'est-à-dire l'action de faire descendre sur la Terre les énergies supérieures de lumière, d'amour et de bonne volonté, c'est-à-dire la volonté de bien du Père. Quand le Christ disait « Paix sur la Terre aux hommes de bonne volonté », il s'adressait au cinquième règne. C'est le sujet de la troisième initiation, le passage du mental concret au mental supérieur.

– Tu n'as pas parlé de la cinquième initiation, fis-je remarquer à Lionel.

– La cinquième grande prise de conscience, c'est l'identification au Père. Avec la sortie du règne humain, elle marque la compréhension du dessein divin et du rôle de cette planète dans le cosmos. Dans la transmutation, tu élèves les lunaires au ciel. Dans la transformation, tu fais descendre les énergies du beau, du bien et du vrai sur la Terre. La transmutation est une purification de la Mère, la transformation aboutit à la perfection de la création. La pureté et la perfection te donnent la puissance du Père et la maîtrise sur la matière. Tu n'as plus besoin de t'incarner dans un corps physique dense, tu auras à glorifier une matière plus subtile, sur d'autres plans, et donc tu sors du règne humain. Mais ne crois pas que la vie s'arrête là, elle va te proposer un contrat d'inclusivité plus vaste.

– Quel est le but de l'initiation, demandai-je ?

– C'est l'alignement des centres qui conduit à l'illumination, répondit Lionel. Il y a trois parties en toi qui doivent s'aligner : la partie lunaire ou animale, ton âme et ta racine de vie. Tu passes de l'instinct à l'intellect, de l'intellect à l'intuition, et de l'intuition à l'illumination. Là tu as quitté le règne humain. Je peux te le dire par trois autres mots qui résument cette traversée du règne humain : individualisation, initiation, identification (au Père) et pour finir illumination.

J'étais totalement subjugué par ce que venait de dire Lionel. Il commençait à ouvrir des perspectives vertigineuses dont je ne mesurais pas encore la portée. Je me faisais l'impression d'être un nain, le nez collé au ras des pâquerettes, et en écoutant Lionel mon horizon de vie commençait à prendre une toute autre dimension.

Nous avions longuement marché sans nous en rendre compte, tantôt dans la tiédeur de l'eau, tantôt dans le sable humide qui s'enfonçait sous nous pieds. Rose prit alors la parole :

– Il faut que je te le dise, Lionel, je trouve que tu parles souvent de la Mère en termes péjoratifs, comme si elle était négative. Tu l'assimiles aux forces lunaires…

– C'est que je me suis mal fait comprendre, lui répondit gentiment Lionel. Certes, le Fils, les hommes, doivent s'extraire des robes de la Mère pour rejoindre le Père et devenir créateur, mais c'est afin, à leur tour, d'ensemencer d'amour la Mère. La Mère a autant d'importance que le Père puisque sans elle il n'y aurait ni création, ni conscience, ni évolution. Ce qui peut troubler, c'est que la Mère a un double aspect : d'une part elle est effectivement lunaire, vierge noire, substance. Mais d'autre part elle est le feu de cette substance et l'intelligence de la matière, l'Esprit-Saint. Les dévas sont sur la ligne de la Mère. Le problème est que le Fils pollut la Mère, au point qu'elle a dû se retirer. Mais la Mère attend l'amour de ses fils pour exploser de beauté. C'est ce qui s'est passé à Findhorn, si vous connaissez. Lorsque les hommes aimeront d'amour la Terre, elle leur rendra dans des proportions qu'ils n'imaginent pas et nous connaîtrons l'abondance. Mais tant que l'homme retiendra, tant qu'il violentera la Mère, il n'y aura pas d'abondance.

Nous étions arrivés à l'extrémité d'un banc de sable qui se prolongeait par un amas rocheux. Des gamins et quelques adultes en vareuse grattaient frénétiquement sous les algues, à la recherche d'étrilles et de tourteaux. Nous nous assîmes un moment sur des rochers à peu près secs, le dos à la mer, contemplant les grandes falaises qui s'étendaient au loin vers Paimpol. L'air sentait bon l'iode et le goémon.

– En apprenant à ne plus dépendre de ses vies mineures, puis à les maîtriser, l'être du cinquième règne se transforme. Il monte en vibration. Il prend conscience qu'il est une fontaine de vie rayonnant sur les règnes de la nature, y compris le quatrième.

– Comment apprend-on à maîtriser ses vies mineures, Lionel, demanda Rose ? Pour ma part, je ne suis pas sûre d'y être parvenue.

– C'est quand on commence à se rendre compte de ce qu'il reste encore à accomplir, qu'on a pris la mesure du chemin, Rose. Mais pour répondre à ta question, l'être du cinquième règne dispose de l'équivalent des Dix Commandements pour maîtriser son non-soi. Les Dix Commandements ont été donnés au quatrième règne à Moïse pour que les hommes commencent à se discipliner un peu selon les lois de la vie. Le Christ a donné deux commandements supplémentaires pour préparer les temps à venir : « Aimez-vous les uns les autres » et « Que la volonté du Père soit faite sur la Terre ». Par le onzième commandement il montrait qu'il était le premier humain à accéder au plan bouddhique, et par le douzième commandement, au plan atmique. Le quatrième règne propose donc douze commandements, et le cinquième règne, douze observances pour guider les hommes dans leur vie quotidienne. C'est la charte du comportement d'un chevalier du cinquième règne, la pierre angulaire pour une évolution supérieure.

– Est-ce que tu peux nous en parler un peu plus ? demandai-je.

– Pas aujourd'hui, Erwan, d'autant que je te les ai presque toutes révélées, en ordre dispersé, mais tu ne t'en es pas rendu compte. En outre, je ne voudrais pas tarder à vous révéler ce que vous avez à connaître du futur de l'humanité. Et cela concerne aussi ta mission, Erwan. Tu es presque prêt à l'entendre et surtout à la comprendre.

– Depuis le temps que tu me fais languir, Lionel, je dois dire que je l'ai presque oubliée.

Ce qui était parfaitement faux, et le résultat ne se fit pas attendre :

– Erwan, j'ai beau te dire que les mots sont de l'énergie, tu continue à travailler contre toi-même.

– Nous parlions de la maîtrise du non-soi, de la personnalité, relança Rose qui me donna l'impression de voler à mon secours.

Lionel hésita comme s'il voulait me dire quelque chose, puis renonça et nous sourit à tous les deux :

– Je vous rappelle que les impulsions de nos vies mineures se traduisent par les désirs. L'homme sur le chemin de l'aller fait la volonté de ses désirs. Un grand guide nommé Gautama Bouddha fit passer le message, il y a deux mille cinq cents ans, de mettre fin à nos souffrances en mettant fin à nos désirs. Ce qu'il nous demandait, c'était de veiller à l'équilibre de nos appétits de toute nature. Ce comportement de non-dépendance implique le dépassement de soi, l'oubli de soi, le sens du service, donner l'exemple aussi, et respecter la différence, les autres aspects d'autrui. J'ajouterais qu'en tant qu'être, nous ne sommes pas dans la séparativité, ce qui implique l'amour. Il faut aussi être capable de compassion, ce qui veut dire avoir vis-à-vis des autres beaucoup de patience, beaucoup de tolérance, car de toute façon la loi de justice s'appliquera inexorablement. Les erreurs d'autrui, comme les nôtres, seront implacablement mises à réparation, à épuration. Ce qui veut dire qu'il ne sert à rien de juger les faiblesses de l'autre, mais au contraire qu'il faut tendre l'autre joue si cela peut l'aider à devenir meilleur. Ou bien être dur, exigeant et sévère s'il le faut. Et tout cela, bien entendu, doit se vivre dans la sérénité, ce qui ne signifie pas qu'il faille rechercher des lieux de silence et de tranquillité, mais que dans les difficultés du quotidien on soit capable de rester comme un lac quand tout s'agite autour de nous. Voici quelques-unes des observances du cinquième règne.

– Il ne me semble pas en avoir retenu douze, insinua Rose avec un peu d'ironie.

– J'en ai peut-être oublié en passant, lui répondit Lionel sur le même ton. Tu peux ajouter à ton panier la fraternité et l'humilité, par exemple...

– Et il suffit d'appliquer ces principes pour soumettre nos vies mineures ? demanda Rose.

– Oui, mais tu dois réagir vite. À chaque fois que tu es sollicité par tes vies mineures, que ce soit une pensée perturbatrice ou une parole malheureuse lancée à la volée, ce qui est normal dans toute situation, tu as douze secondes pour mettre en pratique l'une des douze observances.

– Pourquoi douze secondes, demandai-je ?

– Parce que c'est un cycle, c'est une respiration. C'est notre respiration énergétique. Celle du Père est de vingt-quatre heures. Celle du Soleil de onze ans. Quand tu émets une pensée, elle prend corps en douze secondes. Après, tu l'expulses dans les éthers et elle commence à courir le monde où elle va se cristalliser, renforcer ou former un micro-monde dont tu seras le père et qu'il te faudra épurer. C'est long douze secondes, cela te laisse largement le temps de te reprendre.

Lionel m'ouvrait encore un fabuleux horizon à explorer. Il existait donc toute une éthique du cinquième règne à mettre en pratique, une sorte de code de conduite comme le bushido des samouraïs. Je me jurai de trouver un moment pour qu'il nous reparle de ces observances de façon plus approfondie, et cette fois je prendrai des notes, car naturellement je n'avais pas emporté mon carnet au bord de l'eau. Un long frisson parcourut mon dos, et je me dis que cette journée extraordinaire que Lionel avait consacré à nous parler du cinquième règne était loin d'être achevée.

XVIII
SEMER DANS LE MENTAL HUMAIN

Au petit clapotis qui commençait à nous entourer, je compris que la mer remontait. Lionel se leva et nous reprîmes la direction de la plage où Claire devait nous attendre.

– Et tout cela pour quoi, reprit Lionel ? Il ne s'agit pas de maîtriser ses vies mineures pour être bien avec soi-même, ce qui serait déjà un beau résultat. Ni pour aider notre entourage immédiat, ce qui est aussi très louable. La maîtrise du non-soi permet à l'être du cinquième règne de témoigner de sa spécificité qui est de rayonner. Comme je vous l'ai dit, le quatrième règne raisonne, le cinquième rayonne. Comment rayonne-t-il ? En veillant à chaque instant à être un canal d'énergie, un canal pur afin que passent les énergies de la vie. C'est dans cet état de rayonnement et de sérénité que l'être du cinquième règne fonctionne comme canal. Et quand on est aligné, quand on est « canal », on peut semer dans le mental humain.

– Mais on est canal de quoi et pourquoi ? interrogea Rose.

– La prise de conscience entraîne la liaison énergétique. Il suffit de penser qu'une chose existe pour qu'elle prenne corps. L'univers est parcouru par la pensée de grands êtres qui ont aussi un parcours d'évolution, avec un dessein pour le concevoir et un plan pour le réaliser. La Terre, par la loi d'inclusivité, fait partie de cet ensemble vivant, elle est une partie du corps de manifestation de ces grands êtres cosmiques, je veux parler du logos solaire et du logos cosmique. Le Père de la Terre a lui-même un dessein dont l'humanité fait partie. S'il n'y a pas de capteurs pour recevoir ces pensées, elles vont parcourir les éthers sans recevoir de concrétisation. C'est en cela que l'être du cinquième règne, quand il est dans la dernière étape de son parcours…

– Tu veux dire sur le chemin du retour, les sept dernières « vies », précisai-je pour Rose.

– Oui, c'est cela, poursuivit Lionel, l'être qui en est là a dépassé le stade des justes relations humaines, l'amour est devenu un automatisme et ce qu'il va rechercher, c'est accomplir la volonté du Père. « Père, que ta volonté soit faite et non la mienne. » Quand la personnalité a tellement été polie qu'elle ne fait plus qu'un avec l'âme, alors l'être du cinquième règne reçoit de sa racine de vie, c'est-à-dire du Père, et il peut capter cette énergie de volonté. On dit que le Père voit à travers lui, que sa monade est l'œil du Père. Mais pour cela il doit être un parfait canal, et pour réaliser cet alignement il lui faut respecter en permanence ces douze observances.

– Dis moi, Lionel, lui demandai-je, je voudrais dissiper une confusion, parce que tu parles de l'importance d'être canal pour semer dans le mental humain, et en même temps du dis qu'il faut dépasser le mental.

– Bonne question, répliqua-t-il, elle me donne l'occasion de te rappeler que le mental est un plan médian entre le haut et le bas. C'est une enveloppe du corps de la Mère dont un aspect, le mental concret, est en prise avec les corps inférieurs, tandis que l'autre aspect, le mental supérieur, est en contact avec les plans plus élevés. Et entre les deux, entre le mental concret et le mental supérieur, il y a l'âme, la conscience. Ce sont donc les trois parties du plan mental. Mais j'ajouterais que si l'être du cinquième règne sème dans le mental de l'humanité, ce n'est pas en utilisant son mental. Avec le cinquième règne le pouvoir du mental faiblit pour faire place à l'intuition. Le mental, je veux dire surtout le mental concret, doit arriver à sa fin comme tous les aspects de la forme dans les trois mondes.

– Que veux-tu dire par là ? demanda Rose.

– Il veut dire, expliquai-je, me surprenant moi-même, que le mental concret fait partie des corps qui sont touchés par la mort, comme le corps physique et le corps astral, et tout ce qui appartient aux trois mondes de la manifestation physique.

– La raison d'être du mental, poursuivit Lionel, c'est sa fonction d'illumination entre l'âme et le cerveau. Cette fonction n'est plus requise lorsque l'homme bénéficie de la pleine conscience de son âme, il n'y a plus besoin d'un médiateur. L'homme traite directement avec la source d'où il provient.

Nous avancions face au soleil et j'avais les yeux légèrement larmoyants. Je m'en voulais de ne pas pouvoir enregistrer car ce que nous disait Lionel me semblait d'une importance capitale, et j'étais loin d'avoir tout retenu. Rose marchait à la gauche de Lionel et j'étais à sa droite. Malgré nos tenues bariolées et cet environnement estival, je pense que nous étions tous les trois dans une profonde méditation.

– Je voudrais en venir à l'acte de semer dans le mental humain. Le cinquième règne n'est plus en conscience lunaire mais en conscience solaire. Il ne réfléchit pas comme une lune, il n'est pas en réaction, il rayonne pour diffuser la vie de l'esprit dans la matière. Retenez bien cette formule : le quatrième règne raisonne, le cinquième règne rayonne.

Il s'arrêta un instant pour nous laisser le temps d'intégrer son raccourci synthétique et poursuivit :

– Quand un être a établi le pont avec sa racine de vie il permet à la puissance de l'Un de rayonner sur le plan terrestre, émotionnel ou mental, où se trouvent ses atomes humains. L'être est alors un canal permettant au Père d'écouler sa puissance, et c'est pourquoi il n'a plus la possibilité de faire n'importe quoi. Il doit être impeccable. C'est en ce sens que le Père est un feu dévorant : tout ce qui n'est pas conforme aux énergies du beau, du bien et du vrai doit être brûlé, car l'étape suivante est de réaliser l'énergie de synthèse qui est le pur. Seule l'énergie de pureté peut nettoyer la Mère et élever la matière au ciel. L'être du cinquième règne est conscient de ce qu'il sème dans le mental humain : des idées porteuses de lumière, de sagesse et d'amour.

Des enfants construisaient des bassins de retenue avec du sable et y faisaient flotter des petits bateaux. Nous prenions garde de ne pas piétiner ces frêles barrages et parfois les enfants nous remerciaient. J'étais toujours heureux de la présence de Rose dont j'observais la démarche onduleuse et légèrement déhanchée. Elle me jetait parfois quelques regards en coin auxquels je répondais par un sourire. Sans fausse honte, je demandai à Lionel de reprendre son exposé que je n'aurais pas la possibilité de réécouter. J'avais l'intention de me précipiter sur mon cahier en arrivant pour noter ce qui serait encore frais dans ma mémoire. Lionel s'exécuta aussitôt, car on ne pouvait lui faire reproche, dès qu'il était question de ce qu'il appelait l'essentiel, d'être avare en explications.

– Les êtres du cinquième règne ont appris que la pensée est de l'énergie, que cette énergie devient de la substance et que la substance se concrétise en matérialisation. Il a compris qu'il devait pratiquer l'innocuité, c'est-à-dire ne pas nuire en pensée, en parole et en action, parce qu'alors il génère de l'énergie destructrice, il utilise des forces lunaires qui viennent alourdir son sac. C'est un des aspects du dépassement de soi. Quand l'être pratique l'innocuité, le détachement, la compassion, à ce moment il devient un canal fiable et sa pensée, sa clarté de vision, son regard font qu'il est en prise directe avec le mental de toute l'humanité. Ce n'est pas le cas tant qu'il est pollué par ses lunaires. Il n'est pas donné à l'être qui n'est qu'au seuil du cinquième règne d'impressionner le mental humain. Mais parce qu'il est devenu un être sain, au sens supérieur du terme, parce qu'il s'est élevé en vibrations de pureté et de clarté, de grands êtres qui guident l'humanité peuvent passer par le canal qu'il leur offre, et s'exprimer par son intermédiaire en rayonnant sur le mental humain. C'est comme cela que l'humanité progresse. Elle croit inventer, elle ne fait que cueillir ce qui lui est présenté au moment juste. Et l'être du cinquième règne n'est qu'un intermédiaire. La vie, la pensée coule à travers lui et illumine le mental de l'humanité.

– Mais qui sont ces grands êtres, ces guides ? demanda Rose.

– Autour du Père, autour de celui en qui nous avons la vie, le mouvement et l'être, comme il est dit dans les Actes, se tiennent des êtres qui ont dépassé le règne humain depuis longtemps et qui ont en charge l'évolution des règnes sur la Terre. Certains sont sur la ligne d'énergie de la volonté du Père, d'autres sur celle de l'amour, comme le Christ ou Bouddha, d'autres enfin sur celle de l'intelligence, ce sont les seigneurs de civilisation.

– Un être du quatrième règne n'admettra jamais cela, dis-je.

– Non, continua Lionel, et d'ailleurs on ne le lui demande pas. Il n'a pas conscience des mondes supérieurs puisqu'il ne croit en rien d'autre qu'en son individualité et le plus haut plan qu'il perçoive est le mental concret. Il ne sait pas encore qu'il existe des réalités sur le plan subtil et que s'il ne les respecte pas il en aura les inconvénients, car son être lui demandera de réparer. Mais aujourd'hui, une partie importante de l'humanité commence à prendre conscience qu'elle ne peut plus continuer comme cela et qu'il est temps de commencer à pratiquer de justes relations. C'est la manifestation tangible de l'émergence du cinquième règne.

– Mais comment parvient-on à semer dans le mental humain ? demanda Rose.

– C'est ce que je vous explique, répondit Lionel. En élevant vos vibrations par l'usage des énergies de beauté, de bonté et de vérité, vous communiquez avec le plan éthérique planétaire. Jusqu'au plan mental concret, qui est le plan le plus élevé dont le quatrième règne est conscient, vous êtes dans le corps dense du logos planétaire, du Père si vous préférez. Au-delà, dès que vous accédez au plan christique, aux énergies d'amour, vous êtes dans son corps éthérique, dans son corps énergétique si vous préférez. C'est pour cela qu'il faut pratiquer les douze observances, pour s'élever en vibration. Si vous voulez produire un impact sur le cerveau humain, les impressions que vous émettez doivent passer par le corps éthérique planétaire. Nous semons dans les éthers, et c'est comme cela que les idées courent le monde. L'être du cinquième règne, quand il est réalisé, devient comme un oriflamme dans le subtil. Il se sent la responsabilité d'être une partie du cerveau de l'humanité et de transmettre des idées à des capteurs en éveil, à des êtres sensibles, qui seront des savants, des artistes, des hommes politiques. C'est ainsi que se forment les grands courants d'idées d'une époque.

Nous approchions de la partie de sable sec de la plage qui s'était un peu remplie. Le temps était toujours superbe et très chaud pour cette fin de saison. Les exclamations des plagistes et les appels des mères se mêlant aux cris des enfants descendaient vers nous. Je percevais tout cela comme dans un rêve et j'avais l'impression de flotter à côté de mon corps, tant les révélations de Lionel me remuaient profondément et éveillaient en moi des circuits ou des connexions en sommeil. Mais Lionel n'en avait pas fini. Il s'arrêta et s'adressa à nous deux comme si nous représentions tout le cinquième règne :

– Le travail essentiel ne réside pas sur le plan de l'action terrestre, il est d'abord sur le plan mental. À nous d'avoir une pensée claire, un discernement fraternel. Quand vous voyez à la télévision ou dans le journal des situations ou des relations qui vous choquent, qui sont fausses, le seul fait de penser ce qui devrait être juste, vrai et beau a pour effet de commencer à corriger cette situation. Mais ce qu'il vous faut absolument saisir, c'est que devant une situation humaine où vous mesurez un déséquilibre, une injustice, quand vous êtes devant le mirage et l'aveuglement, vous devez être clair car votre pensée est une pensée-semence. Votre efficacité, votre puissance vient de la compréhension de votre rôle. Quand vous agissez ainsi, vous êtes véritablement créateur, vous devenez un « sans-bras », vous n'avez plus besoin de passer par la matière pour agir, ni d'aller parler sur la place publique. L'énergie d'amour, l'énergie du cœur est montée dans votre centre de la gorge. Or l'humanité est le centre de la gorge du logos planétaire. Est-ce que vous comprenez ?

– Ce qui est terrible avec toi, Lionel, c'est que chaque fois que j'ai l'impression d'avoir compris, tu rajoutes quelque chose qui m'oblige à monter d'un cran et mes belles découvertes toutes neuves doivent s'effacer devant une nouvelle recherche. L'humanité qui est le centre de la gorge du Père, franchement, cela me dépasse.

Lionel se mit à rire en me disant que c'était comme cela qu'on progressait, en ne se reposant pas sur les acquis. Plus sérieusement, il ajouta que le Père s'exprimait par l'humanité, et que cette expression devait traduire sa volonté, et non celle des hommes. Mais ce fut Rose qui m'étonna par sa concentration car, comme si de rien n'était, elle interrogea de nouveau Lionel :

– Si j'ai bien compris, c'est donc un combat permanent qu'il faut mener contre tout ce qui n'est ni beau, ni bon ni vrai. Nous ne faisons pas que semer dans le mental humain, comme vous dites, nous faisons du nettoyage.

– Bien sûr, fit Lionel ravi. Et c'est parce que vous faites ce nettoyage que vous pouvez semer dans le mental de l'humanité. Si vous ne le faites pas, vous n'avez pas le niveau vibratoire suffisant pour impressionner. Et gare au karma si vous envoyez des pensées perturbatrices !

– Mais qu'est-ce que nous nettoyons exactement ?

– Ce nettoyage est triple, répondit Lionel à Rose : en vous-même, vis-à-vis de votre environnement, et par rapport à l'humanité. À chaque instant de chaque jour, vous devez veiller à maîtriser vos lunaires. Vous devez faire en sorte que le négatif qui cherche à s'insinuer partout sous le masque de vos désirs, même innocents, ne vous envahisse pas et ne gagne pas la partie.

– Cela, c'est mon affaire. Mais je dois aussi nettoyer chez les autres ?

– Tu dois veiller dans ton comportement et dans tes paroles à ne pas générer de négatif chez autrui. Et en plus de tout cela, tu récupères des pollutions de l'humanité vis-à-vis desquelles tu interviens comme une station d'épuration.

– Est-ce que tu peux préciser un peu cela ? demandai-je à Lionel.

– C'est assez simple quand on admet qu'il n'y a pas de séparativité, sauf celle que nous créons dans notre tête. Nous sommes tous dans le même bocal planétaire, nous respirons le même air, nous émettons des vibrations plus ou moins élevées que tout le monde reçoit, consciemment ou non. C'est pour cela qu'à notre époque les grandes villes sont lourdes et dures à vivre. L'éther et surtout l'astral sont encore plus pollués que l'air que tu respires dans le plan physique. Dans ce bocal, chacun peut choisir d'être une fontaine de vie déversant les énergies d'en haut, et la planète deviendra un paradis, ou à l'inverse chacun peut déverser sa pollution en se laissant aller aux vies mineures de sa personnalité.

Il s'interrompit un instant puis repris avec un sourire :

– Pardonnez-moi l'expression, je n'en trouve pas d'autre pour l'instant, mais on ne peut pas continuer à faire pipi tous ensemble dans le bocal ! Il va falloir que cela change. Parce que cette planète est un bocal énergétique et que celui qui pollue énergétiquement le bocal pollue tout le monde. C'est en ce sens que les êtres du cinquième règne agissent comme une station d'épuration. Ils récupèrent, souvent malgré eux, des pollutions ambiantes, des vies mineures attirées par des centres vibratoires élevés qui sont capables de les libérer. À nous d'assumer.

Il s'arrêta pour contempler un château de sable que des enfants avaient orné de nombreuses coquilles Saint-Jacques. Il semblait absorbé par ce travail éphémère voué à une disparition très prochaine car la marée remontait rapidement. Puis il nous regarda et sembla comprendre que nous attendions la suite de ses éclaircissements, car je ne me voyais pas encore bien dans le rôle de la station d'épuration.

– Indépendamment de vos problèmes habituels, ou bien justement quand vous n'en avez pas, il peut vous arriver d'avoir des pensées perturbatrices de tout ordre. Vous vous dites : « ce n'est pas moi, cela ne m'appartient pas », et pourtant, vous devez faire avec. Qu'est-ce qui se passe dans la réalité énergétique ? Ce sont des vies mineures qui errent, des pensées et des désirs émis par des êtres du quatrième règne. Quand elles arrivent dans la sphère de rayonnement d'un être du cinquième règne, elles sont magnétiquement attirées par une force dont elles savent qu'elles peuvent les libérer, les transmuter. C'est exactement comme des corps célestes errant qui entrent dans le champ de gravitation d'une planète ou d'un système solaire. C'est là où vous devez savoir discerner pour ne pas y céder et prendre conscience qu'il vous est demandé de nettoyer cette pollution.

Une des fonctions du cinquième règne, au niveau de la planète, c'est de nettoyer l'environnement astral. Et croyez-moi, il y a du travail. La pollution de ce monde qui relève de l'émotionnel est bien pire que la pollution du monde physique. Les vies mineures sont des éponges qui absorbent le négatif. Quand vous en prenez une, vous avez douze secondes pour la rincer sous l'eau et la mettre en positif. Un lunaire ne peut pas se nettoyer tout seul.

– Vous voulez dire, précisa Rose, que lorsque je résiste à une pensée perturbatrice, à un désir qui veut m'amener à faire telle ou telle chose, je transmute cette vie en la libérant de sa charge négative ?

– Oui, dit Lionel, et alors elle rejoint ton unité centrale, elle retrouve sa source car ton âme est son absolu à elle. Tu es dieu pour toute vie mineure. Et tu fais acte de rédemption. Elle a effectué son cycle de manifestation et pourra repartir sur un niveau plus élevé. Ce qui veut dire, par exemple, que lorsqu'elle sera sollicitée dans un nouveau cycle elle ne sera plus un ion ou un proton, mais un électron. Vous devez devenir une fontaine de vie et non rester un acteur passif de la création. Vous êtes confronté à un environnement difficile, vous captez des éléments lourds qui circulent et vous pouvez les transmuter si vous restez alignés, si vous ne cédez pas à la tentation de vous laisser aller. Quand tu es alignée, tu es rayonnante de vie et de lumière, et tout va bien. Et tu récupères des pollutions : c'est normal. Mais si tu oublies ton rôle, si tu cèdes, ton quotidien devient lourd, tu as moins le goût de vivre, tu retombes. Quand tu ne rayonnes pas, c'est que des vies mineures sont en train de te polluer : les tiennes ou celles des autres, peu importe. C'est normal qu'elles s'agitent, mais il ne faut pas céder, et tu as douze secondes pour les neutraliser.

– Mais, demandai-je, pourquoi ces vies mineures de l'extérieure viennent à nous ? Les nôtres, encore, je comprends…

– Parce que ces vies reconnaissent ta vibration. Un jour, il y a peut-être des vies et des vies de cela, tu les as invitées chez toi. Elles se souviennent de la bonne odeur de la maison, même si tu as fait le ménage entre-temps.

– Et si je cède ?

– Tu renforces ton club de lutins. Plus tu cèdes, plus de nouveaux lutins entrent. Plus tu cèdes à la colère, plus tu seras en colère. Plus tu cèdes à la boisson, ou à un vice quelconque, et plus il t'en faudra à chaque fois. Le club à nourrir se renforce, ils réclament leurs copains, et ta porte est de plus en plus grande ouverte… Tant que tu descends, il n'y a pas de problèmes, les lutins sont contents et t'apportent ce dont tu as besoin. Mais quand tu veux dire non, ce n'est plus la même histoire, ils ne veulent pas s'en aller comme cela. Et la pente à remonter est impressionnante. Plus tu te laisses aller au négatif, plus tu deviens dépendant. Aujourd'hui l'humanité est devenue tellement dépendante au négatif qu'elle ne peut plus s'en sortir sans aide et sans une épreuve karmique sévère. En tant qu'êtres du cinquième règne, vous devez prendre conscience de cela, et il est temps de le faire comprendre aux êtres du quatrième règne. On a tous des défauts, des désirs plus ou moins clairs. À un premier stade, on est totalement aveugle, on ne s'en rend même pas compte, mais ensuite, après quelques bons coups durs, on commence à faire un effort de maîtrise, parce qu'on sait où nous mène la volonté de nos désirs. Cela, c'est la transmutation des vies mineures. Il est temps que l'humanité comprenne où la conduit sa dépendance à la satisfaction de ses désirs, dont beaucoup sont entretenus ou créés volontairement par les agents du négatif.

– Le courant écologique est une réaction qui va dans ce sens, dis-je à Lionel.

– Oui, aujourd'hui dans le mental humain l'écologie est une réponse à une aspiration d'épuration des pollutions.

Mais comprenez que la pollution physique n'est que le résultat d'une pollution astrale et mentale autrement plus considérable. L'humanité est sous la dépendance du faux, et c'est une forme de pollution qu'elle a fait venir sur la Terre en se laissant aller à ses pulsions de séparativité. Les solutions aux problèmes de notre monde sont en nous-mêmes, pas à l'extérieur. L'humanité du quatrième règne avancé n'est pas loin de comprendre cela. Prend l'exemple de l'obésité, qui devient un problème de santé publique. La solution du quatrième règne, c'est de se lancer dans la recherche du gène de l'obésité, ou de trouver des médicaments, ou à la rigueur de faire un régime. On cherche des solutions techniques et externes alors que les causes sont intérieures et spirituelles. Quelle faim l'obèse cherche-t-il à apaiser ? La véritable solution, c'est remettre en question notre mode de vie et notre comportement alimentaire.

Nous nous assîmes un moment sur le sable, à l'écart des petits groupes de plagistes. Un peu plus loin, nous devinions la silhouette de Claire allongée sur le sable, avec le chapeau de Lionel posé sur sa tête.

– Laissons-la finir sa sieste, dit Lionel.

Et il reprit aussitôt :

– Je ne sais pas si vous comprenez que tout cela est très proche de l'action de semer dans le mental humain. Tout est lié. Il y a le combat pour monter en vibration, et pour cela il faut positiver des vies mineures négatives pour renforcer l'unité centrale. Et puis il y a le rayonnement qui en découle, qui amène l'être du cinquième règne à faire fonctionner des liaisons énergétiques dans son propre cerveau et dans le cerveau planétaire. Vous devez saisir que vous êtes exposés à un processus de combat terrestre permanent, parce que plus vous rayonnez, plus vous attirez du négatif. Vous le vivez dans votre quotidien, dans votre entourage. Et là, vous devez faire la distinction entre deux types d'opposants. Il y a des êtres qui sont en chemin, au seuil du cinquième règne, et qui luttent sans le savoir contre ce qui pose encore problème en eux. Vis-à-vis de ces êtres il faut être très fraternel, il faut les attendre et, si on peut, les aider à prendre conscience de leur réalité supérieure. Mais il y a des êtres qui ont délibérément choisi le camp du négatif, de l'exploitation et de l'asservissement des autres. Ce sont en général des êtres avancés, qui sont connaissant de certains mystères, mais qui n'ont pas assumé et qui savent comment manipuler les forces pour éviter les épreuves que leur être leur envoie. Ils savent qu'ils ont un tel parcours de rattrapage sur le plan karmique qu'ils préfèrent devenir des agents du négatif et repousser les échéances. Vous devez savoir que ces êtres se nourrissent du mal qu'ils génèrent. Si vous répondez en positif, si vous ne rentrez pas dans leur jeu, vous réduisez leur pouvoir. Sinon, le négatif gagne deux fois.

– Qu'est-ce que tu proposes pour gagner ce combat ? interrogea Rose.

– Je vous l'ai dit, ce sont les douze observances. Vous en connaissez quelques-unes : l'humilité, l'oubli de soi, le dépassement de soi, l'exemplarité. Il ne sert à rien de tout donner en vrac. Soyez vigilant dans votre quotidien, dans les petites choses : c'est là où tout se joue. Le sage est celui qui demeure rayonnant en permanence. Cela s'appelle la sérénité, et c'est une des douze observances. La sérénité, ce n'est pas se retirer du monde, c'est demeurer calme et rayonnant, et garder son cap quand tout s'agite autour de soi, quand le quotidien est rude. C'est garder confiance en toute circonstance parce qu'on sait qu'on est dans la main du Père et que tout ce qui peut nous arriver est juste et utile. Si vous restez dans cette attitude positive, vous serez forcément aidé car vous êtes dans des énergies qui sont dans la nature du Père. Si vous cédez au négatif, il ne peut plus intervenir, c'est votre agent karmique qui va le faire à sa façon pour rétablir le positif.

– Donc, dis-je à Lionel, si j'ai bien compris, quelques êtres du cinquième règne bien alignés peuvent suffire à changer la face du monde ?

– Ils peuvent initier le mouvement qui la changera, oui. C'est ce qui est en œuvre actuellement, depuis un certain temps, et avec l'aide de quelques guides. La quantité importe peu, même s'il y a un problème de masse critique. Un être en personnalité a une puissance de rayonnement de dix. Un être du cinquième règne, gouverné par son âme, a une puissance de cent, et un être qui est en liaison avec sa racine de vie, c'est-à-dire qui use des énergies de la volonté du Père, celui-là a une puissance de mille. Ils ont des réserves d'énergie fabuleuses, là-haut, ils créent des mondes, vous savez. Le problème, c'est qu'il faut des relais pour recevoir et diffuser cette énergie dans la matière et dans l'humanité. Sans relais pour la transformer, cette énergie est trop forte, elle est destructrice. Il te faut des intermédiaires entre ton poste de télévision et la ligne à haute tension où passent vingt mille volts.

Nous avions rejoint Claire qui avait terminé sa sieste et qui était plongée dans un gros livre à couverture bleue, le crayon à la main. Elle nous lança gaiement :

– Alors, ça devait être passionnant, ce qu'il vous a raconté, vous n'en finissiez pas d'arriver !

Je ne sais pas dans quel état se trouvait Rose, mais pour ma part j'étais bouleversé. Trop d'idées, trop d'images se mêlaient dans ma tête. J'étais ailleurs, dans un nuage, une douce torpeur. J'en oubliais même de relancer Lionel au sujet de ma mission, et de toutes ses petites phrases sibyllines que j'avais relevées sur l'avenir de l'humanité et sur « quelque chose » qui se préparait. Mais tout s'était effacé devant la splendeur des lumières que Lionel avait allumées dans ma tête. Ce fut Rose qui me fit revenir à la réalité, alors que nous rangions nos affaires dans les sacs, en s'adressant à Claire :

– Si vous êtes libres demain, voulez-vous venir prendre un thé et visiter ma maison ? Lionel l'a déjà corrigée avec ses barres, ajouta-t-elle avec un sourire complice, vous pouvez vous y rendre en toute confiance…

Claire accepta avec joie et l'espace d'un instant je me sentis vaguement envahi par quelques lutins émotionnels qui tentaient de me persuader que j'étais abandonné. Mais Rose, avec un regard doux et tellement féminin, se tourna vers moi et ajouta en me souriant :

– Bien entendu, Erwan, vous êtes invité aussi. Je vais vous expliquer où se trouve la maison.

Cette invitation qui m'illuminait le cœur mit la note finale à cette fabuleuse journée.

XIX
LES DIFFICULTÉS DU CINQUIÈME RÈGNE

Bien entendu, j'arrivai chez Rose le premier. La propriété était close par des haies de lauriers-tins et d'hortensias. Après avoir franchi le portail, une allée de pins menait à la maison et sur la gauche, le bleu de la mer derrière la lande verte et rousse s'imposait à travers les arbres. Rose habitait une superbe demeure construite au début du siècle dernier sur un tertre dominant la lande et les vallons boisés qui rejoignaient la côte. La mer était à quelques centaines de mètres, mais on se sentait encore à la campagne, et le parc abritait un mélange d'essences parfois centenaires, chênes, frênes, hêtres et pins. Je remarquai même un immense eucalyptus. C'était un lieu magique.

Je garai ma voiture au pied de la terrasse. Comme hier, cette journée de début d'automne était encore magnifique. Rose descendit les marches pour venir m'accueillir. Elle était vêtue avec simplicité d'un cache-cœur rose et d'un jean. Je l'embrassai plutôt que de lui serrer la main et le contact de sa peau était déjà une caresse. Elle ne portait pas de parfum et son seul maquillage soulignait légèrement le contour de ses paupières. Une pierre rose en forme de goutte pendait à la naissance de sa poitrine. Mon plexus solaire était légèrement serré, mais ce n'était pas d'angoisse. De mon cœur irradiait la tranquille certitude que c'était un être que je venais de retrouver.

J'avais emmené Mars qui, à peine sorti de la voiture, se précipita sur Rose pour lui manifester toute l'affection de ses quatre-vingts kilos. J'eu beaucoup de mal à le retenir à mes pieds. Rose m'invita à prendre place autour de la table ronde qu'elle avait dressé sur la terrasse pour le thé. Nous étions face au sud-ouest, bien abrités des vents de secteur nord et il faisait assez chaud pour que j'enlève mon sweater. En attendant Claire et Lionel, nous prîmes le temps de faire connaissance. Elle m'apprit ainsi qu'elle tenait cette propriété de ses parents qui habitaient dans le Midi, et qu'elle l'occupait à temps plein depuis son divorce l'an dernier. Je trouvais la coïncidence des dates assez étonnante puisque j'étais également dans la même situation qu'elle depuis près d'un an. Comme moi, Rose avait décidé de prendre du recul par rapport à son ancienne activité parisienne. Elle était expert-comptable, associée avec son ancien mari, et quand ils avaient vendu leur cabinet elle était venue s'installer en Bretagne, poussée par le besoin de se ressourcer et d'oublier cette période difficile. Elle avait ouvert sa maison en chambres d'hôtes, faisait sa saison, ce qui lui payait ses charges. Pour l'instant, cela lui suffisait, mais elle envisageait de changer complètement d'activité et d'ouvrir un cabinet d'astrologie.

– Ce qui m'intéresse, c'est l'astrologie de l'âme. L'astrologie de la personnalité, les horoscopes et toutes ces interprétations évènementielles me semblent dépassées, sans intérêt. Je croyais assez bien connaître ce domaine, mais Lionel m'a ouvert des horizons insoupçonnés. En fait, il est en train de m'enseigner les bases de l'astrologie du cinquième règne.

– Comment l'avez-vous rencontré ?

– Lors d'une conférence qu'il donnait sur la géobiologie. J'ai vite compris que nous avions du chemin à faire ensemble. Et vous… mais peut-être peut-on se tutoyer, Erwan, ce serait plus simple.

J'étais bien sûr ravi de quitter le vouvoiement qui nous tenait plus à distance. Je lui expliquais ma rencontre avec Lionel qui était plus singulière, et surtout les propos curieux qu'il m'avait tenu à propos de ma mission, du cinquième règne et de l'humanité.

– Cela fait maintenant plus de six mois et j'attends toujours. Je dois dire que ce délai n'a pas été inutile car je ne vois plus le monde de la même façon. Mais j'aimerais savoir où il va aboutir.

– Peut-être le sauras-tu aujourd'hui. Le voilà qui arrive.

Lionel, chapeauté comme à son habitude, sourire aux lèvres, portait sa tenue d'été, jean et polo. Claire avait amené son petit dernier et tout le monde prit place pour profiter de la caresse du soleil dans ce lieu enchanteur.

Lionel nous dit que l'eucalyptus que j'avais remarqué en entrant abritait un grand déva dont le rayonnement s'étendait bien au-delà de la propriété.

– Dis-moi, Lionel, comment sais-tu cela ? demanda Rose.

– Quand l'être est aligné, il reçoit des informations.

– De qui ? insista-t-elle.

– Quand un être invoque ce qu'on appelle l'esprit, il s'adresse à une vie ou à des vies qui sont au-delà de son évolution et dans lesquelles il est contenu. Et, poursuivit-il avec son plus charmant sourire, je ne vous en dirai pas plus, chère amie.

Sans se formaliser, Rose servit le thé et fit circuler la boîte de gâteaux que Claire avait apportée. Depuis la terrasse, nous faisions face à une étendue de gazon vert tendre qui descendait rapidement sur un vallon dont les arbres touffus commençaient à prendre les couleurs rougeoyantes de l'automne. Je ressentais de cet environnement beaucoup de paix et de douceur et, l'espace d'un instant, je crus même percevoir une dame vêtue de blanc qui se tenait à la lisière des grands arbres. C'était sans doute un éblouissement.

Sur le ton de la plaisanterie, dont je m'apercevais que c'était le masque que j'adoptais souvent quand j'étais sérieux, je rappelais à Lionel qu'il me tenait en haleine depuis bien des mois et qu'il avait toujours quelque chose d'important à me dire. N'était-il pas temps, après cette journée d'hier où tant d'éléments avaient été reçus ?

– Il est vrai que les temps sont maintenant venus, mais il me reste encore une pièce du puzzle à te donner, Erwan. Et cela te concerne aussi, Rose.

Mon regard croisa celui de Rose qui dut me sentir un peu dépité. Elle fit remarquer à Lionel qu'il nous avait hier dressé un tableau très idyllique et sans doute trop schématique des êtres du cinquième règne.

– Tu es très intuitive ou très télépathe, Rose, car c'est précisément de cela dont je souhaitais vous entretenir. Il est vrai que le tableau du cinquième règne n'est pas aussi lumineux que ce que j'en ai peint, pour la simplicité de mon explication. C'est que les êtres du cinquième règne sont des êtres sensibles et par certains côtés, fragiles. Ils ne cherchent pas à s'imposer et préfèrent souvent s'effacer. Pardessus tout, ils ont besoin d'être rassurés et confortés compte tenu de la pesanteur du monde dans lequel ils vivent. Et surtout, en raison de la prédominance du faux dans notre société, ils doutent d'eux-mêmes. Parce qu'ils ne sont pas comme les autres et qu'ils ne sont pas méchants, ils en viennent à penser que ce sont les autres qui ont raison et eux qui se trompent. Car avoir raison leur importe peu. Mais les temps sont difficiles et ne laissent guère la place au doute. Lorsqu'un règne émerge, il rencontre une forte opposition du règne précédent. Je vous ai dit que lorsque le quatrième règne avait émergé il y a dix-huit millions d'années, le règne animal était d'une férocité inouïe à l'égard des hommes et les animaux se sont fait un lourd karma de groupe qui n'est pas encore soldé.

– Le quatrième règne s'oppose donc à l'émergence du cinquième, dit Rose.

Claire prit alors la parole, en réponse à Rose :

– Oui, et lorsque vous savez que le quatrième règne à une dépendance quasi totale au négatif, vous comprenez l'importance de la force d'opposition. Actuellement tout est fait pour que les valeurs du cinquième règne ne puissent se diffuser. Les êtres qui s'affichent avec des valeurs spirituelles et s'opposent à la pensée unique sont la cible des sarcasmes des gens dits bien-pensants. Dès que vous commencez à parler d'esprit, de transcendance ou même de médecines douces, vous êtes suspecté d'appartenir à une secte. Aujourd'hui peut-être davantage qu'hier circule une pensée d'un conventionnalisme affligeant. Rappelez-vous que le quatrième règne est encore en personnalité et veut avoir raison. Or tous ces gens bien-pensants, qui sont persuadés d'avoir raison, posent un vrai problème car ils mettent une chape de plomb sur l'évolution de la civilisation. Cette évolution va dans le sens de plus d'esprit et moins de matière, plus de subtil et moins de lourdeur, plus d'élégance, plus de finesse. Dans tous les domaines l'élite de notre humanité recherche des alternatives, que ce soit dans le choix des sources d'énergie, dans l'alimentation, la médecine, le commerce équitable. Ce qui tente d'émerger, c'est l'établissement de relations plus justes entre les hommes, un système économique qui soit au service de l'homme et non pas qui l'asservisse, un rapport à la nature fondé sur le respect de la vie et des grands équilibres, la protection des plus faibles car nous sommes tous dépendants les uns des autres.

– Tous ces courants, ajouta Rose, qui apparaissent depuis un demi-siècle, l'écologie, l'humanitaire, l'altermondialisme, les mouvements associatifs traduisent bien l'émergence dans la société des idées du cinquième règne.

– Oui, approuva Claire, mais toute cette évolution est bloquée par une petite minorité de gens qui soi-disant ont raison, et qui surtout profitent à fond du système. Ils s'appuient sur la pensée rationaliste qui est totalitaire par nature, qui ne supporte pas la concurrence. Hors la raison, nous disent-ils, c'est-à-dire le mental concret, point de salut. Tout ce qui est spirituel est dangereux pour eux car c'est d'abord par l'esprit que les hommes se libèrent. Or les êtres qui nous asservissent au système se nourrissent de notre dépendance à ce système. Ils ne veulent surtout pas que les hommes deviennent autonomes. Les tâches sont saucissonnées, plus personne ne pourrait survivre un mois dans la vraie nature. Le règne du faux et de l'artificiel a bloqué toute évolution vers le haut. Je ne vais pas faire aujourd'hui le procès de la modernité et du mythe du progrès, vous trouverez tout cela dans d'excellents livres.

Claire s'interrompit un instant et Lionel reprit la parole :

– Le problème, dans la situation que nous décrit Claire, c'est que lorsque la forme emprisonne l'esprit et empêche l'évolution qui est attendue, alors intervient la mort de la forme. La mort, je vous l'ai dit, c'est l'esprit qui se libère de la prison de la forme lorsque le véhicule n'est plus adapté. Or ce qui est vrai individuellement l'est aussi pour les civilisations. La société matérialiste et rationaliste que nous connaissons actuellement et qui s'oppose violemment à l'émergence des valeurs du cinquième règne, cette société va mourir si elle n'évolue pas. Parce qu'elle use d'énergies de mort, d'énergies destructrices, et parce qu'elle s'oppose à la vie qui aspire à évoluer vers plus de justice, plus d'harmonie, plus de respect. La société où nous vivons ne reflète pas la volonté du Père. Non seulement elle ne la reflète pas, mais elle s'y oppose. Nous sommes dans la civilisation du faux, du laid et du mal égoïste, alors que le cinquième règne cherche à s'identifier au vrai, au beau et au bien de l'ensemble.

– Mais la société peut encore évoluer, dis-je.

– Non, il est trop tard. Le poids du négatif est trop fort. Tu vois bien que tout est verrouillé, récupéré et aseptisé.

– Tu nous annonces la fin du monde ? demandai-je à Lionel.

– Disons la fin d'un monde, dans un premier temps, répondit Lionel.

Claire reposa sa tasse de thé et intervient à nouveau :

– Prenez l'exemple des groupes. L'être du cinquième règne a fait le tour de l'individualité de conscience, il en a compris l'utilité et les limites dans le monde. Tout naturellement il se tourne vers des ensembles plus vastes. Parce qu'ils se sentent isolés dans le quatrième règne, ces êtres ont tendance à se retrouver dans des groupes où l'on développera les mêmes valeurs.

– C'est l'individuniversel, interrompit Lionel.

– Pardon ? fis-je, persuadé d'avoir mal entendu.

– L'individuniversel, répéta Lionel. C'est la caractéristique de l'être du cinquième règne qui sort de l'individualité de conscience pour s'appréhender dans un vaste ensemble. La difficulté pour cet être consiste à atteindre le positionnement de l'universalité. Son réflexe est encore de considérer l'ensemble à partir de son individualité propre, ce qui est une des causes des difficultés du cinquième règne actuellement. Il faut que se mette en place une sorte d'automatisme vers l'universel. Cette prise en compte de l'universel doit devenir un instinct. L'intuition dont je vous disais qu'elle était l'apport que la vie recevait du cinquième règne, l'intuition est la qualité qui résulte de cette connexion permanente et automatique à l'universel. D'où, pour le cinquième règne, ce point de passage obligé par des expériences de groupes, quels qu'ils soient : entreprise, association, club, communauté spirituelle…

Après un temps de silence, Claire reprit :

– Face à cette tendance, qui voit l'émergence de ce que Lionel appelle l'individuniversel, et dont il vous parlera sûrement, quelle est la réponse du négatif ?

– Les sectes, dit rose.

– Exactement, les sectes. Qu'est-ce qu'une secte ? C'est un groupe du cinquième règne qui est encore en personnalité, qui a un comportement de quatrième règne. Les groupes ont la même évolution que les individus. C'est la loi d'inclusivité qui s'applique aussi. Vous avez des groupes qui abritent des réactions de personnalité, des chefs qui ont toujours raison, des seconds qui veulent être calife à la place du calife, d'autres qui cherchent à s'en mettre plein les poches. Cela, c'est le groupe en personnalité. Les êtres qui y sont, et qui sont souvent des êtres avancés, sensibilisés aux valeurs du cinquième règne, se comportent comme s'ils étaient encore du quatrième. Bon, il faut nuancer, parce que certains groupes sont carrément dirigés par des êtres noirs. Le quatrième règne a beau jeu de dénoncer tout cela, à juste titre, mais il jette le bébé avec l'eau du bain. Le groupe du cinquième règne, c'est une table ronde, sans hiérarchie parce que tous sont égaux en potentialité et qu'au regard de l'éternité les différences d'âge d'évolution sont bien infimes.

– Tu en connais beaucoup, des groupes fonctionnant selon la Table ronde ? demandais-je.

– Il n'y en a pas beaucoup, mais j'en connais, répondit Lionel.

– Lesquels ?, insistai-je, et ne me dis pas que ce n'est pas le sujet du jour.

– Ce n'est pas le sujet du jour, me répondit tranquillement Lionel avec ses yeux qui me souriaient.

Rose intervient alors pour lui dire qu'elle le trouvait très critique, et pour tout dire très séparatif à l'égard du quatrième règne.

– C'est que je me suis fais mal comprendre, lui répondit Lionel. Je vous l'ai déjà dit à plusieurs reprises, il n'y a aucune idée de séparativité, aucun mépris dans mes propos à l'égard du quatrième règne, et il ne saurait y en avoir. Je regarde les hommes dans un esprit de fraternité et mon but n'est pas de critiquer mais d'aider. Le quatrième règne a pour but de développer l'individualité de conscience et il le fait bien. Il est dans son rôle quand il s'oppose au cinquième règne. Le problème est qu'il y a blocage de l'évolution parce que l'humanité a ouvert les portes de la demeure du mal et que la matérialité de la Terre est arrivée à un niveau tel que les hommes sont trop dépendants du négatif pour s'en sortir seuls. Claire, peux-tu leur rappeler le contexte ?

– À l'époque Atlante, intervint Claire aussitôt, les hommes ont eu recours à la magie noire en détournant les pouvoirs sur la nature que les guides de l'humanité leur avaient confiés. Par ces comportements, ils ont ouvert les portes de la demeure du mal, ce qui se traduit aujourd'hui par l'inversion des valeurs, le règne du faux et l'égoïsme matérialiste. L'humanité avait portant assez à faire avec le mal planétaire sans se mettre sur le dos un mal cosmique.

Lionel reprit la parole :

– Mais c'est notre tâche aujourd'hui de refermer ces portes, et nous serons aidés en cela par des événements dont j'aurai à vous parler. Mais mon propos de ce jour, c'est de vous expliquer que la situation est bloquée parce que, pour les raisons de lourdeur que je viens d'évoquer, le cinquième règne qui émerge n'assume pas son rôle.

– Comment cela, lui dis-je surpris, après tout ce que tu nous a dit sur les êtres du cinquième règne ?

– Je t'ai évoqué hier les êtres qui étaient consciemment entrés dans le cinquième règne et qui y jouaient un rôle actif, un rôle de semeur dans le mental humain car il n'y a que par ce biais que la situation pourrait se débloquer. Encore faut-il qu'il y ait suffisamment d'êtres qui sèment. J'ai dit que la quantité ne compte pas, c'est vrai, mais il y a tout de même un phénomène de masse critique. Or quelle est la situation aujourd'hui ? Claire, peux-tu rappeler les chiffres à nos amis ?

– Un cinquième environ de l'humanité est entré dans le cinquième règne. Peu importe la race, la couleur, la religion, le pays, un cinquième de l'humanité est maintenant conscient qu'au-delà de l'individualité, il existe d'autres valeurs. Il faut aussi respecter les autres, arrêter d'asservir ou de se servir sans réfléchir, et donc établir de justes relations entre les hommes et entre les règnes de la nature.

– Un cinquième, dis-je, c'est beaucoup.

– Bien sûr que c'est beaucoup, et c'est le signe d'une réelle mutation de l'humanité. Le problème est que les quatre-vingts pour cent de ce cinquième ne sont pas vraiment éveillés en tant qu'êtres du cinquième règne. Ils sont entrés dans le cinquième règne, mais ils n'y progressent pas. Ils sont bloqués par la lourdeur ambiante. Ils ont peur, ils n'assument pas. Ils n'ont pas encore l'étoffe des premiers chrétiens et n'ont aucune envie d'être jetés dans la fosse au lions. Certains sont encore prisonniers de leur personnalité, ou pire, se comportent comme s'ils étaient encore du quatrième règne.

– Comment peux-tu être aussi précis dans tes chiffres ? demanda Rose.

– Ce sont des proportions qui ont été données, intervint Lionel. Nous vous les communiquons, mais vous êtes parfaitement libres de ne pas en tenir compte. Donc, un cinquième de ce cinquième, soit quatre pour cent de l'humanité seulement, est réellement conscient de sa différence et s'affirme comme tel à ses risques et périls. Ce sont des êtres qui se lancent dans des thérapies alternatives, dans l'agriculture biologique, qui se dévouent pour des associations humanitaires ou écologiques, ce sont aussi des journalistes, des écrivains, des artistes qui n'hésitent pas à porter le flambeau des valeurs du cinquième règne, même s'ils ignorent ce terme. Ils savent qu'ils participent à une profonde mutation de l'humanité et ils ne se posent pas de question, ils foncent. Si tout les êtres du cinquième règne étaient comme ceux-là, le monde aurait déjà changé.

– En t'écoutant, dit Claire, tu sais à quoi je pense ? À la formule célèbre de l'abbé Sieyès juste avant la Révolution : « Qu'est-ce que le tiers-état ? Tout. Qu'est-il dans la société ? Rien. À quoi aspire-t-il ? À y devenir quelque chose. » Tu remplaces tiers-état par cinquième règne et tu as la situation actuelle.

– Oui, sauf que le cinquième règne n'est pas prêt à faire la révolution.

– Même la divine révolution ? ironisai-je.

– La divine révolution, comme tu dis, viendra d'en haut, et probablement sous peu, répliqua Lionel. Les hommes risquent alors de regretter amèrement d'avoir laisser passer les opportunités d'évoluer en douceur.

– Que veux-tu dire ? questionna Rose en fronçant les sourcils.

– Rien qui ne te concerne pour l'instant, Rose. Mais le fait que la grande partie du cinquième règne n'assume pas pose un grave problème.

– Mais concrètement, cela se traduit comment ? demanda Rose.

– Beaucoup d'êtres sont velléitaires. Ils restent dans leurs rêves. Ils aimeraient bien changer, certains sont même certains qu'ils perdent leur temps là où ils sont, d'autres savent précisément ce qu'ils ont à faire dans tel ou tel domaine, mais ils hésitent, parce que le matériel n'est pas assuré, parce qu'ils mettent une foule de mauvaises raisons au premier plan. Ils n'arrivent pas à faire la part entre l'essentiel et le secondaire.

– Tu es bien sévère, lui reprocha Rose. Nous sommes tous un peu comme cela…

– Pas tous, Rose, pas tous. Cette indulgence que tu prônes est très significative, car elle vaut aussi pour toi-même, encore que tu as franchi le pas aujourd'hui en te mettant en retrait. Note que je ne juge pas, je constate.

– On peut les comprendre, dit Claire. Ce sont des êtres sensibles qui sont agressés en permanence dans leurs convictions spirituelles. Alors ils font profil bas.

– Il faut être extrêmement fraternel avec ceux qui entrent dans le cinquième règne, continua Lionel. Il faut les soutenir car ils sont automatiquement agressés dès qu'ils commencent à rayonner en tant que réalité énergétique. Le quotidien est notre champ d'épreuves et nous sommes confrontés aux forces qui s'opposent à la lumière. Cela nécessite du courage, et surtout, une qualité qui ne s'acquiert qu'avec la maturité dans le cinquième règne.

– Quelle est cette qualité ? demandai-je.

– Il faut de la sérénité.

Lionel fit une pause pour se resservir une tasse de thé. Ce qu'il disait ne me choquait pas. J'avais souvent constaté cette difficulté des êtres de bonne volonté à faire valoir ou à concrétiser un point de vue différent et alternatif.

– Actuellement ce sont des êtres qui s'ignorent, parce qu'ils n'ont pas accès au Livre de la Connaissance dont je vous ai ouvert quelques pages. Ils n'ont pas la vision de la traversée du règne humain, ni de la maîtrise du non-soi et de l'effacement de la personnalité devant l'âme. Et dès qu'ils tentent de se mettre en marche, ils en prennent plein la figure ! Ils se sentent isolés, ils se replient sur eux-mêmes et tombent en pleine inertie spirituelle. Compte tenu des enjeux, je peux dire que le cinquième règne se constitue actuellement un lourd karma.

– Mais, dis-je à Lionel, si j'ai bien compris, cette inertie est normale, presque inévitable. Chaque cycle, donc chaque règne, commence par la matérialité de ce cycle, il faut quitter les jupes de la mère et grandir en conscience. Le cinquième règne n'en est pas exempt, il doit commencer par se libérer de l'inertie de sa matière, même si cette matière est déjà de l'esprit pour des êtres du quatrième règne.

Lionel me regarda avec beaucoup de sérieux et je me sentis pénétré jusqu'à l'âme.

– Je crois que maintenant tu es mûr pour formuler et témoigner. Est-tu libre demain ?

– Oui.

– Viens déjeuner à la maison. Nous en reparlerons.

Je vis que cette invitation ne concernait que moi, et devait nécessairement être en rapport avec ce que j'attendais depuis si longtemps. Toutefois, je ne voulais pas déchanter une fois de plus et je tentais de rester impassible.

– Ce que tu dis est juste, reprit Lionel, mais le problème est que chez beaucoup d'êtres le combat contre l'inertie n'est même pas commencé. Les quatre cinquièmes du cinquième règne sont encore piégés par l'illusion du matérialisme, ils assument le chemin de l'avoir mais pas celui de l'être, ils s'investissent encore pour réussir dans la vie au lieu de chercher à réussir leur vie. Ce sont des êtres encore endormis, chloroformés. À peine entrés dans le cinquième règne, ils font des pas en arrière.

– Mais pourtant, dis-je, l'ouverture avec leur être permanent est réalisée.

– Oui, la belle au Bois dormant a été éveillée. Normalement, Abel est aux commandes. Caïn, et derrière lui tous les seigneurs lunaires, devrait s'incliner, s'agenouiller et obéir, mais cela ne se fait pas d'un coup de baguette magique. Il ne devrait pas en être ainsi, mais le cinquième règne a encore de la transmutation à réaliser. Le négatif est tellement présent, tellement pesant…

Lionel laissa sa phrase en suspens mais Claire la prolongea aussitôt :

– Tellement pesant que certains ne font pas que dormir, ils participent au système mis en place par le quatrième règne. Vingt pour cent de l'humanité possèdent les quatre cinquièmes des richesses, et un cinquième de ce cinquième possède quatre-vingts pour cent des quatre cinquièmes des richesses. La règle des 80-20 s'applique deux fois !

– Ce sont des études de mathématiques que tu as dû faire, Claire, lui dis-je amusé. Mais pourquoi des êtres du cinquième règne se complaisent-ils dans des comportements du quatrième ?

– Parce que cela leur est si facile ! répondit Claire. Voilà des êtres qui ont tout pour réussir, ils ont poussé leur personnalité au maximum de son épanouissement pendant tout le chemin de l'aller, durant toute leur traversée du quatrième règne. Ils jouissent d'une bonne santé, ils maîtrisent leur émotionnel, ils ont un mental concret très au-dessus de la moyenne qui leur ouvre les portes des bonnes écoles. Très naturellement, ils accèdent à des responsabilités de groupe, ils font de la politique ou deviennent chefs d'entreprise, hauts fonctionnaires, savants, que sais-je encore. Et au lieu de se battre pour ce que leur dicte leur être, pour les valeurs qui étaient leur idéal de jeunesse, ils cèdent aux sollicitations du négatif qui leur déroulent des ponts d'or dans le système. Ils usent de leurs acquis pour profiter et manipuler. Et ils finissent par cautionner toutes les aberrations du quatrième règne, l'alimentation qui ne nourrit plus mais encrasse les corps, la médecine qui soigne mais ne guérit pas, la destruction de la nature, l'exploitation du tiers-monde, la grande agriculture polluante, la déforestation, que sais-je encore… la laideur des faubourgs, comme disait Brel. Ils se servent, c'est tellement commode !

Elle qui était toujours très calme se montrait réellement animée. Passionnée n'était pas le mot juste, mais je la sentais soulevée par une saine et sainte colère. Je ne pus néanmoins m'empêcher de lui dire :

– Tu y vas fort, Claire.

– Pas tant que ça, Erwan. Regarde toutes ces forêts qui disparaissent, et avec elles des milliers d'espèces animales et végétales, simplement pour imprimer des niaiseries et des pages de publicité dans des revues. Dix millions d'hectares de forêts détruits chaque année, c'est pas mal, non ? Tout cela pour entretenir ou susciter les désirs des nantis du quatrième règne ! Tu ne crois pas qu'il y a mieux à faire aujourd'hui ? Vous ne voyez pas que l'humanité se meurt, que nous allons tous dans le mur et que nous sommes bien naïfs de penser que nous nous en sortirons quand même ? Ce qui me rend furieuse, c'est que des gens lucides et honnêtes du quatrième règne s'en rendent compte et le disent, alors que ceux du cinquième roupillent ou même collaborent encore à ce système.

– Balaye devant ta porte, Erwan, l'interrompit Lionel. Il n'y a pas si longtemps tu étais dans la banque. Cela ne te gênait pas de participer à cette course à la rentabilité absolue où les hommes sont jetés par-dessus bord pour alléger la barque ? On est même plus à l'exploitation de l'homme par l'homme, on est carrément passé à son exclusion ! Voilà un beau système où l'autre ne m'intéresse que dans ce qu'il a à me vendre, ou dans ce que j'ai à lui prendre. Et ce mirage des marchés financiers où circule tous les trois jours l'équivalent d'une année entière de commerce mondial, tu crois que ça va se terminer comment ? En supernova auprès de laquelle le krach de 1929 fera figure d'un petit pétard pour gosse ! Tu as la mémoire courte, Erwan, tu faisais partie du cinquième règne endormi, et même de la petite minorité qui était retombée dans les vieux démons du quatrième.

– C'est vrai que je n'étais pas très à l'aise, avouai-je.

– Les êtres du cinquième règne qui participent au système ont forcément mauvaise conscience, reprit Claire, car ils connaissent les vrais enjeux, et ils savent que notre civilisation va dans le mur. Et en plus, ils sont leurrés par les vrais dominants du quatrième règne. Ceux-là ont l'intelligence de leur laisser quelques miettes pour qu'ils participent au système. Une des astuces du mental concret, c'est le saucissonnage, qui enlève la vision de l'ensemble et permet au mal de se dérouler en toute impunité, et surtout en toute irresponsabilité de chacun.

– Je reconnais qu'il y a du vrai dans ce que tu dis : le banquier prête à son client. S'il a des difficultés, il l'envoie au service du contentieux. Le contentieux donne le travail à l'huissier qui fait son boulot, et puis ça part au tribunal qui fait aussi le sien. La responsabilité a été découpée en tranches, elle n'a plus de sens, c'est devenu un mécanisme implacable et inhumain. Au bout du compte, tout le monde se fiche de savoir s'il est juste ou pas qu'un type se retrouve au tribunal.

– Je ne voudrais pas faire d'amalgame, continua Claire, ce ne serait pas honnête, mais le nazisme a commis les pires horreurs en recourant au saucissonnage. Chacun pouvait dire : « J'ai fait mon travail, et pour le reste je ne savais pas, ce n'était pas de mon domaine. » Les grandes firmes chimiques qui font des pesticides qui tuent une partie du règne animal ou végétal fabriquent aussi des médicaments qui soignent le règne humain et des saloperies biologiques ou bactériologiques pour la défense nationale. C'est souvent des variantes de la même molécule. Quand tu es cadre là-dedans, tu fais quoi ?

Lionel profita d'une pause pour intervenir :

– Il n'y a pas que la mauvaise conscience que les êtres du cinquième règne ont à gérer. Comme ils savent, ils font du karma. Et parce que ce sont des êtres avancés, ils ont le retour de karma rapide. Les seigneurs de karma ne sont pas obligés d'attendre des dizaines de vies pour que la personne soit en état de comprendre. Je prends un exemple. Comme je vous l'ai déjà dit, un certain nombre de chefs d'entreprise et de hauts responsables sont du cinquième règne. Ils ont en charge des responsabilités de groupes d'êtres plus ou moins importants, ce qui les invite à expérimenter la mise en place de justes relations humaines. Certains vont chercher à harmoniser le bien général de l'ensemble, mais d'autres vont chercher à tirer profit du groupe qu'ils ont à guider. Cette mauvaise gestion des relations a pour effet d'induire une charge karmique, qui souvent, mais pas toujours, va s'exprimer au niveau de la santé. N'oubliez pas que ce sont des énergies qui sont ainsi gérées.

– Je me souviens que tu nous en déjà touchés, remarquai-je. J'ai relu des notes il n'y a pas longtemps là-dessus. Quand on est en personnalité, ce sont les trois centres, sacré, basal et plexus, qui sont actifs. Quand c'est l'âme qui domine et qu'on est dans une relation de groupe, les centres supérieurs devraient être activés : le centre du cœur pour les justes relations, le centre de la gorge pour la créativité et le centre de la tête pour le bien de l'ensemble. Dans un contexte de groupe, il doit se produire une montée d'énergie depuis le plexus solaire vers le centre du cœur, et si la relation est mal gérée, cela peut entraîner une rupture de l'organe physique.

Il y eut un profond silence qui se prolongea. Nous avions dû bavarder longtemps car le soleil était masqué par la cime des grands arbres. Je rompis le silence :

– Alors on en est là ?

– Et oui, la situation est bloquée, les chevaliers qui devaient voler au secours de la veuve et des orphelins du quatrième règne sont pour la plupart aux abonnés absents. Cela ne veut pas dire que tout espoir est perdu, mais il faudrait beaucoup de temps, et c'est précisément ce qui manque aujourd'hui, parce que le corps physique de notre pauvre planète commence à souffrir de tout cela.

– Moi qui pensait que le cinquième règne, c'était le règne du bonheur ! dis-je à Lionel en essayant de dérider un peu notre petit groupe.

– Erreur, me dit-il avec son air amusé. C'est le quatrième règne qui recherche le bonheur. Le cinquième règne aspire à la joie. C'est la joie qui le porte sur le chemin long et difficile de la libération.

Il s'interrompit et dit alors très doucement :

– Et quand tu te prépares à entrer dans le sixième règne, alors tu connais la félicité…Mais comme tu le vois, nous n'en sommes pas encore là.

Rose nous proposa un petit dîner succinct. J'acceptai avec joie mais Claire déclina à cause des enfants. Ils prirent donc congé, et comme nous les accompagnions, Rose et moi, jusqu'à leur voiture, Lionel me lança gaiement :

– Alors à demain !

XX
LA PROPHÉTIE DU CINQUIÈME RÈGNE

Lorsque j'arrivai le lendemain midi, Claire avait disposé au milieu de la table un magnifique chemin de fleurs. C'était une alternance de tulipes, de roses et de lys. Je regrettais l'absence de Rose que Lionel n'avait pas conviée aujourd'hui, bien qu'il dût se douter de l'intérêt que nous manifestions l'un pour l'autre. D'autant qu'hier soir, nous avions poursuivi la conversation longtemps après le départ des Delmont et j'avais fini par avouer à Rose l'attirance puissante qui me portait vers elle. Je lui avais aussi parlé de cette impression de retrouver un être que je connaissais de longue date. À ma grande joie, elle m'avait confié que cette attirance était réciproque, et nous nous étions longuement embrassés en nous quittant. En dépit de l'importance probable de ce rendez-vous que m'avait fixé Lionel, j'avais donc un peu la tête ailleurs ce matin-là, car j'étais très impatient de la revoir. Mais sans doute fallait-il que je sois seul aujourd'hui chez Lionel.

Je lui demandai si les fleurs qui ornaient la table avaient une signification particulière.

– Oui, me répondit-il. Ce sont les énergies qu'il nous est demandé de faire rayonner. La tulipe rouge est la fleur de la création. La rose est celle de l'amour et le lys symbolise la pureté. De même que le blanc est la synthèse de tous les rayons, la pureté est l'énergie de synthèse qui naît de l'usage du beau, du bien et du vrai. C'est cette énergie de pureté que nous avons à acquérir, car la pureté amène la perfection en toute chose. Pureté et perfection sont des énergies par lesquelles le Père peut faire passer sa puissance. Pureté, perfection, puissance, souviens-toi de cette triplicité qui traduit l'identification avec le Père et ses énergies de création.

Lionel était souriant et détendu comme à son habitude, et pourtant je le sentais un peu préoccupé, voire soucieux, alors qu'il ne se prenait jamais au sérieux.

– Quelque chose ne va pas, lui demandai-je ?

Je vis dans son regard paisible comme un lac que je m'inquiétais à tort. Il restait serein en toutes circonstances, « car sinon, disait-il souvent, comment veux-tu que le Père puisse aider, lui qui est un absolu de positif ? »...

– Tout va bien, Erwan, mais j'ai reçu l'information que le moment était venu.

Je compris immédiatement que mon intuition était juste, et une légère angoisse crispa mon plexus solaire. J'observai que malgré moi mes mains transpiraient légèrement. Il allait me parler de cette fameuse mission, dont j'attendais la formulation depuis près d'un an.

– Ne le prends pas mal, me dit-il comme s'il avait lu en moi, mais j'ai préféré que tu sois seul aujourd'hui, pour différentes raisons. D'abord parce que c'est ta mission. Ensuite parce que je ne suis pas sûr que Rose soit tout à fait prête à entendre, pour l'instant, ce que j'ai à te dire. Enfin, je préfère que tu sois bien concentré.

– Qu'est-ce que tu veux dire, Lionel ?

– Ne me prends pas pour un naïf. Je vois bien ce qui se passe entre vous, et d'ailleurs j'en suis ravi car ce sont des retrouvailles d'êtres. J'irais même plus loin, je pense que votre rencontre s'inscrit dans les événements à venir.

– De quels événements parles-tu, Lionel ?

Claire n'était pas très loin, occupée à préparer le repas dans le coin de la cuisine. Lionel s'assit et m'invita à en faire de même, puis il commença.

– Hier, je t'ai brossé un tableau assez sombre de la situation. De nombreuses espèces disparaissent chaque jour. Les équilibres écologiques, et notamment l'équilibre climatique, sont en train de vaciller en raison des activités humaines. Qui plus est les manipulations génétiques, le clonage, les implants électroniques menacent la nature même de l'homme. L'humanité s'enfonce et ne parvient plus à se libérer de ses carcans : carcan de l'économie que personne ne maîtrise, carcan de la pensée unique qui enferme les consciences, carcan des religions qui attisent le fanatisme et la séparativité au lieu de réunir…

– Et tu nous as dit hier que le cinquième règne était défaillant.

– Oui, pour débloquer cette situation, il faudrait qu'un nombre suffisamment important d'êtres, si possible ensemble, sèment régulièrement dans le mental humain. Alors, les êtres du quatrième règne avancé, les intellectuels, les savants, les artistes, pourraient recevoir ces impulsions et infléchir l'évolution actuelle. Malheureusement, les êtres du cinquième règne n'en sont encore qu'au début de leur cycle, et, comme je te l'ai dit hier, la plupart se complaisent dans un profond sommeil. J'irai même plus loin. La matérialité de la Terre est telle que même des êtres conscients qui ont franchi la troisième initiation, et qui normalement ont une maîtrise de leur non-soi, connaissent encore des problèmes de transmutation. Ce sont des êtres que je qualifierais de très avancés, mais sur certains points ils sont en état de non-maîtrise, voire de dépendance. Ce qui entraîne des remontées de pollutions vers la Maison du Père, lequel ne peut que fermer le canal. Au final, notre travail d'impression est insuffisant car nous laissons remonter des pollutions de nos corps qui affaiblissent nos émissions subtiles.

Le cinquième règne émet plutôt une sorte de brouillard, une pensée qui n'est pas suffisamment claire pour être reçue et comprise par l'intelligentsia du quatrième règne avancé. Et c'est bien dommage car l'humanité commence à prendre conscience que les solutions à nos problèmes ne sont plus à chercher à l'extérieur mais en nous-mêmes, dans ce que nous attendons de la vie, dans nos comportements.

– Alors comment sort-on de cette impasse, fis-je ?

– Le Père sait que l'humanité est mûre pour faire un pas vers sa réalité intérieure. Il sait qu'une partie du quatrième règne est au seuil du cinquième, et il sait aussi que ce dernier représente maintenant une proportion significative de l'humanité. Mais il voit aussi les blocages et les verrous qui empêchent toute évolution. Il voit le poids du négatif et la dépendance de l'humanité à son égard. Et il voit aussi tous ces êtres du cinquième règne encore prisonniers de la planète, et tous ceux, moins nombreux, qui tendent la main vers lui et l'invoquent avec force.

Lionel s'arrêta pour laisser Claire mettre le couvert.

– Ne vous interrompez pas pour moi, dit-elle, je vous écoute attentivement.

– Le Père de la planète a décidé de saisir ces mains qui se tendent vers lui, parce qu'il a senti que beaucoup d'êtres ont pris conscience de leur dépendance au négatif. Il voit qu'ils n'ont plus la force de se libérer seuls, mais le Père est sur un plan où il sait quand il peut se satisfaire de la seule intention des hommes. Il fait confiance. La prise de conscience est suffisante en elle-même pour effacer une bonne partie du karma. Le Père sait que l'humanité ne peut plus s'en sortir seule, mais il voit aussi que la majorité d'entre elle veut se libérer du système. Alors le Père a décidé de faire sauter les verrous qui bloquent l'humanité. Il peut intervenir car il sait que la toile de lumière nécessaire au retour des guides de l'humanité est suffisamment dense aujourd'hui pour prendre le relais après le grand bouleversement. L'humanité a maintenant besoin ardemment que ses guides, qui l'ont quittée il y a douze mille ans pour la laisser faire son expérience du faux, reviennent pour l'aider à reprendre un bon chemin.

– Et comment le Père va-t-il s'y prendre pour faire sauter les verrous ? demandais-je.

– Avant de t'en parler, j'ai un dernier point à évoquer avec toi. Je me suis attardé suffisamment longtemps avec toi sur l'inclusivité pour que tu saisisses ce que j'ai à te dire. L'humanité et la Terre elle-même ne sont pas le centre du monde. Comme je te l'ai expliqué, la Terre fait partie d'un système plus vaste.

– Oui, lui dis-je pour lui montrer que je n'avais pas oublié. La Terre fait partie du corps de manifestation de grands êtres. Elle est un organe énergétique dans le système solaire, et aussi dans le système cosmique que tu appelles « Celui de qui rien ne peut être dit ».

– La Terre dans son aspect cosmique est un centre temporaire dans le corps de « Celui de qui rien ne peut être dit ».

– Pourquoi temporaire ?

– Je ne vais pas rentrer dans la technique. Pour simplifier, la Terre joue un rôle de jonction au sein d'une circulation cosmique, c'est un point de passage obligé. Elle est un centre dans la tête énergétique de « Celui de qui rien ne peut être dit ». Ce centre doit se mettre en activité pour établir un pont entre les énergies du cœur et celles de la matière.

Il fit une pause et reprit :

– La Terre et l'humanité qui en fait partie sont donc un élément dans un vaste ensemble qui est lui-même en évolution. Or il se trouve que le blocage dont je te parlais au niveau de l'humanité empêche la Terre d'assumer sa fonction dans l'univers. Elle n'émet pas l'énergie qu'elle devrait.

– Quel genre d'énergie ? demandai-je.

– De l'énergie d'amour, par exemple me dit Lionel avec un sourire entendu, mais aussi des lumières de compréhension nécessaires à des liaisons cosmiques.

– Lesquelles ? insistai-je.

– En son temps, Erwan, je te donnerai les indications que tu souhaites sur l'anatomie énergétique de l'homme céleste. Notre planète a pour fonction de transmettre la vie de la matière au centre du cœur de « Celui de qui rien ne peut être dit ». Il n'y a qu'à cette condition que le mental universel, l'âme cosmique de ce grand être, peut irradier le cerveau planétaire et insuffler par ce biais son énergie jusqu'au plus profond de la matière. Mais l'organe Terre ne fonctionne pas encore et bloque des échanges cosmiques fondamentaux. La Terre n'est pas à son rendez-vous. Des énergies sont envoyées à la Terre, sur laquelle il n'y a pas de capteurs conscients. Ces informations s'échappent et courent l'univers. Alors, si je puis me permettre cette image, de partout dans l'univers, les grands êtres concernés viennent voir ce qui se passe sur la Terre. Ils veulent savoir ce qui bloque leur propre évolution, pourquoi l'organe Terre ne fonctionne pas. C'est comme quand tu es malade, le médecin vient te voir, il t'ausculte, il examine la situation, fait son diagnostic et le cas échéant te remet entre les mains du chirurgien. C'est ce qui va se passer pour l'humanité. Le Père n'est pas seul en cause. Il va être aidé par beaucoup d'êtres dans son travail de nettoyage.

Claire nous dit que les enfants mangeaient à part aujourd'hui, et elle prit place avec nous, bien que rien n'ait été servi. Je commençai à avoir un peu faim. Elle demanda à Lionel :

– Tu n'abordes pas la configuration astrologique ?

– Je ne veux pas compliquer les choses, mais vas-y.

– Juste une remarque préalable, me dit Claire : il y a l'astrologie exotérique, celle des horoscopes, des signes et des planètes, et une astrologie ésotérique qui considère les planètes, les constellations, les galaxies comme des centres où pulsent et circulent des énergies. Sur le plan de l'astrologie ésotérique, donc, nous sommes entrés dans la même configuration cosmique qu'il y a douze mille ans. Ce cycle se caractérise par ce que certains spécialistes appellent le rayon de l'ordre cosmique. C'est une énergie de l'univers qui élimine ce qui n'est pas conforme à l'architecture de la création et à la volonté du Père. Comme notre monde n'est pas issu du hasard et qu'il a des rendez-vous à assumer dans une construction universelle, comme te l'a dit Lionel, il va donc se passer quelque chose.

– Et que s'est-il passé il y a douze mille ans ?

– La plupart des textes sacrés et des légendes des peuples de la Terre nous parlent d'un déluge, me répondit Claire. On nous dit que ce fut une destruction de l'humanité voulue par Dieu pour enrayer la montée de la violence et du mal.

– Donc, dis-je, il va y avoir un déluge ?

– Ce serait trop simple, Erwan. L'histoire ne se répète jamais de la même façon.

Elle fit une pause et Lionel se leva pour aller chercher un petit carnet recouvert d'un épais maroquin marron.

– Comme tu le sais maintenant, dit-il en feuilletant son carnet, un être bien aligné peut se trouver sous impression d'êtres supra conscients, j'entends par là recevoir des énergies et avoir des contacts avec des êtres du sixième règne et même au-delà. Je vais te lire, Erwan, le message que j'ai reçu il y a bientôt deux ans. Je te demande de ne plus rien noter à partir de maintenant et de simplement prêter attention à ce que tu vas entendre.

Lionel me lut alors un texte court et concis. Il donnait un délai précis en nombres d'années, jour pour jour, et disait en substance qu'il se produirait à cette date un déchaînement simultané des quatre éléments : ouragans et cyclones, séismes et irruptions volcaniques, raz de marée et montée du niveau des eaux, et enfin pluie de météorites. Le soleil resterait caché durant les trois premiers jours. Les vents atteindraient parfois plus de trois cents kilomètres à l'heure. Personne ne pourrait sortir de chez lui pendant quarante jours. Le message annonçait beaucoup de pertes en vies humaines. Ces événements étaient irréversibles, et il n'y avait plus rien à faire pour les éviter. Les destructions seraient ciblées sur les centres du négatif. Le texte se terminait en disant que c'était une opportunité donnée par les Pères de l'humanité pour qu'elle reprenne un meilleur chemin.

Lionel avait terminé sa lecture et il se fit un profond silence. J'étais sous le choc, et déjà de multiples questions montaient en moi. Mais Lionel reprit son carnet et poursuivit sa lecture.

– Voici maintenant le texte que j'ai reçu après le tsunami qui a ravagé les côtes de l'Asie du Sud-Est et de l'Inde.

C'était un texte encore plus court dans lequel on confirmait ce qui avait été annoncé. Il précisait que tout était maintenant en place et que ce n'était plus qu'une question de correspondances cosmiques.

Lionel me fit une seconde fois la lecture pour que je m'en imprègne bien, et un nouveau silence se fit.

– C'est sérieux ? demandai-je bêtement.

Ils me regardèrent tous les deux sans se donner la peine de répondre. Claire se leva et dit :

– Bon, le déjeuner doit être prêt.

– Tu as peut-être des questions à poser, me dit doucement Lionel.

– J'en ai tellement que je ne sais pas par où commencer, répondis-je. Je suppose que la date est proche.

– Nous en reparlerons plus tard, si tu le veux bien. Mais oui, elle est proche.

Malgré moi ma gorge se serra. Et puis le mental concret reprit le dessus et je me laissais emporter par un tourbillon de pensées négatives. Je me refusais à y croire, Lionel avait cédé au délire apocalyptique, tout cela était un canular de mauvais goût fabriqué de toute pièce par des schizophrènes. J'essayais de calmer cette agitation intérieure dans les douze secondes recommandées par Lionel.

– Je ne te ferai pas l'injure de te demander si tu es sûr de ce que tu dis.

Lionel sourit mais ce fut Claire qui répondit :

– Mon cher Erwan, tu manies la prétérition avec art ! Lionel a reçu d'autres messages qui corroborent ou qui précisent le message qui t'a été lu. Il en a tout un carnet, comme tu as vu. J'ajouterai que plusieurs livres évoquent explicitement de tels événements. Tu permets une minute ?

Elle sortit et revint peu après avec deux livres qu'elle me remit : *Le Mystère des crânes de cristal*[1] et *La Bible : le code secret*[2].

– Tiens, dans celui-là, il y a tout un chapitre sur le sujet, c'est parfaitement dit. Dans l'autre, la date y est à peu près, mais c'est au milieu de tout un fatras qui montre que l'auteur n'a pas compris de quoi il s'agissait.

Je feuilletai rapidement les livres et les mis de côté. Je repris :

– Mon premier réflexe est qu'il faut prévenir les gens, annoncer cela haut et fort pour sauver ce qui peut l'être.

– Ce n'est pas ce qui est demandé, répliqua Lionel. Mais tu peux toujours essayer. Personne ne te croira, tu passeras pour un illuminé. L'humanité doit vivre cette épreuve, car c'est une opportunité pour comprendre et rebâtir un autre monde sur des valeurs remises à leur juste place, l'esprit en haut et la matière en bas. Est-ce que tu as compris que c'était un événement qui était piloté d'en haut ?

– Je trouve que là-haut, comme tu dis, ils y vont un peu fort, d'envoyer une pareille correction sans avertissement !

---

1. Chris Morton et Ceri Louise Thomas, Éditions du Rocher, 1999.
2. Michael Drosnin, Robert Laffont, 1997.

– Il y a eu de nombreux avertissements, Lionel, mais aucun n'a été entendu. Les hommes ne savent plus lire les signes. Souviens-toi de la double tempête qui a ravagé la France en 1999. C'est une date, un et neuf répété trois fois ! La tempête qui se dédouble. Je ne te parle pas de Tchernobyl, ni du réchauffement du climat et de la fonte des glaces, ni des chiffres du nombre de séismes dont la courbe est une exponentielle.

– Mais tous ces morts…

– Personne ne peut plus rien empêcher, Erwan. Chacun recevra sa guidance. Ce n'est pas à toi de décider qui doit faire l'expérience de quoi, qui doit survivre ou ne pas survivre, et tu n'as pas non plus à solder le karma de l'humanité à toi tout seul.

– Mais, Lionel, c'est la fin de notre civilisation.

– Oui. Le Père a décidé de mettre à bas la civilisation du faux dans laquelle l'humanité s'enfonce. Telle est sa volonté, pour toutes les raisons que je t'ai confiées tout à l'heure. Et entre autres parce qu'il a entendu l'intention profonde de la majorité des hommes, notamment de ceux qui sont exploités, asservis, dominés et dont la voix ne comptera jamais dans ce système, à supposer qu'elle soit entendue. Je voudrais que tu retiennes que ce grand bouleversement va entraîner le retrait du négatif cosmique et l'élimination de la plupart de ses œuvres.

– Qu'appelles-tu le négatif cosmique ?

– Nous l'avons déjà évoqué ensemble. Je veux parler du mal cosmique qui n'avait rien à faire sur la Terre et que l'humanité a attiré par le mauvais usage des pouvoirs qui lui avaient été confiés. Il y a le mal « humain », la tendance naturelle du quatrième règne à la séparativité et à l'égoïsme. Les hommes sont bien armés pour affronter ce mal et le transcender. Mais la domination de l'humanité par le matériel, c'est autre chose. Pendant longtemps, à l'époque Atlante, les guides ont joué le rôle de bouclier, mais avec le développement du mental de l'humanité, celle-ci a augmenté son pouvoir de nuire. Ils ont dû se retirer et de grands êtres noirs ont établi leur nid sur la Terre, se nourrissant de la pollution qu'ils généraient chez les hommes. C'est cela qui va être nettoyé, sur un plan subtil d'abord, puis sur le plan physique.

– De quelle manière ?

– Ce sera très ciblé sur le négatif. Le pilotage, notamment au niveau des météorites, sera très fin. J'ai reçu des messages évoquant une chirurgie au laser.

– Est-ce que les grandes villes figurent parmi les cibles ?

– Je ne peux pas te répondre. Tu peux simplement constater par toi-même que les grandes villes sont très polluées, et je ne pense pas qu'à l'air.

– Est-ce qu'il y aura un basculement de l'axe des pôles ?

– Je ne peux pas te répondre, répéta encore Lionel. C'est possible.

– Lors du tsunami dont parlait Lionel, intervint Claire, les scientifiques ont mesuré une légère modification de cet axe. C'est donc qu'il n'est pas stable. Je sais aussi que d'autres scientifiques pensent que le réchauffement de l'atmosphère, qui fait fondre la glace des pôles, entraînerait une concentration de l'eau excédentaire au niveau de l'équateur. Ce surpoids ferait pression sur les plaques tectoniques de l'écorce terrestre, et l'axe de la Terre pourrait basculer pour redistribuer ces grandes masses d'eau. Bon, c'est une explication de type quatrième règne.

– Mais il n'y a rien à faire pour éviter ? insistai-je. Si tu écrivais un livre, pour que les êtres du cinquième règne se réveillent, que le quatrième prenne conscience…

– Non, Erwan, c'est totalement irréversible. Ne comprends-tu pas qu'il faut que cela arrive, que c'est nécessaire, et maintenant inévitable ? Sache qu'à ce jour, la cartographie du négatif et la programmation énergétique sont achevées.

Là-haut, ils n'attendent plus que les correspondances cosmiques *ad hoc* pour déclencher les événements.

Claire nous interrompit par un appel claironnant mais que je trouvai un peu équivoque : « Si je ne le sers pas maintenant, ce sera brûlé », et elle partit chercher son plat. Je ne disais plus rien, renfrogné dans mon coin. Claire apporta une somptueuse marmite du pêcheur et me servit généreusement en me disant :

– Allez, Erwan, cela te remontera le moral !

Lionel, entrant dans le jeu, me remplit un grand verre de muscadet :

– Tiens, Erwan, cela te donnera du courage !

Je me fendis d'un sourire contraint. Je n'arrivais pas encore à me dire si je devais accepter ou non cette prophétie qui bousculait mes références habituels. Ce n'était pas l'irrationalité de la prophétie elle-même qui me choquait. Je savais bien que le système allait dans le mur, au moins sur le plan écologique. Tous les gens un peu sensés le savaient. Mais c'était la façon non rationnelle dont Lionel avait eu l'information qui m'agaçait. En fait, c'était comme le mur de Berlin : on avait eu beau se dire que le régime communiste était à bout de course, tout le monde a bien été surpris quand le mur est tombé, et avec lui tout le système, brutalement, en quelques jours. Là, c'était pareil, sauf que Lionel m'annonçait à l'avance le coup de torchon. Le croire revenait *ipso facto* à soumettre ce qu'il appelait le mental concret au mental supérieur. Était-ce cela, une épreuve initiatique ? J'étais au pied du mur, ce n'étaient plus des mots et des grandes idées, mais un engagement concret qui aller impliquer mon être entier, et faire basculer ma vie. J'étais persuadé que Lionel allait maintenant me parler de ma mission. Cela ne tarda pas.

– Bon, fit Lionel après un silence, nous allons peut-être pouvoir parler de ta mission ?

Je ne trouvai rien à dire et je me rendis compte que j'étais en train de brûler mes vaisseaux. Je suivis mon être qui me tirait vers le haut, dans des mondes que je ne contrôlais plus, que je ne maîtrisais plus. J'étais l'intermédiaire de quelque chose de plus puissant qui me dépassait totalement. Il me fallait lâcher prise pour devenir serviteur, et cela se fit d'un coup, en quelques secondes, devant cette table fleurie de lys, de tulipes et de roses.

Lionel interpréta donc mon silence comme un accord et poursuivit :

– Après ce qui va se passer, les hommes ne pourront pas faire autrement que de réfléchir. Certains vont peut-être se dire que tout cela n'est pas arrivé par hasard. Ils vont voir que les destructions, même si elles sont considérables, auront été ciblées sur des points particuliers qui ont tous en commun d'être des symboles, des piliers ou des rouages essentiels de la toute-puissance de la civilisation matérialiste. C'est cette puissance du matérialisme qui va être mise à genou, ce que j'appelle le mal cosmique, qui se prétend au-dessus de tout et au-dessus des hommes que, paraît-il, il est censé servir. Certains vont se dire qu'il est peut-être temps de que l'homme maîtrise ses désirs et sa volonté de puissance pour coopérer avec les règnes de la nature. D'autres se diront que les élites du mental concret, politiciens et technocrates, les auront menés dans une impasse. Ils vont peut-être commencer à entrevoir qu'au-delà de la matière il y a autre chose, et d'autres présences. Beaucoup vont se tourner vers Dieu. Tous vont rechercher de vrais guides, des êtres sages en qui ils puissent avoir confiance pour reconstruire un monde qui ne retourne pas dans le mur. Mais vers qui vont-ils se tourner, Erwan ? Il ne faudra pas qu'ils cèdent à la tentation de recommencer avec ce qui leur est familier, car l'humanité n'aura pas de seconde chance. Là commence ta mission.

– Que veux-tu dire ?

– Vers qui les hommes vont-ils se tourner après ce gigantesque bouleversement si les êtres du cinquième règne ne sont pas au rendez-vous ? Telle est ta mission, Erwan. Tu va devoir informer les êtres du cinquième règne de ce qui se prépare.

Je ne voyais toujours pas où il voulait en venir.

– Et sous quelle forme ?

– Tu vas écrire un livre et tu vas dire ce qui va se passer, et ce qu'il ne faudra pas refaire. Tu vas annoncer dans les grandes lignes la nouvelle orientation et les nouvelles valeurs vers lesquelles les hommes vont se tourner.

– Mais tu plaisantes, Lionel, rétorquai-je, bien décidé à ne pas me laisser faire. Comment pouvais-je intervenir, écrire un livre, délivrer un message, alors que je suis ignorant de l'essentiel ?

– C'est toi qui plaisantes, Erwan. Comment peux-tu te dire ignorant de l'essentiel alors que depuis des mois tu t'imprègnes des enseignements ésotériques les plus élevés et les plus secrets ? Qui es-tu pour juger que tu n'es pas apte ? Crois-tu que notre rencontre soit intervenue par hasard ? J'ai reçu le message de me rendre au dolmen, et quand je t'ai rencontré, j'ai eu la confirmation que j'avais à t'instruire pour cette mission précise. Quand là-haut ils ont estimé que tu étais prêt, ils m'ont prévenu : c'était avant hier. Alors s'il te plaît, dis-moi que tu choisis de ne pas assumer, mais ne me sors pas des balivernes du genre « je ne suis qu'un pauvre ignorant ». Tu n'es plus ignorant de rien, et aujourd'hui encore moins qu'hier ! Je ne te dis pas que c'est facile. Mais c'est toi qu'ils ont choisi. Et tu seras aidé.

Vexé, je piquai le nez dans mon assiette à laquelle je n'avais pas touché. Effectivement, c'était mieux que Rose ne soit pas là. Claire me dit gentiment :

– C'est en train de refroidir, mange ! Allez Erwan, on s'est tous fait remonter un peu les bretelles à un moment ou à un autre. Aimer, c'est être dur, exigeant, voire sévère quand il le faut.

– Je ne suis plus un gamin…

– Alors ne boude pas et mange ! me dit Lionel en riant.

Après quelques bouchées, je repris la parole :

– Bon, admettons que je me lance dans cette histoire hallucinante d'écrire un livre. Qu'est-ce que je dois dire ?

– Je te rappelle, Erwan, que tu n'es pas tout seul, me dit Lionel. Je serai à ta disposition pour t'aider quand tu le voudras. Maintenant je ne vais pas écrire ce livre à ta place…

– Et pourquoi, rétorquai-je ? Tu serais mieux placé.

– Non, me dit-il, mon rôle n'est pas d'écrire mais d'instruire. Mon mode de transmission est oral. Toi, tu ne le sais pas encore, mais tu as la fibre de l'écriture.

– J'ai peut-être un peu de talent, mais sûrement pas du génie…

– Allons, Lionel, on ne te demande pas de décrocher le Goncourt ! Tu connais les enjeux. La forme n'est pas primordiale. C'est le fond que tu dois faire passer, selon une forme que tu choisiras.

– Il y a quelque chose que je ne comprends pas, dis-je. Tu me dis que ce cataclysme est inévitable, alors à quoi sert d'en parler avant ?

– Erwan, ils te demandent de l'écrire. Je pense qu'il y a une raison. Il me semble que ton livre s'inscrit dans un plan, dans la mesure où son premier résultat sera d'empêcher toute réaction d'esquive par le mental concret de l'humanité, du genre : tout cela est arrivé par hasard. Après ton livre, on ne pourra plus parler de hasard, parce que l'événement aura été annoncé avant. Non seulement annoncé, mais analysé dans ses causes, ses tenants et ses aboutissants. En second lieu, ce n'est que maintenant que tu es autorisé à l'écrire, lorsque tout est en place, quand la programmation énergétique est achevée et que personne ne peut plus rien empêcher. L'événement est déjà inscrit dans les plans subtils, il est déjà là potentiellement. Enfin, je pense que seuls des êtres concernés auront ce livre entre les mains. Donc, à tous points de vue, ton livre est utile.

Au fur et à mesure qu'il parlait, ce que je considérais comme impossible prenait corps petit à petit. Je commençais même à être légèrement excité à l'idée de me lancer dans cette aventure.

– Peux-tu me dire quel est, selon toi, la fonction de ce livre ?

– Il faut d'abord que tu annonces l'émergence du cinquième règne. Tu vas donner à l'humanité une perspective qu'elle a perdue depuis qu'on a ramené son horizon à la matière, au plan physique. Je te rappelle que la grande majorité des êtres du cinquième règne est encore en sommeil. C'est à eux que tu dois t'adresser en priorité. Il faut que tu rassures ces êtres, que tu leur fasses comprendre qu'ils ne sont pas seuls. Ils doivent savoir que les perceptions subtiles qu'ils ressentent sont normales, qu'ils ne sont pas fous. À la lecture de ton livre ils doivent se lever et s'affirmer tels qu'ils sont dans ce qu'ils ont à faire ou à dire, dans tous les domaines des arts, de l'économie, de l'enseignement, des soins, de la vie quotidienne. Tu dois leur faire comprendre que très bientôt ils seront sollicités et qu'ils doivent dès maintenant s'y préparer.

Lionel s'interrompit pour laisser Claire desservir. Elle revint en apportant quelques douceurs qu'elle avait préparées elle-même et Lionel reprit :

– Les êtres du cinquième règne ne doivent plus se soumettre à un ordre auquel ils n'ont jamais cru. Adresse-toi aux jeunes à qui on a volé les rêves et les espoirs, qu'on enferme dans les boîtes du mental concret à l'âge où ils pourraient commencer à s'ouvrir à des perceptions supérieures ! L'humanité a un besoin urgent et impératif de nouveau, Erwan. Ce nouveau, cette nouvelle vision de la vie, du réel, ne peut venir que du cinquième règne. Chacun dans sa tâche doit savoir qu'il sera sollicité pour rebâtir un autre monde. Chacun doit donc se préparer à ce rendez-vous dans un futur très proche où l'humanité au milieu des ruines appellera à la rescousse la sagesse humaine. À nous de faire les premiers pas, de donner la bonne direction, celle du service et des justes relations humaines, et le reste sera donné à tous. Voilà ce qui doit ressortir de ton livre.

Claire prit alors la parole et me dit que je devais également avoir un discours à l'égard du quatrième règne avancé, pour que ces êtres fassent preuve de discernement, surtout ne retombent pas dans les mêmes erreurs et n'adorent pas de fausses idoles. Comme je lui demandai des exemples, Lionel reprit la parole :

– Dans les premiers temps, par exemple, l'agriculture sera essentielle car il faudra nourrir la population. Il ne faudra pas retomber dans le productivisme. Des êtres devront donner l'exemple et expliquer qu'il faut respecter la vie du père au sein de la Mère, prendre en compte avec respect les différents règnes. Les hommes de la Terre doivent comprendre qu'ils sont les protecteurs de la vie qu'on leur a confiée au stade minéral, végétal et animal.

– Il y aussi le domaine de l'enseignement, poursuivit Claire. Tu as tout un livre à écrire sur l'enseignement du cinquième règne. Un enseignement qui ne s'adresse plus seulement au mental concret, mais qui donne à l'être les clés d'accès à des plans supérieurs qui seuls lui permettront de se réaliser pleinement. Le but de l'enseignement dans le cinquième règne ne sera pas de se faire une place dans la société mais de prendre conscience et de réaliser les potentialités que l'on porte en soi.

– De nombreux livres sont à écrire, me dit Lionel. Tu ne fais qu'entrouvrir une porte. Tu mesures bien tous les domaines qui restent à approfondir, où tu pourras montrer une approche énergétique de la réalité. Il y aura toute une collection « cinquième règne » à écrire : l'alimentation, l'agriculture, les thérapies, la psychologie, les relations humaines. Tu ne les écriras pas tous, car des êtres déjà sensibilisés à chaque discipline vont se révéler.

– Il y aura aussi l'astrologie du cinquième règne, dis-je en pensant à Rose.

– Bien sûr, répondit Lionel, l'astrologie de l'âme ! Mais toi, tu resteras dans des domaines plus théoriques, tu feras de l'instruction exotérique. Tiens, je connais même le sujet du livre que tu feras après. Tu veux savoir ?

Je pris le parti d'en rire :

– Tu es incorrigible, Lionel. Non, cette fois c'est moi qui préfère m'en tenir au sujet du jour.

– Comme tu voudras. Mais tu vois, je ne suis pas pessimiste sur l'avenir…

En dépit des perspectives qu'il me traçait, de nombreuses questions restaient sans réponses :

– Tu dis qu'il ne faudra pas recommencer dans les erreurs anciennes, objectai-je, mais dans son travail de reconstruction l'humanité va très vite être confrontée au problème des sources d'énergie.

– Précisément, tout va se décider sur cette question. Ce sera la pierre d'achoppement. Dans un lointain passé, l'humanité disposait de la capacité d'utiliser les énergies de vie disponibles dans la nature. Comme je te l'ai expliqué, elle commandait aux dévas. C'est comme cela que les statues de l'île de Pâques ont été érigées, ainsi que les trois grandes pyramides il y a vingt mille ans.

Je corrigeai ce que je prenais pour un lapsus de Lionel :

– Il y a cinq mille ans, Lionel.

– Non, je dis bien il y a vingt mille ans. Cinq mille ans, c'est la vérité mandarinale. Peut-être qu'elles ont été rénovées il y a cinq mille ans, mais les trois grandes pyramides ont vingt mille ans, et le Sphinx aussi. Mais peu importe, les hommes disposaient de ce pouvoir qui permettait notamment de téléporter les objets lourds par l'énergie de la pensée et la connaissance des mots de pouvoir que comprenaient les êtres-énergie, les dévas. Lorsque ce pouvoir leur a été retiré parce qu'ils en ont fait un mauvais usage, les hommes ont commencé à utiliser des énergies de mort. Pour remplacer l'énergie qu'ils avaient perdu, ils ont réduit des animaux et des hommes en esclavage. Ils ont utilisé des matériaux morts comme le bois, ce qui était le moindre mal, mais aussi des résidus d'une décomposition avancée comme le pétrole et le charbon. Ces énergies venant de la mort génèrent des pollutions considérables dans les corps physiques et subtils de l'être humain.

Lionel fit une pause et nous dit que si les hommes renonçaient délibérément à utiliser ces énergies de mort pour reconstruire le monde nouveau, s'ils préféraient l'inconfort à la rechute, alors très rapidement il leur serait redonné l'usage des énergies de vie.

– J'avoue que je ne comprends toujours pas très bien de quoi tu parles. Comment les hommes peuvent-ils éviter de recourir à ces énergies que tu appelles énergies de mort ?

– Appelons-les des basses énergies si tu préfères, me répondit Lionel. Est-ce que tu connais l'expérience des jardins de Findohrn ?

– C'est cet endroit plutôt désertique au nord de l'Écosse où, dans un sol aride et un climat très rigoureux, une famille a réussi à faire pousser des légumes et des fleurs d'une taille extraordinaire, à l'étonnement général ?

– Oui. Cette famille aurait pu obtenir ce résultat en répandant des engrais, en consommant des centaines de litres de fuel pour réchauffer une serre. Au lieu de cela, comme ils n'avaient absolument pas d'argent, ils se sont alignés en méditation tous les jours et ils se sont reliés aux dévas des plantes, il leur ont parlé. Et ce sont les êtres-énergie de la nature qui ont fait le travail, sans aucune aide matérielle ou technique. Le résultat était là, incompréhensible mais tangible, et des scientifiques du monde entier sont venus le constater. C'est cela dont je veux parler. Choisir de s'adresser à des énergies supérieures pour satisfaire une juste demande. Si les hommes font ce choix, il leur sera redonné l'usage de la langue sacrée, et bien d'autres choses. L'humanité doit choisir la branche du Y qu'elle veut emprunter, celle qui mène à la vie ou celle qui mène à la mort.

Il s'arrêta un instant pour me laisser le temps de bien le suivre et reprit :

– Les hommes vont donc être observés attentivement sur ce problème des sources d'énergie qu'ils choisiront d'utiliser *après*. Soit ils font confiance au Père, et l'humanité fera un saut qualitatif considérable, car ce qui a été enlevé aux hommes peut leur être redonné. Soit ils retombent dans leurs errements anciens, et nous écrirons la suite de l'Histoire avec des silex sur les murs des cavernes.

– Tu veux dire que le premier cataclysme sera suivi d'un second encore pire ?

– Souviens-toi que la vie n'est pas punitive, elle est éducative, continua Lionel sans tenir compte de ma remarque. Ce qui va se passer bientôt sera une épreuve épouvantable dont l'humanité se souviendra pendant des milliers d'années. Mais comme toute épreuve elle sera libératrice si elle est assumée. Souviens-toi de ce qui dit le message : « C'est une opportunité qui est donnée par nos Pères à l'humanité pour qu'elle reprenne un bon chemin. » Mais si elle n'y parvient pas, je crains qu'elle ne soit balayée de la surface de la Terre.

– Tu ne m'as pas répondu, insistai-je. C'est bien une seconde catastrophe que tu m'annonces ?

– Oui, mais celle-là sera sans rémission possible. Les rares survivants repartiront à partir de rien. Le premier cataclysme sera terrible, mais j'insiste, il sera sélectif. Son but n'est pas de détruire l'homme, mais la civilisation du faux qui le domine et dont il ne sait plus comment la maîtriser. En revanche, si l'humanité recommence les mêmes erreurs, ce n'est plus la civilisation mais l'homme lui-même qui repartira de zéro.

– Tes propos d'aujourd'hui ne te ressemblent guère, je les trouve particulièrement sinistres.

– C'est la situation qui est sombre, Erwan, pas moi. Et si cette seconde catastrophe sera bien pire que la première, je te rappelle qu'elle est encore évitable. J'insiste : elle est envisagée, mais elle n'est pas programmée. Si je l'évoque aujourd'hui, ce n'est pas pour te plonger dans je ne sais quel pessimisme, c'est pour souligner l'importance de l'enjeu qui repose sur ton livre. Il est impératif que les hommes quittent le chemin du faux.

– Ce n'est pas un petit livre qui suffira à remettre l'humanité sur un autre chemin.

– Contente-toi d'écrire ton petit livre comme ils te le demandent, et ne te pose pas de questions, asséna Lionel.

– Et bien entendu, tu connais aussi la date de cette seconde catastrophe…

– La date importera peu si l'on en est réduit à cette sombre hypothèse. Mais sache que les hommes n'auront que six ans pour montrer qu'ils ont résolument choisi une autre orientation. Tout va se jouer très vite. Écris ce livre.

XXI
LE RETOUR DES GUIDES

Quelques semaines avaient passé depuis que Lionel m'avait révélé ce que j'appelais la prophétie du cinquième règne. L'automne était maintenant bien installé. Mes visites s'étaient espacées car j'avais l'esprit bien trop occupé par ma relation avec Rose. Très rapidement, nous avions décidé de vivre ensemble.

– Je pense que pour Mars, ce serait une très bonne chose, avait-elle dit avec son humour un peu anglais. Qu'en penses-tu ?

Nous étions tellement bien qu'il nous semblait absurde de nous voir seulement le week-end, alors que rien n'imposait cette séparation. J'avais mis en vente mon appartement parisien, et je ne revenais dans la capitale que pour mettre mes affaires dans des cartons.

Rose tomba enceinte. Ce ne fut pas vraiment une surprise. Lors d'une étreinte particulièrement intense, je me souvins avoir eu l'impression qu'un cheval ailé se substituait à moi, et lorsque je répandis en elle le lait céleste, nous fûmes tous les deux conscients d'une présence. Puis, quelques semaines plus tard, juste avant qu'elle n'ait la certitude d'être enceinte, nous fîmes chacun un songe bien étrange la même nuit.

Nous décidâmes donc que tout cela méritait une visite chez Lionel. En pénétrant dans ce lieu familier avec Rose, un sentiment agréable mais indéfinissable m'envahit : il me semblait que je retrouvais ma vraie demeure, à la fois familière et mystérieuse avec ses objets fantastiques et leurs vibrations subtiles qui montaient comme des parfums vers mon âme.

Lionel avait revêtu son épais gilet de laine rouge du Pérou sur le dos duquel était brodée une tête d'aigle ou de condor. Un feu de grosses bûches craquait dans la cheminée. Claire, qui reclassait des notes à l'extrémité de la grande table, s'interrompit pour nous saluer. Mars se précipita vers le canapé du fond où jouait le fils de Claire. Comme d'habitude, nous fûmes accueillis avec infiniment de chaleur. Mais après quelques échanges de généralités, Lionel me demanda :

– Et ton livre, où en es-tu ?

J'avouai que je n'avais pas beaucoup avancé pour l'instant. Je lui dis que j'avais relu mes notes, mais que j'étais un peu dépassé par l'ampleur de la tâche. Et surtout, Rose m'offrait tous les prétextes pour me disperser dans des activités beaucoup plus agréables. Lionel me mit en garde :

– Si tu tardes trop, ton livre sortira après la bataille ! Je te rappelle qu'il doit impérativement sortir avant les événements pour qu'il prenne tout son sens *après*. Il est normal que tu aies du mal à t'y mettre : compte tenu de l'enjeu, attends-toi à rencontrer beaucoup d'opposition, en toi-même et à l'extérieur. Mais si tu surmontes les premières difficultés tu seras très aidé par la suite. Quand tu entreprends un travail de création, tu provoques une réaction des lunaires qui s'opposent et qui veulent rester dans l'inertie. Tu dois réaffirmer ta volonté de faire ce que tu as décidé. Par là, tu redonnes du carburant aux êtres-énergie qui vont porter le feu de ta volonté dans la matière. Affirme sans cesse ta pensée et les choses se feront.

– Vu le thème, objectai-je, je crains d'avoir du mal à trouver un éditeur. Il va s'enfuir en courant.

– Quand le livre sera écrit, tu n'auras aucun mal à trouver un éditeur.

– Si j'en crois une image que j'ai reçue en méditation, intervint Claire, je crois même que l'éditeur est déjà sélectionné…

– Mais si tu attends d'avoir un éditeur pour écrire ton livre, tu risques de patienter longtemps. Il t'est demandé de faire cinquante pour cent de la démarche, et alors tu recevras ce qui te manque.

Rose prit alors ma défense en disant que nous avions été très pris par des questions matérielles. Elle déposa un baiser sur ma joue et assura en riant qu'elle allait me mettre au travail et surveiller de près l'avancement de mon chantier. Je ne suis pas sûr qu'elle plaisantait vraiment.

Je pensais avoir trouvé le titre et je l'annonçai à Lionel :

– Ce sera : *La Prophétie du cinquième règne*, dis-je.

Lionel réfléchit un peu et me dit que c'était un bon titre, parce que mon livre abriterait au moins deux prophéties et peut-être même trois. La véritable prophétie à décrypter, au-delà du grand bouleversement à venir, était bien entendu l'annonce de l'émergence du cinquième règne de la nature, la proclamation de l'avènement du règne des âmes. Lionel considérait que cette nouvelle allait donner à l'humanité des perspectives neuves, de grandes espérances, et un souffle si puissant qu'il changerait le cours actuel de l'Histoire.

– J'ignore si c'est une prophétie à intégrer au livre d'Erwan, intervint alors Rose avec un grand sourire, mais nous étions venus vous annoncer une heureuse nouvelle. Je suis enceinte.

Claire poussa un cri de joie et applaudit des deux mains. Lionel, visiblement ému, se leva pour embrasser Rose, puis il me donna une accolade affectueuse et lança :

– Cela s'arrose !

Claire sortit du buffet les verres bleus marqués du Soleil et de la Lune, pendant que Lionel débouchait une bouteille de champagne. Tout prenait rapidement une allure de fête chez Claire et Lionel, et cela contribuait pour beaucoup au rayonnement du lieu.

Après avoir trinqué, Rose évoqua les songes étranges que nous avions faits la même nuit. J'expliquai à Lionel que j'avais vu dans le ciel un immense dragon crachant du feu qui s'enroulait autour du globe terrestre. Puis une couronne d'or ornée d'émeraudes et de rubis apparut sur sa tête, tandis que le dragon se dressait à la verticale en prenant la forme d'un grand S majuscule.

Lionel reposa son verre et nous dit que ce qui arrivait était parfaitement logique, et bien en rapport avec la finalité du cinquième règne.

– Quelle est la finalité du cinquième règne ? nous demanda Lionel.

– Établir un monde de justes relations humaines, répondis-je. Et développer l'intuition qui est la connaissance de la réalité sans passer par le mental.

– Être des capteurs de la pensée de grands êtres et semer dans le mental humain, ajouta Rose. S'identifier avec le Père et participer à l'accomplissement du dessein divin.

– L'individuniversel ? demandai-je.

Nous étions un peu comme des gamins fiers de montrer qu'ils savaient bien leur leçon. Je mesurais néanmoins le chemin parcouru depuis mes premières rencontres avec Lionel. Ce dernier sourit en nous écoutant et nous dit que tout cela était exact, mais qu'il restait un élément fondamental qui nous échappait encore et qu'il n'avait fait qu'effleurer.

– La fonction d'un être du cinquième règne, comme je vous l'ai fait observer, n'est pas d'agir directement sur la matière, mais de semer dans le mental humain. L'être du cinquième règne doit devenir une fontaine de vie rayonnant des énergies divines sur la Terre. En ce sens, il est un relais pour permettre à des êtres évolués non seulement de s'exprimer dans le mental de l'humanité, mais aussi de s'incarner sur la Terre. Pour l'instant les grands êtres du sixième règne et au-delà, dont certains furent nos guides il y a fort longtemps, ne peuvent pas s'incarner directement sur la Terre car les vibrations y sont trop lourdes, et la pollution astrale et mentale trop dense. Vous n'imaginez pas la souffrance que représente, pour des êtres qui viennent de mondes sublimes de lumière et d'amour, la descente sur les plans de la matière dense. C'est pour cela qu'on les appelle des seigneurs de sacrifice, car en plus ils prennent tous les risques de l'incarnation humaine, c'est-à-dire celui de faire du karma et de devoir rester bien plus longtemps que prévu pour le solder. Mais, je vous l'ai dit, le monde est dans un tel état de déliquescence que l'humanité ne pourra pas s'en sortir sans l'aide de ces guides. Inconsciemment, les hommes attendent la venue du messie. Ils attendent de nouveaux êtres capables de bousculer l'ordre en place, de tailler dans le vif et d'ouvrir une route vers un monde de lumière, de justice et d'amour. Ils attendent un sauveur.

– C'est ce que tu appelles le retour des guides ? demanda Rose ?

– Oui. Claire en a déjà un peu parlé à Erwan en son temps. Mais comme tu attends un enfant, le sujet mérite d'être revu et approfondi avec toi. Il faut comprendre que des êtres de cette envergure ont besoin d'un environnement énergétique, d'une préparation. La Terre doit monter en vibration et l'humanité doit élever son champ de conscience pour permettre le retour de ses guides de lumière. Or seuls les êtres du cinquième règne peuvent remplir cette fonction d'établir un pont de lumière avec les plans supérieurs pour permettre ce retour des guides. En aidant l'humanité à s'élever sur les plans supérieurs, le cinquième règne permet aux êtres venant de ces plans de s'incarner dans l'humanité.

Lionel s'interrompit un long moment pour nous laisser prendre la mesure de ce qu'il venait de nous dire. Après un certain temps, je décidai de rompre le silence.

– Comment se construit ce pont de lumière ?

– Il se construit de deux façons. Dans les soixante-dix vies symboliques qui marquent l'entrée dans le cinquième règne et le début du chemin du retour, les êtres établissent autour d'eux de justes relations humaines. Ils ne font pas à autrui ce qu'ils ne voudraient pas qu'on leur fasse. Puis, dans les sept dernières vies symboliques du chemin du retour, ils pratiquent l'identification avec le Père et deviennent une fontaine d'énergie faisant descendre sur la Terre les énergies de bien, d'amour, de vérité. En agissant de la sorte, ces êtres gouvernés par leur âme élèvent leur propre vibration et par leur rayonnement élèvent les vibrations de la Terre.

Claire intervient alors après un nouveau silence de Lionel :

– Je vais le dire autrement. Plus l'humanité s'élève en sagesse, et plus elle permet le retour de vieilles âmes. *A contrario*, plus elle monte en vibration et plus elle ferme la porte à l'incarnation d'âmes peu évoluées, et surtout à des êtres noirs qui se nourrissent de la pollution.

– Le retour des guides, reprit Lionel, c'est aussi et peut-être d'abord le retour du maître des guides qui est le Christ, ou le seigneur Maitreya chez les Orientaux. Maitreya apparaîtra pour conclure le processus de retour des guides. Pour cela il faut que s'élabore sur la Terre une centrale d'énergie qui assume la plénitude de sa puissance. Cette centrale est comparable à une toile de lumière tissée sur la surface de la Terre.

– Et concrètement, demanda Rose, qui compose cette toile de lumière ?

– Elle est composée d'êtres du cinquième règne pleinement réalisés, mais aussi d'êtres du sixième règne venus préparer le retour du maître des guides. Les guides vont apparaître individuellement dans l'humanité. Au fur et à mesure que le cinquième règne va monter en puissance, des êtres de plus en plus élevés vont pouvoir s'incarner. Quand une certaine configuration énergétique bien précise sera reconstituée, quand le nombre de guides sera suffisant, alors le maître des guides pourra revenir. Toutefois, ces êtres du sixième règne qui préparent ce retour ne peuvent arriver en corps physique dense que par l'intermédiaire de couples d'êtres déjà très élevés sur le plan énergétique. Est-ce que vous me suivez bien ?

À nouveau il se fit un long silence, et je commençai à faire le lien avec ce que Rose et moi étions venus annoncer. Ce fut Claire qui, encore, précisa ce que je commençais à deviner :

– Plus de couples du cinquième règne seront éveillés et rayonnants, plus ils permettront à des êtres avancés de s'incarner.

Nous ne disions toujours rien et Lionel nous regarda profondément dans les yeux, d'abord Rose, puis moi, avant de lancer :

– Vous êtes venus pour participer au retour de la hiérarchie des guides. C'est le destin, l'incarnation que vous avez choisi. Et je dois te dire, ajouta-t-il en s'adressant à Rose, que l'enfant que tu attends est un être très important dans ce processus de retour des guides. Lorsque j'ai eu l'opportunité de trouver Mars, j'ai reçu en même temps l'information qu'un grand être, en rapport direct avec toi, Erwan, envoyait en précurseur le symbole de son mental inférieur, son mental concret. Il s'appelle Mars parce qu'il portera le fer partout où le mental a été dévoyé. Ton chien, me dit-il, c'est d'abord le chien de ton fils. Il est là pour lui. Je ne pouvais pas te le dire, principe de discrétion oblige, mais je me suis permis d'insister un peu pour que tu l'acceptes.

Je ne m'affolais plus comme avant de ne rien comprendre au discours de Lionel. Je savais que les éléments viendraient s'ajuster en leur temps. Mais ce n'est pas son histoire de chien qui me préoccupait. De même que je n'avais pas bien compris pour quelles raisons j'avais été choisi pour donner à l'humanité le message de la prophétie du cinquième règne, je restais très surpris d'avoir été le relais qui allait permettre l'incarnation d'un être qui, visiblement, me dépassait de très loin.

– Tu as parlé d'une hiérarchie tout à l'heure, demandai-je. Que faut-il entendre par là ?

– Ce qu'on appelle les guides, répondit Lionel, ce sont des lignes d'énergie. De grands êtres dont c'est la fonction, qui sont sortis du règne humain il y a bien longtemps, sont à la tête de ces lignes d'énergie. Ce qu'on appelle le Père, c'est un ensemble d'énergies qui rayonnent depuis un centre symboliquement appelé la Maison du Père, ou Shamballa en Orient. Le Père est entouré de trois énergies majeures et d'une myriades d'énergies qui en découlent. Ces trois énergies majeures sont la volonté de bien, l'intelligence et l'amour. Elles correspondent au soi, au non-soi et à la tension qui résulte entre les deux. Je t'en ai déjà parlé à propos du Livre de la Connaissance.

Lionel s'interrompit, sembla hésiter et son regard se perdit dans la pièce comme s'il cherchait une présence imaginaire. Les enfants n'étaient pas là, à l'exception du plus petit qui jouait à quatre pattes sur le canapé du fond.

– Celui qui est à la tête de la ligne d'énergie de volonté est là depuis peu d'années. C'est l'incarnation physique de celui qu'on appelle le Manou. Il est sur le même rang que le Christ, mais compte tenu de l'importance de l'énergie d'amour pour la Terre, il n'a pas la fonction de maître des guides. L'énergie qui s'écoule à travers lui émane du centre de la tête du logos planétaire, le Père. Entre autres choses, il travaille avec les dévas constructeurs qui modèlent la croûte terrestre et qui abaissent ou élèvent les continents. Il dispose de régents dans toutes les parties du monde.

Rose lui coupa la parole, ce qu'elle ne faisait jamais et devait être le signe d'une profonde émotion :

– Tu veux dire que cet être est en présence physique sur la Terre aujourd'hui ?

– Oui, il est en présence physique et en même temps il demeure en présence non-manifestée. Mais le fait qu'il ait choisi de s'incarner actuellement indique l'importance de ce qui se prépare.

Il regarda Rose assez longuement et reprit :

– Je sais que tu vas avoir du mal à accepter ce que je vais te dire, mais l'enfant que tu attends est de l'importance du Manou, et il a donc même rang que le Christ. Il est à la tête de la troisième ligne d'énergie, celle de la Mère. Il est le feu spirituel de la Mère, et c'est pourquoi, Erwan, tu l'as vu en songe sous la forme d'un dragon couronné entourant le globe terrestre, c'est-à-dire symboliquement Mère Nature. Sa couronne était ornée d'émeraudes, car le vert est la couleur de cette énergie. C'est celui qu'en Orient on appelle le Mahachoan. C'est une très grande âme, également appelé le seigneur de civilisation, et à ce titre il rétablira le bon usage du mental concret qui a été dévoyé. Son rôle est de renforcer la liaison entre l'esprit et la matière, le soi et le non-soi, la vie et la forme. Il commande aux dévas de la nature. En son temps, il donna l'impulsion qui créa la Franc-Maçonnerie. Il est lié à la création et donc l'énergie qui passe à travers lui vient du centre de la gorge du logos planétaire. Dans la configuration actuelle, il est le maître d'armes, et sa fonction est celle de sauveur de l'humanité. Son travail commence par le grand bouleversement qui se prépare.

– C'est de l'enfant que je porte dont tu parles ? demanda Rose.

Lionel approuva de la tête et fit une pause pour laisser le temps à nos esprits ébahis d'intégrer ces informations. Puis il ajouta :

– C'est une information que je pose sur la table. Tu es libre d'en faire ce que tu veux. Ces deux grands êtres, le Manou et le Mahachoan, viennent pour préparer la venue du maître des guides, encore appelé l'instructeur du monde, celui qui est à la tête de la ligne d'énergie d'amour.

Pour ma part je ne savais que penser, mais après ce qu'il nous avait dit sur les événements à venir, plus rien ne me surprenait. C'était même assez cohérent en regard de ce qu'il nous avait dit sur l'inclusivité. Cohérence était d'ailleurs le maître mot qui m'empêchait de penser que je glissais vers la folie. Je me rendais compte que j'abandonnais un monde dominé par le faux pour entrer dans un univers d'une toute autre cohérence, même si les perspectives qu'il laissait entrevoir donnaient le vertige.

– J'ajouterais, reprit Lionel, que d'autres grands êtres viennent se manifester lorsqu'une planète est prête à recevoir un surcroît de compréhension. Ils n'ont pas fait leur parcours humain sur cette planète, mais ils viennent de toute part actuellement pour renforcer l'action du Père. Plus les êtres du cinquième règne vont monter en vibration, plus il se formera de couples conscients et plus ces grands êtres auront l'opportunité de s'incarner pour renforcer le processus. Ainsi se tisse la toile de lumière qui fera qu'un jour cette Terre sera une planète sacrée.

– D'où viennent ces êtres qui n'ont pas fait leur humanité sur la Terre, demandais-je ? Y a-t-il d'autres planètes qui accueillent aussi le règne humain ?

– Oui, me répondit Lionel, l'humanité revêt d'autres formes que celle que nous connaissons ici. Mais une fois de plus, j'insiste pour que nous nous limitions à ce qui se passe ici et maintenant, et je vous demande de prendre conscience de qui est l'être que vous accueillez dans votre couple. Il est le sauveur, comprenez-vous ? Il ne vous a pas choisis par hasard, mais je peux vous assurer qu'il va vous tirer vers le haut et toute la planète avec vous. Vous avez intérêt à être prêts et à assumer !

– Mais, dis-je, nous ne sommes pas les seuls à accueillir de grands êtres ?

– Non, beaucoup de couples accueillent ou se préparent à accueillir des êtres d'une haute vibration. Beaucoup de parents n'en sont pas encore conscients. Ce sont des enfants qu'il faut élever dans l'amour et qui sont généralement animés d'une grande énergie de volonté car ils savent ce qu'ils ont à faire. Il faut surtout respecter leur personnalité, ne pas les casser. Mais ces grands êtres qui ont fait le sacrifice de devenir en apparence de petits êtres sont protégés, et leurs parents recevront la guidance nécessaire.

La réticence de Rose était presque palpable et je fus heureux qu'elle prit la parole pour le dire.

– Très franchement, Lionel, je ne suis pas sûre d'être disposée à admettre pour l'instant tout ce que tu me dis. Je considère que mon enfant est un enfant comme les autres...

– Il est comme les autres, coupa Lionel, et en même temps il ne l'est pas. Sa mission en tant qu'être le place sur un tout autre plan.

– Ce qui me trouble, reprit Rose, c'est le songe que j'ai fait la nuit où Erwan a vu ce dragon. J'aimerais vous en parler.

– Nous t'écoutons, Rose, lui dit Claire.

Et Rose raconta qu'elle avait rêvé d'une présence qui ne ressemblait à rien de connu. Elle avait la forme d'un grand chien ou d'un lion allongé comme un sphinx au pied de son lit, mais en fait cela ne ressemblait à rien de connu. Cette présence était revêtue d'un patchwork de taches multicolores, comme des gouttes de lumière. Elle semblait tenir entre ses deux pattes avant une sorte d'hippocampe, également fait de cette texture multicolore.

– En fait, nous dit Rose, plus je regardais attentivement les éléments de ce puzzle et plus je voyais apparaître des formes évoquant des animaux ou des plantes. Par exemple, sur la partie gauche de cette présence, il me semblait reconnaître une tête d'éléphant avec sa trompe. L'ensemble était très lumineux, et c'est resté au pied de mon lit pendant un temps qui m'a paru extrêmement long. Comme si je devais m'en imprégner. Et depuis cette image m'obsède et s'impose à des moments de la journée où je m'y attends le moins.

Rose se tut et pendant le silence qui suivit, il me sembla sentir cette présence venue d'ailleurs suspendue dans la pièce.

– Je vois ce dont tu parles, Rose, commença Lionel. L'être représenté ainsi n'est qu'énergie. Toute sa structure repose sur des particules de vies imbriquées les unes dans les autres. Il est l'illustration énergétique de l'inclusivité. Une myriade d'êtres-énergie forment son corps de manifestation, chacun étant l'émanation d'une planète différente et formant un tout cohérent. Le songe que tu as fait est en rapport avec l'enfant que tu portes. C'est son être qui s'est manifesté à toi dans sa représentation dévique.

C'est alors que Claire proposa que nous fassions ensemble une méditation pour obtenir des éléments sur ce songe. Je regardai Rose qui me fit un signe d'assentiment, et Lionel se leva pour allumer une bougie et faire brûler un peu d'encens. Puis il nous demanda d'ôter les objets métalliques que nous portions, de fermer les yeux, de décroiser les jambes et les bras :

– Rejoignons notre être intérieur, dit-il. Relions-nous à l'être de lumière qui protège cette Table ronde du Cinquième règne. Et demandons humblement que nous soit donnée la compréhension subtile de la scène que Rose nous a décrite.

On n'entendait plus que le craquement des bûches dans la cheminée. Des images fugitives passèrent devant mes yeux clos. Je vis un cavalier du désert, habillé comme les hommes bleus du Sahara, se dresser majestueusement sur son cheval blanc. Je vis ensuite un livre ouvert, nimbé d'une aura dorée sur un fond bleu, suspendu entre ciel et terre, et dont les pages blanches se remplissaient au fur et à mesure qu'il descendait. Après que j'ai décrit les images que j'avais reçues, Claire prit à son tour la parole. Elle parlait lentement, avec un débit hésitant, comme si elle traduisait au fur et à mesure un texte d'une langue étrangère. Je compris qu'elle nous communiquait un message qui venait de loin.

– On me dit que le grand être représenté par ces multitudes de formes est en lui-même la véritable prophétie. À toi de comprendre, Rose. Laisse aller ton imagination spirituelle. Si tu sais la laisser vagabonder, elle captera l'essence subtile de l'être qui s'est manifesté à toi. Chacune des couleurs qu'il porte détermine son plan d'émanation. Ta propre vibration doit te permettre d'entrer dans les soixante-douze vies qui le composent.

Claire s'arrêta et Lionel allait prendre la parole lorsqu'elle lui dit :

– Attends, ce n'est pas fini, dit-elle en se tournant vers Rose et en gardant les yeux clos. Vibration, son, lumière, forme, telles sont les clés. À travers ce songe, tes guides t'ont montré la structure énergétique dévique de celui qui vient. Chaque être par sa forme est issu de la Mère. Et chacun dans son aspect Père transcende la Mère en tant que Fils glorieux. Retiens bien cela : nous ne sommes qu'un, composite. Un soleil dans notre système de vie, un soleil qui lui-même se place dans le grand tout, la grande roue de la Vie dans toute sa plénitude d'amour et de fertilité. Garde cette image en ton cœur, garde cette vibration offerte. Elle pourra à tout jamais te porter, te guider, t'aider. Ouvre ton cœur et tu sauras…

Claire fit encore une pause assez longue que chacun respecta. Puis sa voix s'éleva de nouveau avec beaucoup plus d'assurance et sur un timbre assez fort :

– La lumière divine passe aussi en toi par la forme et l'image. Reproduit cette vision et offre-la au monde. Elle annonce celui qui vient. Il sera le fils de l'amour et du mental illuminé. Il marquera les consciences et régénérera la Terre. Il stimulera la vie auprès de la Mère et élèvera de son sein les dévas. Il baignera la vie d'une radiance jamais égalée. Par lui, l'homme grandira dans l'amour et la fraternité. Il sera celui qui dévoile à l'humanité son chemin de rédemption et de gloire. Il apaisera l'âme tourmentée et révèlera le fil de vie divin intérieur. Par lui, l'homme saura et fera raisonner au plus haut le mot libération… ou plutôt liberté. LIBERTÉ.

Claire nous annonça alors d'une voix plus faible que c'était terminé, et nous dit que ce message venait d'Hilarion.

– Qui est Hilarion ? demandai-je.

– C'est un des régents du Mahachoan. Un adjoint de ton fils, si tu préfères. C'est un maître qui travaille dans la ligne d'énergie du seigneur de civilisation, mais dans le sous-rayon de la science concrète. Surtout, il suscite et dynamise tous les mouvements qui tentent de lever les voiles de l'invisible. C'est un grand occultiste.

Je compris que j'avais encore beaucoup à apprendre et à découvrir. Je me penchais vers Rose pour lui prendre la main car elle semblait abasourdie et ne donnait pas l'impression d'être revenue parmi nous. Lionel lui tendit une nouvelle coupe de champagne qu'elle saisit et lui demanda :

– Rose, est-ce que tu sais peindre ?

– Non, je n'ai jamais touché à un pinceau de ma vie.

– Et bien, poursuivit-il, tu vas t'y mettre ! Je crois que le message est clair, qu'en penses-tu ?

– Je n'ai plus aucun doute, Lionel. Je n'ai pas encore vraiment réalisé, dit-elle après avoir bu une gorgée de champagne, mais je suis sûre que tout ce que tu m'as dit est exact. Le message que nous a donné Claire, c'est comme si je l'avais reçu directement.

– Peins ton rêve, Rose, cela t'apportera infiniment plus que tu ne l'imagines. Et si tu veux aider le père de ton enfant, autorise-le à reproduire ton tableau sur la couverture de son livre. Car ce livre que tu écris, Erwan, dit-il en se tournant vers moi, tu n'en es que l'intermédiaire. C'est toi qui traces les mots, mais un autre les conçoit. *La Prophétie du cinquième règne*, c'est le livre de ton fils, Erwan, c'est lui qui en est le véritable auteur, et c'est le programme de vie qu'il propose à l'humanité. Je sais bien que c'est difficile à croire, mais par ton livre il annonce sa venue en tant que Sauveur. Il envoie au monde sa carte de visite.

Un très long silence suivit les paroles de Lionel. Aussi invraisemblable que cela paraisse, je savais que ce que disait Lionel était vrai. Mon mental ne cherchait plus à se rebeller. J'avais choisi de vivre tout cela comme le début d'une formidable aventure. Ainsi, le monde allait vraiment commencer à changer ! Non seulement nous étions à l'aube d'une ère nouvelle, non seulement nous allions la vivre mais nous en étions les artisans en tant qu'êtres du cinquième règne. Nous étions, littéralement, les accoucheurs du monde nouveau.

– Je voudrais te demander encore une chose, s'il te plaît, demanda Rose. Le message dit que l'être qui vient est composé de soixante-douze vies. Que signifie ce nombre ?

– La fonction du Mahachoan, répondit Lionel, c'est de fusionner l'esprit et la matière. Pour moi, soixante-douze renvoie à une portion très précise de la circonférence, et à la construction de l'étoile à cinq branches. C'est deux fois trente-six.

Il était rare de faire une visite à Lionel sans revenir transformé par des révélations ou des perspectives inédites qui bouleversaient notre manière de vivre et de ressentir. Une fois de plus, nous n'étions pas déçus. Je vidai mon verre de champagne, absorbé par la venue de cet enfant que je me préparais à accueillir avec infiniment de respect maintenant que je connaissais son rôle. Je savais qu'il aurait des jours bien difficiles à connaître, mais il ne pouvait en sortir que victorieux. Je ne pourrais plus jamais penser à lui comme avant et je me rendais compte que Rose et moi avions à faire un important travail énergétique pour nous préparer à recevoir cet être. Je savais que mes prochains entretiens avec Lionel seraient consacrés à ces douze observances qu'il n'avait fait qu'effleurer jusqu'ici, mais qui étaient l'apprentissage du métier de Père et de sa présence dans tous les plans de la Mère.

Rose me prit la main et proposa d'aller marcher un peu vers la mer. De gros nuages gris annonciateurs d'orages laissaient passer de larges trouées de soleil qui faisaient comme des colonnes de lumière entre le ciel et la terre. Nous empruntâmes le sentier qui, à travers le sous-bois du vallon et quelques chaos rocheux, menait à la mer. Claire et Rose marchaient devant, et nous fermions la marche, Lionel et moi.

– Les fonctions du cinquième règne sont bien vastes, dis-je à Lionel, mais un mot les résume toutes : accueillir.

– La fonction d'un être du cinquième règne est de faire en sorte que la Terre devienne une planète sacrée. Pour cela, au-delà de la pratique des justes relations, il a lui même à devenir une fontaine de vie en nourrissant et en usant des trois énergies majeures. Ceci implique de sa part une ouverture totale à la vie et se traduit effectivement par la démarche d'accueillir. Oui, l'accueil, l'ouverture pratiquée sur les deux branches de la croix est la caractéristique du cinquième règne.

– Que veux-tu dire par l'accueil sur les deux branches de la croix, demandai-je ?

– L'accueil sur la branche verticale de la croix, répondit Lionel, se manifeste lorsque des couples du cinquième règne qui sont montés en vibration permettent l'arrivée de grands êtres qui renforcent la toile de lumière. L'accueil sur la branche horizontale de la croix, c'est la pratique des justes relations qui ouvre l'accès à la Table ronde.

– Tu veux parler des chevaliers de la Table ronde ?

– Je veux parler d'une table où les êtres viennent se placer sans esprit de hiérarchie ni principe d'autorité. Les êtres du cinquième règne sont égaux en potentialité, et l'écart qui les sépare au regard de ce qu'ils ont parcouru et de ce qu'il leur reste à faire est infime. La Table ronde est servie par l'instructeur, mais lorsqu'il a partagé les nourritures qu'il doit donner, il reprend sa place parmi ses pairs.

– Comme le Christ, l'instructeur du monde, qui a servi les nourritures essentielles lors de la Cène ?

– La Cène est aussi une Table ronde, dit Lionel.

– Lionel, tu m'as dit un jour que vous vous occupiez avec quelques amis de « semer dans le mental humain ». Est-ce cela, la Table ronde ?

– L'être du cinquième règne sème dans le mental humain des idées porteuses de lumière, de sagesse et d'amour. Il sait d'où il vient, il sait pourquoi il est sur la Terre et il sait qu'il aidera l'humanité à évoluer en rayonnant dans le mental humain.

– Mais qu'est-ce au juste que la Table ronde ? Un nouveau groupe ?

– C'est toujours le même groupe à travers les âges, Erwan, il sert l'humanité pour que la volonté du Père soit faite sur la Terre. Le maître des guides n'a-t-il pas dit : « Je suis le serviteur des serviteurs » ? Quelle est la finalité de cette Table ronde ? C'est d'inviter les êtres du cinquième règne à devenir ce qu'ils sont, c'est-à-dire des fontaines d'énergie de vie, d'amour et d'intelligence. La finalité est aussi de les inviter à participer à la diffusion au sein de la Mère de ces énergies venant du Père, et cela s'appelle un travail de méditation. La finalité de la Table ronde, c'est faire comprendre aux êtres du cinquième règne qu'ils forment, tous ensemble, une unité créatrice qui doit rejoindre l'intention du créateur et la réaliser.

– Pourrais-je venir m'asseoir à cette Table ? demandais-je à Lionel.

– Tu y as déjà ta place.

C'était maintenant le crépuscule, entre ombre et lumière. Nous avions atteint la plage. Derrière nous, le soleil se couchait au milieu des nuages tourmentés tandis que se levait sur l'horizon de la mer le disque argenté de la pleine lune. Nous savourions la plénitude de ce moment de paix et d'harmonie. Rose et moi nous tenions amoureusement enlacés. Comme nous nous apprêtions à rentrer à la maison, je sentis en moi un immense sentiment de reconnaissance pour tout ce que j'avais reçu depuis ma rencontre avec Lionel, et j'éprouvais le besoin de m'en ouvrir à lui :

– Lionel, et toi aussi Claire, nous voulions vous dire, Rose et moi, que nous vous devions beaucoup. Et chaque fois que nous venons vous voir, vous nous donnez toujours quelque chose de nouveau, quelque chose de beau, vous nous ouvrez sans cesse de nouvelles perspectives, et aussi de nouveaux devoirs…

– L'horizon spirituel recule au fur et à mesure que l'on croit s'en approcher, Erwan. Et cela rend très humble.

FIN

TABLE DES MATIÈRES

Cet ouvrage a été imprimé par la
SOCIÉTÉ NOUVELLE FIRMIN-DIDOT
Mesnil-sur-l'Estrée
pour le compte des Éditions Alphée
en juin 2005

Éditions du Rocher
28, rue Comte-Félix-Gastaldi
Monaco

Imprimé en France

Dépôt légal : juin 2005
CNE Section commerce et industrie Monaco : 19023
N° d'impression : 74274